虎溪山下

Monument of Dust

蔡寞琰 著

人民文学出版社
PEOPLE'S LITERATURE PUBLISHING HOUSE

图书在版编目（CIP）数据

虎溪山下 / 蔡寞琰著 . -- 北京：人民文学出版社，2025（2025.7 重印）. -- ISBN 978-7-02-019150-5

Ⅰ . I25

中国国家版本馆 CIP 数据核字第 2025TK1820 号

责任编辑　陈　莹
责任印制　王重艺

出版发行　人民文学出版社
社　　址　北京市朝内大街166号
邮政编码　100705

印　　刷　河北新华第一印刷有限责任公司
经　　销　全国新华书店等

字　　数　199千字
开　　本　880毫米×1230毫米　1/32
印　　张　10.25　插页1
版　　次　2025年3月北京第1版
印　　次　2025年7月第3次印刷

书　　号　978-7-02-019150-5
定　　价　52.00元

如有印装质量问题，请与本社图书销售中心调换。电话：010-65233595

南北东西去,茫茫万古尘。
关河无尽处,风雪有行人。

——〔唐〕玄宝《路》

目 录

自序　　　　　　　　　　001

上篇　虎溪山下

祖坟　　　　　　　　　　003
逆子　　　　　　　　　　020
从军　　　　　　　　　　042
重逢　　　　　　　　　　055
涉川　　　　　　　　　　069
话别　　　　　　　　　　091
吾爱　　　　　　　　　　108
德重　　　　　　　　　　127
伤逝　　　　　　　　　　144
返乡　　　　　　　　　　171
长恨　　　　　　　　　　183

下篇　人事浮生

一世情深留清怨	201
但使情亲千里近	222
回首烟波十四桥	235
被灶王爷罩着的人	249
万里归乡未到乡	267
风雨一生，难忘你	287
苔花如米小	303

自 序

自我记事起,每年清明,祖父必定要领我去虎溪山祭拜祖坟,那里葬着他的父亲——我的曾祖父。

曾祖父字德秀,号焕离,曾是富家少爷,后学医,读新学师范,参军,革命,当县长,署理财政,无论何种身份都心忧天下。作为他的后辈,我从小便思考自己该如何活着。

五岁那年,家道中落,我成了村里最可笑的孩子——幼年失怙,家徒四壁,无论大人小孩都对我极尽嘲讽——受尽了冷眼回家,祖父却告诉我,当一个人乃至一个家族举步维艰时,更要处变不惊,心存良善。他还说,曾祖父给后辈"留了东西"。

待我年龄稍大一点,祖父便不厌其烦地给我讲三位祖辈的故事。他们三人中,有两位葬在了虎溪山。村里的老人但凡能记起他们的,每每提及往事,总竖起大拇指:"我们这个山沟沟是出过人物的,有男有女,都厉害。"他们也会跟我讲,虎溪山"当真是猛虎歇息之地"。

在很长一段时间里，我始终不大理解祖父所说的"家族传承"一类虚无缥缈的东西。为了讨生活，我的每一步都走得艰辛，自以为没有从家族之中得到多少帮衬。直到如今，我历事炼心，见多了不义之人、不平之事，学会了明哲保身，再回思曾祖父，才发现他是那样了不得的人物，自己已在默默吸收着他传下来的东西。

我曾想过将曾祖父的故事写成一部跌宕起伏的小说，但曾祖父的小女儿——我的姑奶奶却告诉我，他们那一代又一代的革命者，理想是真实的，热血是真实的，献出的生命是真实的，有很多人没有被历史记载，但他们仍然真实地一往无前。因此，他们应该被真实地记录，让今人有机会看到，一百多年前的年轻人，是怎样活着。

当然，还有爱情。爱情从来折磨着世人，也温暖着世人，曾祖父亦不例外。他从小便有爱人之心，炽热无畏。九岁那年，他当众用斧头砸开世俗桎梏，将所爱之人揽入怀中，在她弥留之际给予自由与温存。后来又无顾门第之见，与自家丫鬟相知相许，鼓励她做回自己，成为追求自由与独立的新女性。曾祖父一生娶过两位夫人——守了一辈子，得到一切又付出一切，唯独没有得到爱情的大婆婆；和从不爱到相爱，执着终成圆满，却憾相守太短的小婆婆。我向家族中那些勇敢而有担当的女人致敬，若能跨越时空对话，我希望她们能自由地生活、自由地爱人，尽管爱情从来不由人。

李叔同有一句话:"人生犹如西山日,富贵终如草上霜。"曾祖父曾见过疫病、战争,见过民与民之间的倾轧,官与官之间的争权夺利,在生死之间摸爬滚打。深谙人性自私、弱肉强食的他,依旧留下清白得近乎单纯的家训:"诗书传家不止,积善行德无尽。"他从未祈望后辈永享富贵,人丁兴旺,而是认为哪怕家族只剩下最后一人,应该传承的也是诗书与良善。因此,他让自己最聪明的儿子——我的祖父泽璜做了一名小学教师。

祖父谨遵他父亲的教诲,一生致力于平民教育;二爷爷泽涛亦是如此,铺路修桥,无畏艰险;姑奶奶遵从法治,成了一名法官,公正无私。他们又告诉后辈:"要读书,不是为了过得更好,而是要让读书长在骨肉里,此外,还有良知、公义不可泯灭。"很多年过去了,在虎溪山上,我看到的从来不是一座坟墓,一方荣耀,而是曾经的逐梦少年蹚过时代的洪流,终得安眠于此。

至今,常会想起祖父曾教过我的一首诗:"南北东西去,茫茫万古尘。关河无尽处,风雪有行人。"

祖辈留的东西我接下了。我仍希望能为自己、为他人带来一点微茫的温暖与希望。

上篇

虎溪山下

祖坟

虎溪山是我们蔡家的一处祖坟。它坐落在小村庄纵深处，前方开阔，正对笔架山，能见日出日落；背靠主峰，山峦叠翠；两边有山环绕，山脚有小溪蜿蜒，常年水流不断。几十年来，一直有风水师夸赞虎溪山"形如卧虎，有回望。在古代会出翰林，而且不止出一代翰林"。

儿时，每逢清明扫墓，我总借口肚子疼，想躲。祖父对我宠爱有加，换作其他事多半会依允，唯独挂清[1]要勉强。我撒娇："其他墓地我去，虎溪山可不可以不去。"祖父板起脸："其他地方都可以不去，虎溪山必须去。"

祖父不信鬼神风水，唯重祭祀。清明前夕，再忙也要张罗着裁黄纸、打孔，准备皮纸，再写封包，每次第一个写的都是"蔡氏

---

[1] 挂清，湘西南等地的清明风俗。把用白纸剪成的纸串挂在坟前，寓意家族后继有人、兴旺发达、父慈子孝。

李母聪明老孺人",再是"蔡公德秀老大人",然后是"蔡氏张母婉英老孺人"。后来教我写,也是这个顺序。

我不愿去虎溪山,只因它路途遥远,每次要绕上大半天。途中小孩子乏得实在走不动了,老一辈便将人背起来继续走,还不要年轻叔伯们帮忙,说把家族里的东西传承下去,是他们几个老家伙该挑的担子。

我曾问祖父:"咱村那么多山,为什么要把祖坟立在别人的地盘上,这么霸道,就不怕被人给掘了?"在我的家乡,村人笃信坟山会影响后代兴衰,一向寸土不让,即使是亲兄弟,也有可能为争坟山位置而反目。

祖父随手指了指:"祖上若霸道,这方圆几十里都是蔡家的,骑马都要跑上半个时辰——不是所有东西都能靠霸道得来的。"

我调侃他:"那你们说要传承的东西,是不是老祖宗留下的金银财宝?我饿得只剩肚皮了,拿出来可以买好多吃的。"

祖父板起脸:"就知道金银财宝,要追求那些,用得着你们这一代?"或许他也不敢确定,我们这些后辈到底能不能明白他话里的意思。

离祖坟一两里处有几户人家。自曾祖父逝后,每年清明前后几天,总会有几位老者一早泡好茶,在家门前燃香纸,摆点心,站在路口相迎:"蔡家公子们来啰——"

记得我初次去扫墓时,祖父领着小辈们鞠躬答谢:"礼太重,受之有愧。"其中一位老者双手作揖:"再造之恩,恨无所报,如今德秀公的曾孙辈都来了，实属德厚流光。我们恐怕没几年了，就怕他们年轻一辈，再无人知当年事……"

祖父摸着我的头说："挂清过后，我让这小子多来坐坐。当年的事，还得您几位来说。"后来，只要我去虎溪山，老人便会喊我小坐，断断续续讲述当年之事。

*

好容易走到坟茔处，还有位九十多岁的老和尚等在那里。和尚个子很高，背微驼，一对大耳朵，鼻梁直挺挺的，看起来精神矍铄，平时就住在旁边的茅草屋。

祖父几人见面寒暄："老法师，您这个年纪，该回家了。"

老和尚摇摇头，话很少："我哪也不去，就在这儿。"

当年祖坟葬了三排坟茔，最上一排是高祖父夫妇；曾祖父德秀公在第二排中间，两旁是他的兄弟；最下面一排葬着曾祖母——蔡母张氏婉英，以及她的两位弟媳妇。

祭扫时，老和尚身披袈裟，站在曾祖父的坟茔前，不跪不拜不燃香，亦不烧纸钱，口中却念念有词。我年幼不懂事，问："老和尚，你到我家坟山来做么子？"

祖父厉声斥责："不成体统！整座虎溪山都是老法师的，是我们鸠占鹊巢。老法师慈悲，你小子不要没了规矩。"说完又望向老和尚："黄口小儿，出言无状，望您宽宥。此子是我已殁孩儿骨血，好不顽劣，令人忧心。请老法师帮我看一眼。"

祖父本不信看相算命。可当时家中突遭变故，祖母、父亲相继离世。祖父悲痛过甚，身体一落千丈，而那时我还不满八岁。

老和尚摸着我的额头道："莫要担心，又是一只上山小老虎，逢凶化吉。德秀公修行虎溪山，是此地之福。今天正好有事想请各位应允。我若功德圆满，想在这里守着德秀公，不占坟山位置，到时让人在山脚偏僻之地扶个小坟堆即可。"

祖父当即点头道："这里本就是老法师的地界，此言实在不敢当。"又指着我对和尚说，"您当他是孙辈，以后便由他来给您上香、烧纸。"

来年祭扫时，老人们仍在路口迎候，虎溪山山脚下却已多了一座新坟，墓碑上只有两个字——终了。老和尚圆寂前留下纸条："我本不测字看相，独对蔡家除外。小儿五行缺火，有波折，中兴无忧。"

*

我学着大人的模样背起双手踱到碑前："老和尚这是得道成仙，功德圆满了啊！"

祖父连忙喝住了我："莫要顽皮！以后你给老法师挂清要情礼兼到，不得应付了事。"见我当即毕恭毕敬站在一旁，祖父恢复了慈祥模样，"爷爷想听你讲，为何你说老法师是得道成仙，功德圆满？"

被他猛地一问，我一时间不知如何开口，祖父曾教过的《好了歌》不知怎地突然浮现在脑中:"世人都晓神仙好,惟有功名忘不了。古今将相在何方? 荒冢一堆草没了……"我讷讷地背着,祖父就静静地听,偌大的虎溪山下,只回荡着我稚嫩的童声。一首歌辞背完,"好便是了,了便是好",脑海中纷繁断续的念头突然间有了"线头",一瞬间变得清明起来:"老和尚的墓碑上写着'终了'两个字,是不是他将功名、金银、娇妻、儿孙都忘了? 地上的事太多太苦,又太难熬,一切终了才能上天做自在神仙。老和尚在地上的事终了了,所以得道成仙了。但是爷爷,要想像老法师一样终了,好难呐!"

祖父被我说大人话的样子逗笑了:"人倒是没有蠢到哪里去,不过仅凭两个字就臆断老法师的心思,未免太自作聪明了。你乳臭未干,了什么了? 世间不了之事才多,你才几岁,就跟着叫苦? 这虎溪山的事你还不了解,要知其缘由、始终,才能有自己的认知和判断。"

对着我说完,他又向旁边的老人求教:"老法师与一般出家人不同,这么些年,我没听说他有法号,'终了'可是他的法号?"

一个老人摇摇头,又望向我:"小少爷说的是,老和尚性情古怪,说是四大皆空,但他一辈子困于因果之中,当年虎溪山下风波迭起,如今终了,放下一切,也算是立地成佛了。"

*

虎溪山以前有座大庵堂。老和尚不算卦、不求签、不看相,大半辈子都在此诵经，除了挑水种菜，很少出门。庵堂香火不算旺，逢初一、十五或重要节日，才有一些当地的老人来拜菩萨。

庵堂是一位女尼所修。这位女尼本是富家小姐，在情窦初开的年纪与情郎目成心许。可惜与古早流传的诸多故事一样，情郎家境贫寒，与小姐门第悬殊。情郎在女家棒打鸳鸯的逼迫之下不辞而别，小姐则被迫嫁给一位年轻官员。结婚当天，富家小姐逃了。一年后，她抱着一个婴儿回到家里，却发现家人遭人构陷，父亲和两位兄长锒铛入狱，母亲已上吊而亡。

富家小姐凭一己之力四处周旋，终使家族沉冤昭雪。救出父兄后，她将婴儿留在家中，孤身一人上了虎溪山，在此落发为尼，修起这座庵堂。

庵堂的钟声响了三年。三年后，女尼示寂，年仅十九岁，就葬在虎溪山旁。七日后，庵堂钟声再起，敲钟的是一位二十岁的年轻和尚。自此以后，很少有人见这和尚离开虎溪山。

庵堂下面是村庄。此地山明水秀，远离闹市，少有饥荒，几十户人家鸡犬相闻，宛如世外桃源。那年一个清晨，整座村庄还在沉睡，只有几个早起的妇人在山下的溪畔捣衣，隐隐闻得庵堂的钟声与孩童的嬉闹声，静谧安详一如往常。突然，一阵枪响划破宁静，二十多个土匪闯进村来。为首的骑高头大马，背着长枪，其他匪徒端枪的端枪，拿刀的拿刀，皆是凶神恶煞的模样。

当地的青壮男子多半在外参军，或战死，或音讯全无，村里只剩老弱妇孺。土匪猖獗，于光天化日之下烧杀抢掠、奸淫妇女，村中哀号一片。剩余的老弱奋起反抗，与土匪缠斗，双方均有损伤。土匪恼羞成怒，将数十名妇孺掳至虎溪山庵堂，逼迫和尚敲钟喊话，限村民两天内筹集三千大洋，否则就要将人质的头颅悉数砍下。

村民惊惶奔走，到当地各司衙门，官员拒见，警察推诿，皆道匪患严重，人手不足，无力出警。正在村民们绝望之际，正巧一名从四川回乡探亲的先生乘马车经过，挑帘问明情况，当即下车表示愿意相助。村民们见此人身着长衫，满面皆是风尘之色，一前一后只有两位穿旧军装的随从骑马护卫，并不像什么大人物，因此并未抱什么希望。

先生下车时怀揣一个包袱，说里面有赎金。为不激怒土匪，他决定只身一人前去谈判，命两名随从换上百姓衣服，埋伏在山脚应变："听见枪响，切勿莽撞。你们不必管我，更不要进来送死，务必要再想法子救人。"

有人忍不住问："要不要喝一杯壮胆？"先生摆摆手："我不饮酒。"说罢便径自往山上去了。

"当他跨过庵堂门槛的那一刻，我们急得脚丫子都没处放，土匪有枪、有刀、有斧头，他们杀的人还没来得及入殓，这下怕是要再搭进去一条人命了。"忆及当年情景，亲历过此事的老人们言语中仍难掩惊忧。

土匪见来人是个瘦弱的长衫书生，还以为是学堂的教书先生。他们检查了包袱，见里面只有金条和银圆，顿时两眼放光。于是不再搜身，反嘲笑起来人："老人家辛苦爬上来，喘得心肺都要滑出来了，莫不要菩萨赔你半条命吧？"

先生却淡定得很，只问匪首可否放人。匪首将枪杆子往先生肩上一搭："你给我听好了——金条不够，银圆太少，肉票很贵。"先生听了直摇头叹气："何必呢，要做到这个份上。"

匪首轻慢地用枪杆戳他："你耳朵没聋吧？不想他们一个个死无全尸，就赶快去筹钱，还有半个时辰。"谁想话音未落，先生猛一转身，"砰！砰！砰！"三声枪响，土匪头子应声倒地。在场的人都没看清，不知何时，先生手中多了把手枪。

连开三枪，先生面不改色，对着众土匪斥道："草菅人命者，杀无赦。鄙人从军时，你们还连烧火棍都不会拿。不想死的，就即刻出去领罪。"土匪们看着倒在血泊中的匪首，纷纷放下武器，作鸟兽散。

庵堂里，除了土匪、人质和念经的和尚，只有一人一枪。凭一己气势震慑住二十余个土匪的，便是我的曾祖德秀公。那一年，他五十五岁。

*

土匪烧毁了两座房屋，打砸抢夺六户，杀害村民五人，奸淫妇女五人，打伤八人，其中甚至有七岁孩童。缴械出门的数十名匪徒四处逃窜，被上百村民围堵。发泄一通后，村民打算将他们砍头泄愤。

德秀却敬告村民："诸位的愤慨，鄙人万分理解，但绝不能再行屠杀之事。方才危急关头，开枪实乃迫不得已。国有国法，行凶者自会受到惩戒。未经审判而行私刑，律法不允。"不等村民表态，他便看了一眼地上的土匪头子说，这人未死，有气息尚存。"我本是医官，中西医都学过一点，三枪只是灭土匪威风，并没有伤其要害。"他让随从从马车上取来医药箱，在庵堂给土匪头子做了简单包扎，就地找了些草药敷上。

村民们议论纷纷。他们历来笃信"欠债还钱，杀人偿命"，血海深仇怎能不报？这先生方才为救人不顾安危，为何转眼又站到土匪一边？德秀见状，又向众人解释道："土匪杀人，是为一桩罪案，须按民国刑法审理。是杀是关，皆应依律而定。鄙人知诸位深受其害，想赠助碎银几两，帮乡亲父老暂渡难关。"

村民中有义愤难当者，登时怒火中烧："你维护土匪，说不定是一伙儿的！要不然那么多土匪，怎会怕了你一个？他们唱白脸，你唱红脸，你是秦桧、高俅，本该赔钱！"德秀当即掏出手枪递给村民："既如此，你们便一枪打死我偿命吧。"

话说到这里，场面一时僵持。还是先前来请人的老者出面表态："小子不得无礼！德秀先生是救命恩人，是仗义相助的英雄，这番情意我们无以为报，愿听先生安排。"

听见族长表态，一众村民连忙俯身下拜："望先生主持公道。"

德秀见状却急了："我离家千里，革命半生，无非是为众生平等，不跪皇帝权贵。你们再跪，可令我伤心了。"他答应妥善处理此事，只求村中父老速速起身。他自知此事事关重大，便叫人去通知当地政府。府衙令警察将绑住的土匪押走，又派人捣毁了土匪窝点，救回一名女子，收缴四杆长枪，土匪抢掠的财物也被悉数收没。

匪患既了，德秀却没有走。他在此医治受伤的村民，又将钱财施与穷困者。待一切处理妥当，才在车夫的搀扶下，颤巍巍上了马车。原来，德秀此行回乡是为给父亲过寿的——我的高祖父俊度公此时正在病中。

几日后，德秀正在家中摆宴待客，一名虎溪山村民气喘吁吁地摸到门口。他是一路问过来的，求德秀公去救救和尚。来传信的村民说，和尚被司法处以串通土匪的罪名判了死刑。

听到这个消息，德秀立刻便要起身去救人。家中人都劝，一个和尚而已，死了是命不好，没必要误了老太爷的寿宴；而且与府衙周旋多祸事，乱世大可不必得罪官员。德秀不理，与随从一径骑马出了门。

当地政府贴出告示，匪首及十名土匪被判处死刑，和尚通匪同样死刑，七日后公开行刑。围观的村民拍手称快，大家都道，府衙的审判基本公正，当然，那和尚有点冤，但这世道，能有这样的结果已是好的了。

赶到县里，德秀与司法处官员据理力争，说即便是烧杀抢掠的土匪也应有主犯从犯之分。司法处却说，看在他是前辈的分上，想捞个土匪可以照办，但和尚不行，这是上头的意思。德秀追根究底,"上头"是哪个?那人回答倒也干脆,说是某长官与和尚有私仇。

德秀也不怕,便照直找到那长官。对方气势汹汹,叫他闲事莫管,否则照样以通匪罪论处。德秀镇定道,击伤土匪的手枪是松坡将军[1]所赠,有书信为证;鄙人虽不才,与湖南省前主席谭延闿[2]亦有往来。此二位虽已故去,但在军政界尚有故交,倒要问问"你们从土匪那里收缴的钱物说是充公,看是怎么个充公法"?

司法处最终改判和尚无罪,被土匪头子胁迫但未动手的两名土匪,以从犯罪名被判处有期徒刑一年。

*

几年后,德秀与小女儿淑珍提及此事,再三表示自己不敢居功:"松坡将军不喜亲戚、部属打他的旗号做事,我与谭延闿院长亦只有数面之缘,说过话,但不算有交情,为了救人出此下策,实属无奈。若不是捏住了他们的把柄,恐怕此事也难为。说来我进庵堂救人时毫不胆怯,到司法处去救人却着实感到有些棘手——毕竟土匪易剿,官爷难缠,更畏当权者目无法纪。"

淑珍问,那又为何要大费周章,医治那该死的土匪头子?德

---

[1] 蔡锷(1882—1916),字松坡,湖南邵阳人,近代中国民主革命家、军事家,护国军第一军总司令,一生反清、抗袁、拥孙。——编注

[2] 谭延闿(1880—1930),字组庵,湖南茶陵人,与陈三立、谭嗣同并称"湖湘三公子";曾任两广督军,三次出任湖南督军、省长兼湘军总司令。——编注

秀道："救人本是医者天性，不问因由，不计利害，只看伤口。伤患在前，没有理由袖手旁观。"

据老人们讲，土匪头子在临刑前，特意要见德秀一面。刑场上，他俯首在地，最后的话是对着德秀说的："您对我有救命之恩。死而复生，我已生出懊悔，悔自己落草杀人。先前家贫，我讨遍整个村，却连一碗汤糊糊都要不到。自我一家五口被活活饿死，再有人与我说起人命关天，我便一刀劈过去，从此以为自己是大奸大恶之人，直到您又唤醒我的良知，深知人命不可那样糟践。我对不起死去的家人，也对不起刀下的冤魂。被枪毙，我没有不服气，也不带怕的，这是我该当的。"

曾祖父后来教育儿女："看问题不能偏执、短视，越是复杂越要追根溯源，寻求解决之道。大恶之人恶从何来，是天生邪恶，还是形势所迫，须理性分析，防微杜渐。"

有村民担心，此前顺手救下的两名土匪服刑后恐要报复村民。德秀却不认为自己只是顺手救人："都要救的，司法判决不可'基本正确'，忌'斩立决'，要像小媳妇绣花，做细致活儿。既成立了官府，就不该奉行战场那一套，得遵律法。"他坦言自己不怕被报复，"遇狭隘之人，即使你只是无意间碰他一下，也会被记恨报复。小人借势猖狂，诒上欺下，比其主有过之无不及，这种人才应提防。两名土匪是被强入匪窝的，土匪们最嚣张无度时，这两人也只是缩在一旁，不曾杀人，又何谈报复？"

八名土匪被枪决后，和尚才道出实情：他遭官员构陷，是因为那人看上了虎溪山,想抢来做坟山。先前几次遣人来说项,都被他婉言谢绝。在狱中,他才偶然间洞悉真相,原来那些土匪来村里打劫,也是经过此人的指点授意。和尚提出,为防他人觊觎,更为答谢德秀公的救命之恩,他希望能即刻传话出去,虎溪山地契已属蔡家所有,他不日会拆除庵堂,替蔡氏一门及女尼守住虎溪山。德秀听完这番来龙去脉,自然断不肯受:"我早年求学,已看破天授君权说;后又学中西医,自此不信鬼神;往后再从军,何须马革裹尸还;后来从政,只为民众争人格,享安宁。前几日只身闯庵堂,无非是因为人命关天,义不容辞,你觉得我会争一块所谓的风水宝地吗?"和尚以为德秀是明推暗就,劝道:"这块风水宝地能保子孙后代兴旺发达。"德秀摇头叹道:"所谓'盖要利达,须力学修德,不在风水也'。虎溪山风水再好,好得过皇家陵墓?慈禧的定东陵、乾隆的裕陵千挑万选,不还是让孙殿英给掘了,溥仪和那些所谓的王公贵族为之奈何? 护佑子女靠的是明德行、兴教育。我长子七岁,此时应该在四川上早课,他四岁就知家训'诗书传家不止,积善行德无尽'。就让风水宝地维持原样,护一方平安吧。"

德秀坚辞不受虎溪山地契。村民们觉得无以为报,便敲锣打鼓,给他送去一块刻有"恩同再造"的牌匾。对此,当地官员颇有不满,怨愤他归乡不足半月,却夺走了他们十年官声,便谋划着要在返川路上给他使绊,以找回颜面。"他有家人在此,想必会有所顾忌,咽下这口气。"

德秀回川，依旧是那两位护卫相随，马车后送行的只有一位妇人。有村民跑去报信，说这几个地方官在道路两旁埋伏了一队人马，打算在途中制造混乱，射杀他的马，劝他多带些人护送。德秀听了却很淡然："不必不必，多谢你们提醒咯。"

　　过埋伏点时，只见他走出马车，掏出手枪大喊道："我立誓，除非今日亡于此，不然家人、马匹但有半点损伤，定踏平你们的县府，单你们几个陪葬是不够的。"

　　道路两旁悄无声息。德秀让车夫在车内休息，一手持枪，一手驾车扬长而去。

*

　　德秀返川不久，老家传来消息：一名官员与妍头身中数枪，双双殒命，宅屋也被付之一炬。二人尸体被烧焦，血迹直渗到屋外。明显是凶手杀了人还不解恨，又放了火。

　　此案一时难破，之后便成了悬案，不了了之。当地人议论纷纷，有的说凶手是谋财害命，有的说是富家女的冤魂索命——被杀的官员恰是逃婚富家小姐的未婚夫。后来又有传闻说那妍头的丈夫是名军官，回家偶然发现奸情，一怒之下开枪将二人射杀。

　　那几日，和尚一直在庵堂敲钟礼佛，口中念念有词："从此，和尚不是和尚。"七天后，他找人拆除庵堂，将砖块木料捐给村里盖学堂。

　　之后没多久，德秀的叔父病逝。和尚寻到蔡氏老家，告诉德秀的父亲俊度公,虎溪山是德秀买下的坟山。俊度笃信风水,遂与和尚订立契约。

翌年,德秀回乡方得知此事。然此时庵堂已拆,木已成舟,只得勉强接受。但凡事还要求个清白,他诘问和尚:"那官员与女子是否系你所杀?除了对方想要虎溪山,你们可有其他仇怨?"和尚坦言,官员非他所杀,但此事与他确有干系:"对官员的死我要挑一担子——不过,虎溪山从来干净。"

原来和尚幼年家贫,被父母送去小庙,做了未受戒的小沙弥。几年后,小庙坍塌,师父无力修缮,只得遣散僧众,外出化缘。和尚还俗返回家中,读书务农,与富家小姐相识相恋,约定"生则同衾,死则同穴"。没承想一腔赤诚去提亲,却被女孩的父兄用棍棒逐出。他的爱侣逃婚后,夜半时分叩响了他的家门,铁了心要与他私奔。但此时他已心如死灰,剃度出家。次日清晨,女孩在庙门口伫立良久,最终未发一言,转身离去。

一年后,女孩携子归来,和尚知错,意欲再还俗,却被女孩婉拒。后来,女孩为营救父兄,只身与众官员周旋,不仅散尽钱财,还染上了恶疾。庵堂建成后,女孩自知时日无多,誊录宋词一首:

  吴山青,越山青,两岸青山相送迎,谁知离别情?
  君泪盈,妾泪盈,罗带同心结未成,江边潮已平。

昔日恋人遗墨在手,和尚从此无论诵经、打坐,再无法释怀:"庵堂分明是为我而建,她是怕我随她而去,才赠我一处看护之地。"

此番被害的官员就是富家小姐当年的未婚夫。多年来他一直心有不甘,即便早已娶妻生子,仍利用手中权势,逼和尚交出地契,"否则让虎溪山永无宁日"。事有凑巧,某日一个女人来庵堂拜佛,在佛前袒露了她与官员的私情,问卦求签皆是大凶,想找和尚化解。和尚问明情由,一直在犹豫是否要借此机会扳倒官员,没料到尚在犹豫间,不几日土匪就在官员的授意下进了村。

被德秀救出后,和尚便向女人的夫家报了信,想借此事将官员撤职查办。不料女人的丈夫出手狠辣,竟痛下杀手。事发后,和尚自知罪孽深重:"与先生相比,无地自厝。"

德秀听闻事情原委,一声长叹:"如此一来,因果已了。虎溪山确实没错,都是人在做鬼事。和尚确实不是和尚。我大半辈子忤逆父亲,如今就当孝敬老爷子一回,忝为买主吧。"他掏出银圆递予和尚,说情义归情义,总归不能占便宜,若和尚坚持不收,家族绝不接收虎溪山。和尚便收下银圆,以德秀的名义捐给了几所在建学堂。

从此,虎溪山便成为蔡氏祖坟。我从未见过曾祖父真容,从家族传下的老照片看,德秀公面目清癯沉肃,望之凛然。每年清明上山祭扫,在路口迎候我们的老人,就是当年德秀公在庵堂救下的孩子们。

有一年清明,他们找了戏班子,将当年旧事排演给我们看。当年的幼童如今已是两鬓苍然,在戏台下老泪纵横。戏文中有一句:"先生,你不怕死吗?土匪可是会剥人皮的,将肚子掏空塞草。"他们让我扮过德秀,还记得我当年在戏台上对答如流:"就因为怕死,怕你们死,我才要闯龙潭虎穴救人。无论是谁,无论哪朝哪代,不把人命当回事,就该完了。"

光阴荏苒,老人一年比一年少,最终只剩下一个。在我上大学那年,他拉着我的手哭了好久:"我们就只能守到这里了——下一辈人有下一辈的事要做,还望少爷海涵。"

我对老人说,哪怕漂泊数年,饥寒交迫,自己也不愿以祖上恩德求回报。老人紧紧握住我的手:"德秀公不信风水信传承是对的,从来都是他在护佑虎溪山,不是虎溪山在护佑蔡家。以往我是敬重他,现在见到你,竟有些羡慕他。"

再后来,老人都不见了,祖父也走了。而祖父口中那些"家族在虎溪山留下的东西",我亦是后知后觉,直到很多年后才明白。

逆子

蔡氏祖上曾居宝庆府。那是一座历史名城，地处湘中西南一隅，江南丘陵与云贵高原之间。境内有资江与邵水交汇，三面环水，土地肥沃。宝庆地形复杂，城高池深，民风彪悍，当地人多有"霸蛮、好勇、精干"的名声，历来外敌来犯，易守难攻。

1859年，石达开率二十万太平军分两路围宝庆，意欲直捣湘军老巢。宝庆城内只有守军三万，石达开计划速战速决，以解安庆之围。不料宝庆城内百姓恐惧战乱，对"长毛"多有忌惮，誓死护卫家园。石达开围宝庆数月，久攻不下，自此便有了"铁打的宝庆"之说。

蔡氏祖上世代经商，擅审时度势。石达开围城后，先祖认为子孙后代应开枝散叶，免遭灭族之灾，遂令子孙各据一方。蔡氏几兄弟一路西行，至一处狭长冲积洼地，见此处背靠名山，又有大河环绕，出入皆便利，便决定在此安家，传到曾祖父德秀公这一辈已是第三代。

嘉庆年间,宝庆人多借"毛板船"走水路北上,过资水[1],将当地木材、煤炭、茶叶等运往武汉交易。蔡氏家族几经迁徙,先辈中亦不乏狠角色,为行商坐贾,不顾生死。有一回走水路运货时,水流湍急,翻船死了人,活着的人料理完后事,继续行船北上。兄弟几个说,就算用命填,也要填出一条做买卖的路。道光年间,蔡氏一族已在武汉宝庆码头[2]打下了自己的地盘,生意不大不小,经营着几家商铺,一直延续到高祖父这一代。

旧时人重乡土,尽管蔡家大部分生意在城里,却依旧在老家置下产业,建了两座坐北朝南、用料考究的宅院。宅院前有小溪,两院皆三进两层,相互连通,共有屋宅三十余间。院落当中为大堂屋,两侧皆厢房,窗上有"岁寒三友"的雕花。穿过天井便是后院,第三进厅堂之上悬挂着"忠信立世"四字牌匾。宅院里另有私塾馆、戏台、议事厅。此时,蔡氏在家乡已有良田百亩,仆佣七八人。

*

曾祖父字德秀,号焕离,生于清光绪六年(1880)。相传他出生时,半日不曾出声啼哭,父亲以为生了个哑巴,母亲更担忧得了个愚儿:"就算哑巴也晓得哭一声,莫不是个蠢娃子?"

喜获麟儿,父亲俊度自然骄傲,但他却未曾料到,这个一出

---

[1] 又称"资江",湖南省中部河流。
[2] 今湖北省武汉市汉正街。

生便不声不响的孩子，此后却常惹他火冒三丈。村里老人跟我讲过曾祖父小时候的怪事："德秀该哭的时候不哭，之后三年，却是一到半夜便啼哭不止。给吃的、抱怀里、放摇篮、唱歌都哄不住，哭得一位不到三十岁的保姆头发白了大半。伺候他的丫鬟日后提起这位少爷，称当年曾拿了绳子在手上，差点儿就上吊自杀了。"

德秀满周岁时，依照惯例要抓周。谁知他将桌上的零散物件一把推开，连桌布都给掀了去，气得父亲拍桌子直骂"蠢子"。村里老人每每说起这段往事，总是哈哈大笑，开玩笑说俊度公因此又连生了四个儿子，"大概怕德秀以后真是个蠢子"。

高祖父膝下六子，并无一个愚笨之人，但论读书，当真没人比得上德秀。就在全家上下对德秀无休止的哭闹习以为常时，四岁那年，他突然安静下来。五岁入私塾，先生直呼天资了得，难得一见，完全没有一般人开蒙循序渐进的过程。十岁刚过，打算盘已不输家中掌柜。高祖父后来懒得打理生意，便让德秀去盘点。十二岁那年，私塾先生惜才，说自己已再无学问可授，让俊度另请外地高明先生。还再三叮嘱，等德秀再长几岁，务必要送去大地方求学。

长到十四岁，德秀前往武汉宝庆码头，不出三个月，就选址开了一间分铺，并重新制定店规，采取分红制，以合约的形式确定与各大掌柜及雇员的赏罚问题。那时做生意讲究做老本行，德秀却提出："东边不亮西边亮，有余钱就要做各种尝试，因为行业有衰落，也会有兴起，不可光盯着木材、茶叶。"后来家族按照他的想法开了数家分店,涉足棉花、香粉、布行、洋货等各行各业,利润果然数倍于从前。

年幼时,祖父教我打算盘,不许我念"一上一,二上二,三下五除二……"还要我在打算盘的同时背一首古诗:"身方气正骨铮铮,起落铿锵和壁声。排好良心一串串,不谋私利为天平。"诗背完了,算盘上的数字也要准确无误。

我抱怨:"一心二用谁做得到?"祖父说:"你曾祖父德秀公打算盘,能一直背诗,算出来的账也分毫不差。做生意不但要对账目了如指掌,更应该有高明远识。在利益面前,商人首先要恪守良知。"

*

尽管德秀年少时便展露出过人的经商天分,但父亲却不愿儿子成为富商巨贾。俊度生前曾有言:"德秀少时便博涉经史,即使蔡家生意毁于一旦,也务必要支持他读书,成为士人。"从前所谓"士农工商",商居四民之末,商人虽然财富丰厚,社会地位却不高。因此,蔡家祖上几代都在尽力培养读书人。

德秀十五岁那年,村里来了一位少年,是宝庆蔡氏的后代,论起来当是他的族弟。少年才思敏捷,现场吟诗作对,技惊四座,却因家境贫寒而无法继续学业,故来向族人求助。蔡氏长辈看重少年,留他住了一段时间,资助他继续读书。

少年比德秀小两岁,两人常在一处读书玩耍。后来德秀忆及当年，说少年文弱却有大志，爱说话，不爱动，言语间见解独到，却没料到他后来还能统兵作战。

这少年就是护国将军蔡锷。多年后松坡将军回乡探亲，专程到村里致谢族人，还给蔡氏宗祠题了对联。可惜在时代跌宕中，祠堂已被拆除，对联尽毁。

众人皆夸德秀聪慧好学，父亲俊度也认为他福慧双修，定会光耀门楣。十八岁那年，父亲对他说，为人子孙，不论有多大志向，成家还是头等大事。只有成了家才算成人，才可掌管自己的人生。只要成了家，任他外出求学、做官、经商或去异域。

德秀认为老太爷荒唐，宁死不从。父亲便命仆人将房门锁死，严防他逃跑。少年人气盛，宁死也要逃。那时他被锁在二楼，本想翻窗顺着大树爬下去，没承想一个没抓稳掉下树去，摔伤了腿。看到儿子受伤，父亲却很得意，说是老天和祖宗给的惩戒，看他能跑到哪里去。

新娘已定下——是俊度故交之女李氏，容貌端丽，温婉识体。德秀也说新娘秀外慧中，但自己对她并无男女之情："我拿她当小妹，怎能做夫妻？"无奈家里大张旗鼓地准备婚事，宾客远道而来，偏他又腿伤未愈，逃是逃不掉了。

就这样木已成舟。花轿将李家小妹抬进了蔡氏家门，从此成了蔡李氏，我的大婆婆。李氏后来回忆成亲时的光景道："拜堂时，我抑制不住欢喜，偷掀了三次红盖头看他，才盖下又想掀开。我再没见过比他看着更舒服的人了。"

新婚当晚，德秀却与新娘大谈自由平等，让她"奋起反击，冲破藩篱，去追求真正属于自己的幸福"。可新娘就一个想法："我已是蔡李氏，没什么不好。除了凶一点，你说话好听，我愿意听。你讲好久，我就听好久。"

见讲道理行不通，德秀气急之下说了句让新娘记了一辈子的话："你莫不是图我家钱财吧？不然话已至此，你还说自己是蔡李氏，有些自轻了。"没承想新娘外柔内刚，也极倔强："我什么都不图，就知道现在已是蔡李氏，是你已过门的媳妇。"

这句话她记了一辈子。大婆婆晚年临终时，特意交代一众蔡氏儿女："你们兄妹几个不是我生的，但我抱过你们、喂你们长大，从来都当是自己十月怀胎亲生的，心尖尖上的肉。你们孝顺，对我好，叫我大妈妈，我知足。我走以后，墓碑上不要刻'大妈妈'、不要刻'李聪明'，一定要刻上'蔡李氏'。"

*

旧时农村，若非大户人家，女性没有名字。比如大婆婆，在娘家被喊作李家丫头，嫁过来后，人称蔡李氏。李聪明这个名字，是德秀在结婚当晚给她取的。德秀对她说："你是聪明女子，该是我唤醒的第一人，你要觉醒，打破男尊女卑。我给你取名李聪明，你就是你自己了。"大婆婆说李聪明是好名字："但要说清楚，我是李聪明，更是蔡李氏。"

见新婚妻子"油盐不进"，德秀束手无策，撂下狠话："腿伤一好,我就要跑出去,你好自为之,别怪我冷血无情。"聪明却说:"我是蔡李氏,不会走。我们两家是故交,咱们不是第一天相见,我知你是好男子。随你去哪儿,我帮着你,不告诉公婆。他们不会给你钱,我这里带了些嫁妆,你拿去用。"

按照当初的规矩,新娘第二天要带着夫君回门。德秀不愿去,被父亲提棍打了一顿,仍是一副泼皮样:"你打折我的腿,就更不用去了。"新娘子非但没生气,还出来打圆场,称是自己身子不舒服,跟娘家说了不回门。两人虽同住一个房间,德秀却是晚上看书、白天睡大觉。没承想新婚妻子任劳任怨,不仅帮着公婆料理家务,还帮丈夫遮掩,说两人结婚第二天就圆了房。

为此,德秀大发脾气,怪新嫁娘不顾名节。李聪明说话软中带硬:"你之前还说女性要觉醒,现在就拿名节套人。我蔡李氏跟蔡氏结姻缘,就是个人意愿。"见德秀坐在那里吹胡子瞪眼,她又好言相劝:"你要出门,我牵马送你到村口,回不回来都由你。只有我送你,公婆才放心,不会因为你是逃走而整天忧心。母亲自从知道你要跑,整日在房里哭,儿行千里母担忧,你明白吗?"

之后德秀每次出门,不管是几时离家,聪明都会相送。直到德秀去世,李聪明仍是跟在棺材后面送他上山。

*

德秀腿伤痊愈,新娘子信守承诺,说服了公婆,说她的夫君是顶天立地的男儿,该去外面闯一闯。至于生儿育女,是自己身子不好,还需调养一二年,望公婆别嫌弃。聪明心里苦,却能忍住:"我当然难过,差点哭出来,不过那时哭就不对了,公婆会冲德秀发脾气,他会有麻烦。我虽是妇道人家,说话要算话。"

父亲拿儿子没办法,又认为儿媳讲得有理,只得一边骂"逆子",一边给儿子筹钱。聪明私下又对公公说:"我们成家了,不能再向家里要钱,他外出读书也好,厮混也罢,理应由我来打理。如若不然,以后几个兄弟都如此,家就难当了。"俊度说,那好办,分家就是。于是分给德秀夫妇一套房子,一些金银细软,几亩田地,还有佃农、村民的借款欠条——德秀人缘好,总能要回钱来。

德秀不当家,一切皆由聪明打理,大家庭的生意也是她在帮衬。丈夫走的那天,聪明将她亲手做的几双鞋子装进包袱,一起装进去的,还有她的生辰八字。她跟在马屁股后面走了很久。两人无话,聪明半晌只说了句"安好"。

回来后,聪明在房里哭了一场。俊度怕她受委屈,让她带着刚分的家当回娘家住,田租仍由她收,蔡家绝不过问,就算是卖地,也只通知一声就行。聪明问公公:"您是要打发我走吗?"俊度连连摇头,表示绝无此意。聪明便说,除非公婆嫌弃,否则她不会走。"德秀赶我,我不走。我现在是长在家里的女人,就算枯烂,也得枯在家里。"

很快,蔡家兄弟也成亲了,新人一样贤惠能干,聪明便将大家庭的生意交由弟妹打理,自己则买了磨盘,每天打豆腐摆摊。守着"万贯家财"卖豆腐,李聪明成了当地奇闻。村里人问她何苦如此，聪明却说："我蔡李氏不图蔡氏家产，就相中了人。我说了，便要说到做到，何况我还有手艺在。"

*

德秀离家后，去了省城的医馆学医。当时正值清末新政，清政府颁布《钦定学堂章程》[1]，制定了新的学校体系制度[2]。时任湖南提督学政的是江苏人江标，在任期间积极推行教育改革。在他的倡导下，谭嗣同、熊希龄、王先谦等人先后创办新式学堂。1902年，湖南巡抚俞廉三又在湖南选了三批学生，一批送至京师大学堂，一批赴日留学，余下一批留在省城师范馆深造。德秀就是被俞廉三选中的新学师范生之一，算是上了大学。按照"壬寅学制"的规定，新学师范生的对应身份是举人，地方官代之以职绅之礼，免除本人徭役，是有一定社会地位的。

其间，德秀曾回乡探亲。俊度得知儿子做了郎中，又被巡抚选为新学师范生，认为是光宗耀祖的大事，在家中大摆筵席，来吃饭的，有一个算一个，都不用随礼。德秀却不领情，在父亲高声炫耀儿子如何争气时，忽然起身宣布免除所有佃农及贫苦村民的债务，让聪明拿出欠条当场烧掉，说才不做什么"狗屁少爷"。

俊度被当场气个半死——烧欠条也就算了，反正是给了他的，

---

[1]《钦定学堂章程》由管学大臣张百熙制定。张百熙，湖南长沙人，曾主持京师大学堂（北京大学前身），并创办医学学馆、师范馆等。

[2] 因当年为壬寅年，又被称为"壬寅学制"。

但不该说自己是"狗屁少爷"。德秀还当众指责父亲:"才四十几岁就不做事了,成天在家里抽水烟,还让两个丫鬟服侍,一个点火,一个捶背,好不逍遥。贫苦百姓你看不到,只顾享乐。"俊度被气得瘫倒在椅子上,一连骂了三天"逆子",说这小儿是前世来讨债的。

幸好聪明识体,劝丈夫说,欠条要烧就全烧,一碗水端平,不然得罪人。德秀没好气地回道:"贫苦百姓本就辛劳,还背着债务,无力翻身,自然要免除;至于那些富人,欠钱不还就是品行不端,我连自己的家都抄了,会怕他们?"

在家没待两天,德秀就要回学堂,依旧没有与聪明同房。因在家里大闹一场,德秀成了"逆子",走时无人敢送,唯有聪明送他至村口,还是道一声"安好"。

旁人笑李聪明傻,明明手里有钱有田,非要守着不花,自己省吃俭用卖豆腐,首饰都舍不得戴,说要给在外求学的丈夫留着,但凡听说他要用钱,就连夜派人送去。钱打了水漂不说,人也不回来,身为过门的女人,却没个女人该有的待遇。俊度也多次劝她:"我们就当没这个逆子,我把你当女儿再嫁一次,欢欢喜喜过自己的小日子去。他要大闹天宫,自个儿受罪去好了。"

李聪明听了却不高兴:"您骂儿子我不管,咒我男人可不行。他闹也好,不听话也罢,从来都不是为着他自个儿。您让我再嫁人,就算千挑万选,都不会如意的,我也不快活。"多年后,聪明跟后辈提起德秀,言语间仍有爱意:"说来出丑,我八岁就喜欢他。"

*

聪明的父亲与俊度是同窗，亦是难兄难弟。俩人曾不知天高地厚，说自己会功成名就，然而多次参加乡试，却双双落第。俊度幡然醒悟，明白自己不是读书的料，便跟随族中长辈到宝庆码头经商；聪明的父亲却认死理，只读四书五经，靠着祖产度日，坐吃山空以致家境贫寒。

聪明上面有个兄长，自出生后便体弱多病。但家中连生活都成问题，再添一病患，更无力负担。面对弱子，聪明的父亲无奈说出"生死有命，不再强求"的话。俊度听了不忍，便以给儿子找伴读为由，将这病弱的孩子接到蔡家照料。

聪明的哥哥被接到蔡家后，很快便与德秀熟稔起来。因他长了几岁，德秀便以兄呼之。这位李家哥哥虽弱不胜衣，又寄人篱下，却豁达洒脱，从未有过半句愤懑之语。德秀颇为欣赏他磊落飒爽的性格，常亲自给他抓药，与郎中探讨药方，吃穿起居无不用心。

不久，村里又来了一位叫"大妹儿"的姑娘。大妹儿生在外地，因父母早逝，回乡投奔外祖。大妹儿伶俐漂亮，从不当德秀是少爷，也不顾及"男女授受不亲"的礼俗，开心时会一把拉住德秀和李家哥哥的手唱山歌；生气时，同样敢揪着他俩的辫子疯跑。

德秀同新来的两位玩伴很是投契。他在日记中写道：

是日，大妹儿衣衫褴褛，面黄肌瘦，然难掩其清丽。吾与李兄略显浮滑，吾知"人有多言者，犹百舌之声"，当戒之，然吾二人皆难自控，呶呶不休，不可思议。日沉之时，吾三省吾身，言多伤身，当慎之，颇见成效，安眠入梦，至此。翌日，得见大妹儿，口燥唇干，饮茶数杯。

想他虽家境优渥，但从小父亲就在外经商，一年得见的次数寥寥，而母亲总在怀孕生子，童年的大部分时光，都是跟保姆、用人们一起生活，因此对这几个伙伴格外珍惜。

当时少有女人能上桌吃饭。见大妹儿端着碗蹲在她外婆家门口，德秀一把将她拉回家："来我家，我领你上桌，蹲在那里我心疼。"不只是德秀，李家哥哥也喜欢大妹儿："她是我最好的药方。"他还曾对聪明说："不知大妹儿喜欢哪个。若是德秀，我就做德秀的管家；若大妹儿喜欢我，我就让爹爹把你许给德秀，免得他失落，反正我们四个死生不离。"

那时李聪明的脸红扑扑的。"年纪不大，说到嫁人还是会怕羞的。"没承想，李家哥哥的病还是没医好，两年后便撒手人寰。提起哥哥去世那一日，聪明的眼泪止不住："那天乱成一团，爹爹却全无悲伤之意，还在和家里人争执，是用凉席裹着掩埋，还是买口薄皮棺材……"

德秀蹲在聪明家门口吞声忍泪："能不能救一下他，花钱就花钱，不用怕……"

那是聪明第一次见到德秀。她噙着泪，给他递去手绢。德秀接过手绢，反给聪明擦眼泪："小妹，钱留不住人，亦要经生离死别之苦，富贵又有何用。你安心，此后我要学医，若你生病，我来救。"

没多久，大妹儿也得了"痨病"。医官说会传染，没得治，要隔离。大妹儿还有气息，亲戚就用麻袋将人一把罩住，抬到一座破烂木屋中，将门窗连同缝隙一同钉死。他们怕大妹儿死了无人收尸，就准备了一口薄皮棺材，铺上被褥，让大妹儿直接睡在里头。德秀知道后，抄起斧头一把将门砸烂，把大妹儿背回家中，放到自己床上。没多久，大妹儿就在德秀怀里闭了眼。德秀大恸："我不要你们患病，我不要你们无可医治，我不要你们患病致使倾家荡产，我要当一个好医者。"

那几天，德秀痛不欲生，在家中掰着手指念叨，他见过村里很多人因病致贫，因病致死。除了李家哥哥、大妹儿，让他惦念的还有长工老刘。老刘原本家境优渥，可父亲好赌，不仅输光了家产，还欠下大笔债务。走投无路之下，老刘只得出来做工。因他家贫如洗，脸上又有个胎记，快四十了仍孤身一人。平日里，老刘只在德秀索抱时才会停下手里的活计，用粗粝的手掌把少爷抱在怀里，满脸都是疼爱——不是长工对少爷的恭敬，而是打心眼儿里的疼惜。德秀刚出生那几年，每晚哭个不停，其他人嫌吵，只有老刘整日忧心："这么哭，孩子的嗓子怎么受得了。"德秀一哭，他就在门外守着，扯着嗓子骂魑魅魍魉："你们有本事冲我来，远离我家少爷。"后来听到小少爷的嗓子哭哑了，老刘便走几天几夜的山路，只为求人家的"祖传护嗓秘方"。待到德秀稍大一点，老刘见他整日闷闷不乐,就变着花样做各种手工玩意,唱着永远都不在调上的歌谣哄他入睡。后来德秀负笈于外,除了有书童相随,起居都由老刘照料。德秀十五岁中秀才,老刘比谁都高兴,而后去省城参加乡试,也是老刘护送。

老刘终于在四十岁那年还清了债务,在德秀的帮助下娶妻生子。可惜造化弄人,他回家没两年就病死了。再后来,老刘的媳妇告诉德秀,老刘是发现自己身体不好,才坚持要回家来的。

德秀认定,病痛夺走了他最珍视的人,从此立志学医:"不作良相,只为良医。"聪明后来说起此事,既心疼又失落:"他惘然无助,满心惦念。走进他心里的人,无论男女老幼,不论身份地位,经年累月仍能在他眼里望见,可唯独没有李聪明。或许是因为我要强,从来不生病吧。"

*

在省城医馆求学那几年,德秀每日起早贪黑,看医书,识草药,苦心钻研。不到两年,就能号脉断诊了。虽已出师,他却说学医容不得半点疏忽,每日里仍苦心钻研。他说不怕累,累了便能梦见大妹儿,有很多话可说,"虫飞薨薨,甘与子同梦"。他还在手边的一本《伤寒杂病论》上写道:"吾历经爱别离苦,孤零零一人思念亡人。定当学好医术,不再听声声悲恸之喊叫,不再见死别之凄凉。"落款为"德秀哥"。

学校有规定,求学期间学生不得外出谋职。德秀却不管,常跑去医馆帮忙。有次见到一位带着翻译、还会说几句湖南话的洋博士，德秀有心，主动向他问起痨病："正气内虚，痨虫侵肺，贵国医科如何做到药到病除？"洋博士说，他们有"结核杆菌"的说法，涉及细菌学的许多知识。由此，他对西医产生了兴趣，"大妹儿的病若逢西医西药，或可一治"。

1906年，美国雅礼协会在长沙小西门的西牌楼建成雅礼医院。德秀连夸雅礼医院雅致漂亮，也乐意去那里瞧西洋景。每次生病，一去好几天。"找洋大夫看病得先挂号。我有医理不懂，亦挂号求教。医者不能狭隘，更要有容人之心。国医有国医的本事，洋人有洋人的技能。去的次数多了，我同洋博士们成了好友。他们也有心胸，西医治不好的病，也求教于我。"1915年，雅礼医院正式更名为湘雅医院，时任湖南省主席谭延闿亲笔题写了院名。

当时，德秀的学费均由官中支付，毕业后取得教员凭照，由政府安排至蒙学讲习所执教。然而，他宁愿缴还学费，也要回乡做医者。

这件事俊度第一个站出来反对。他膝下六子，其余五兄弟虽多少读了点书，但唯独这"逆子"德秀能过关斩将，一路读到高等教育，还得以在省城谋职。俊度刚跟乡村们吹嘘过一番，儿子却说要回来做个土郎中，气得他砸了自己最心爱的水烟筒，堵在槽门口，直朝儿子作揖："我叫你老爷，你回去省城行吗？"

李聪明却笑盈盈地接过丈夫的行李，劝慰公公："德秀非池中物，志存高远，您把生意交给他打理，他不接；外面的人留他做官教书,他不受;说明他自有安排。话说回来,要是德秀能在乡里待上一辈子,那我欢喜啊,求之不得。"

德秀却不领情,冷言冷语道:"小妹,让人打扫出几间房来,我们分开行事。"

聪明不怒不恼:"好。"

*

医馆开起来了,村里却无人来看病。一来德秀并未守在村里,而是经常跑去省城。二来俊度生病时,赌气让人抬去外村看郎中,还煞有介事地一路念叨:"就是吃了那个逆子的药,越发严重,自个儿老爹都差点给治死了,其他人更莫消说。"

得知父亲在外诋毁他,德秀也不生气,只说万一碰上急诊,能救人一命就行。倒是聪明着急起来,替他筹措:"你在省城医馆看病,最拿手的是什么?"德秀说:"号脉、针灸、开方、抓药是基本,医头痛、伤寒、痨病、正骨都会,疑难杂症也可一试,还有女科……这个怕是民智难开,任重道远。你卖豆腐的时候可以帮我向人介绍,但不要强劝人来看病。"

几天后,李聪明卖豆腐时遇到一个抱小孩的外村妇人。妇人说怀中的孩子得了怪病,整日没精打采,只是嗜睡,因问哪里有好郎中。聪明便将她领到了自家医馆。德秀一摸脉,发现孩子早没了气息,忙问女人因何疏忽至此,连孩子死了都未曾觉察。谁料妇人突然变脸,号啕道:"郎中治死了我的儿子,我可怜的儿子,活生生被治死了。"

聪明自知招惹了小人,急得发起狠来:"做人如此没良心,连郎中都讹。"德秀却很镇定,冷声问那妇人:"你要做什么?"女人紧抱小孩道:"给我一些钱就罢了。"德秀冷笑一声:"我非但一块钱都不会给,还要报官。人贪点小便宜,能理解。你心术不正,害不了我,但会连累其他病人跟着受罪。就因你动了歪脑筋,以后这十里八乡的村民,但凡有个重症,谁敢轻易用药?何况我还没开方子,就算开了方子,你也得先抓药煎服。一个母亲,竟携亲子尸身行勒索之事,用心何其歹毒,岂能纵你?"

女人不再叫喊,坐在地上淌泪不止。德秀又问:"你要钱做甚?"女人这才哆哆嗦嗦地道出实情:"我儿确是发烧而死。男人不在了,家里就我一个女人,连薄皮棺材都置办不起。今早眼睁睁看着儿子死了,本想去娘家拿床破席将他埋了,路上听到有人说起这位卖豆腐的妹子,说她男人是个郎中,家里很有钱,这才动了歪心思。"

聪明气冲冲地要报官,却被德秀拦住了。女人磕头道:"我还有个大儿子,身上长了毒瘤,看了很多郎中都不行,可眼下家里实在没钱,求郎中行行好,给些银钱——我不想眼睁睁看着两个儿子都没了啊!"

德秀摇摇头。女人又问,可否给她一床凉席,德秀拒绝,命她"怎么把小孩抱来的,就怎么抱回去"。女人难掩失望,垂头走出槽门,不想这位刚拒绝了他的郎中又追了上去:"如果你愿意,明天安葬好小孩后，把大儿子带过来——我不收你诊金，抓药的钱也算我的。"

聪明不解："还好今天没开药方，没被她讹到。万一明天抓了药，哪里说得清？"德秀却认为女人良心未泯："就因为她未抓药就使诈，才说明这并非处心积虑。我拆穿她的伎俩，她便不再狡辩，算是迷途知返。她流泪不止，一定有苦衷。"

那时，德秀已读过王国维译的《心理学概论》。他认为心理学很重要，医者当常存同理心："心理与医科结合甚好，医者须知病患内外之所痛。"

第二天，女人果然带着大儿子来了。德秀发现，孩子身上长的不是"毒瘤"，而是一个"毒痈"。他让女人不必紧张："这东西喝中药好得慢，我曾在省城跟洋大夫学了一手，用小刀切开脓疮就是，不过动刀……"女人会意，朝外面一众看热闹的人大声喊道："一切后果由我承担，与郎中无关。"

德秀在蚊帐里切开了孩子身上的脓疮，排脓消毒后进行包扎，孩子捡回了一条命。聪明得知女人并无其他谋生手段，便留她在家里做了用人。

自那以后，来找德秀看病的人多了起来，都说他"不但会看病，还会瞧心"。其中有个姓邹的女人，是个"女癫子"，在医馆外扬铃打鼓地闹腾，撕扯上衣，随地便溺。旁边的店家都怪德秀开医馆不看黄历，"年轻人不信邪，净招些晦气东西，无冤无仇也上门"，商量着将邹氏架到马路上去。德秀见状赶忙阻止："行医不同于农事,不分节气,即便是流年太岁、月令冲克之日也得出诊。无畏血光之灾,当然也不避日月星辰。她与我无冤无仇,远道而来,自然是来看病的,七情内伤、外邪内干是症状,岂能因此驱逐?"

德秀让聪明给披头散发的邹氏套了件衣裳,亲自端来一碗水。邹氏接过碗,凑到嘴边又冷不丁将碗砸在地上,口中喊着:"外面好多鬼魂在盯着我,他们看把戏……"德秀也不恼,让邹氏明天再来,还告知众人:"我有良方,只需一剂便立时见效,哪怕是头疯牛,也能马上下地耕田。"

次日,邹氏果然再来,仍在门前大呼小叫。德秀早有准备,趁其不备将人摁住,灌下一碗药汤。喝了药的"女癫子"终于静了下来。德秀这时才把她领进医馆,温言道:"有门神守着,鬼魂进不来。"

邹氏在医馆待了不到一个小时,再出来时,行为举止竟恢复如初。德秀还不忘当众叮嘱她:"上天有好生之德,阿姐是有福之人,只需一两月,便能祛除病根,复旧如初。"

才过去三天,邹氏的病便完全好了,此后也再未复发。经此一事,众人将德秀的医术传得神乎其神。有通医理者认为三天治好一个疯了五年的人,乃无稽之谈,就算施以针灸,断不会见效如此之快,便说德秀装神弄鬼,有沽名钓誉之嫌。对此,德秀的说法是:"不晓人心,难通医理。"

多年后,当年的"女癫子"已是小有名气的邹老太,经营染布坊、胭脂香粉店赚了钱,又开办私学,儿孙满堂。邹老太举止优雅，爱打扮，晚年独居不见客，照样每日化淡妆，花甲之年还上过当地画报。在特殊年代，别人藏金银细软，她却冒死藏胭脂眉笔，悄施粉黛、梳头画眉。她说："世道越是要摧毁女性之美，我越要活得绚丽。就算是死，也要将美播种在自己的尸体上，万一哪天坟头上长出花儿来，唤醒了人性的美呢？"

对于邹氏当年的病情，德秀与聪明未曾向外人吐露半句。直到有一天，邹老太吩咐家人："人老了，最后还想去虎溪山走一趟。若没有德秀，我早成了一堆难看的白骨，再怎么装扮都不美了。"

当年去医馆看病的邹氏才二十八岁，与众多有苦难言的女人一样，忍受了多年非人的待遇。自十三岁为人妇，嫁的男人好吃懒做，酗酒好赌，脾气暴躁。一直到二十三岁，邹氏在婆家没吃过一顿饱饭，挨打受伤是家常便饭，就连孕期也不例外。

儿子出生后，男人愈发过分，有次邹氏半夜醒来，发现身上压着一个陌生大汉，说是来要"赌资"的。她的男人站在门口，恬不知耻地对来人说："还不够的话，就花钱再来一次。"后来，她又生下一个女儿，都没来得及看一眼，就被男人抱走卖了，说命里该当将输了的钱赚回来。

邹氏无处可逃，只得向娘家求救。父亲不在了，兄嫂怕她回去分口粮，让她在婆家"识相点"，不要惹麻烦。万念俱灰之际，她想到了一脖子吊上去，一了百了。正要踢凳子时，六岁的儿子在床上醒了过来，不哭不闹，仰头道："娘，你跑啊，跑了还是我娘；你上吊了，我就没娘了。"

邹氏已然麻木："我只有死路一条。"儿子搓着小手道："娘，我晓得你疼。我会想办法的，你莫怕。"邹氏说，自己不是非要一心求死，而是想活却无路可走。看到儿子如此懂事，她似乎又生出了希望："尽管不知希望在哪里，反正还想活下去。"

此后，邹氏每次挨打，儿子都会挡在前面，"好在他不打崽，怕打坏了无人传宗接代"。儿子被推倒了，又快速爬起来挡到她面前："娘，我给你吹吹，我一天比一天力气大了。"

每次挨打，邹氏都庆幸有儿子在，直到他九岁那一年。"那天雪落个不停，漫天盖地，早上堵了门，傍晚还被风卷着一团团地落。"男人照常在外厮混，邹氏与儿子在灶膛前烤火、煨红薯，儿子已跟着隔壁的师傅学了一段时间篾匠，说等他出师，就带着邹氏去走南闯北。

儿子说话时偎依在邹氏怀里，邹氏摸着他的头："娘跟着你，继续教你认字。"突然，门外一阵喊叫声，有人说邹氏的男人在外面喝醉了，一副要杀人的样子，让她把家里的刀藏起来。

原本含笑的邹氏蜷缩成一团。儿子猛然起身道："我去看看，把红薯也藏起来。"儿子走了，外面也静了。只一会儿工夫，儿子小小的脚印就被大雪覆盖了。过了不知多久，村里的狗突然叫个不停，紧接着有人喊："酒癫子和他儿子掉河里了，天寒地冻，黑灯瞎火，怕是难救。"邹氏和众人举着火把跑到河边，只见河水哗啦啦地流，雪无休止地落，日夜打她的男人被儿子带走了。

有人说，男人是被儿子推下河的，男人在下坠时，又将儿子拽了下去。

从此，邹氏就成了"癫婆"，满身泥巴，有床不睡，蜷缩在屋檐下，冬天只穿一件单衣，光着脚在雪地里跑，嘴里念叨着："谷不熟，蔬不熟，红薯煨成炭，娃娃没回家。"

五年后，邹氏一路"癫"到了德秀面前。德秀在医馆对她说的第一句话便是："阿姐，不论从前何事，不为难自个了啊！"只这一句话，邹氏泪流满面，乖乖伸出一只手让他把脉。德秀恭喜邹氏："是喜脉，往后母子安宁祥和。"邹氏向德秀鞠躬，德秀连忙扶她起来："不敢当，孕妇比天大，应得垂怜，见菩萨可不跪不拜。请务必珍爱自身，呵护胎嗣。"邹氏却垂泪道："我怀的是夫家小叔的骨肉——在我自暴自弃之时，唯有他不弃于我。但和他在一起，说出去有违礼法。"

德秀给邹氏备了安胎药："劫后余生之人，该奖赏自个儿自在地活，自在地爱人。"

多年以后，年老的邹氏回忆起在虎溪山下的那段日子："我装累了，本想投河而去，听说有个青涩后生，医术高明，暖人心，便想去见识一番。德秀一眼看穿了我的病，给我灌下一世的勇气，此后走到哪儿我都不怕。"

有老人同在一旁回忆："过去的人日子过得苦，有时感觉自己病了，又说不出来哪里不舒服。奇怪的是，只要去德秀的医馆外坐一会儿就能好很多，好似那种苦不用说，德秀也会懂。他很忙，甚至来不及说话，却晓得你在摸黑，燃起一盏灯，又去忙别的了。"

从军

德秀在家做郎中这一年,是李聪明最安心、最快乐的日子。回忆起当年光景,她说:"我从不认为他心硬——他对活人悲悯,对死人眷念,答应过的事,就算没人在意了,只剩下他一个人,他也要做到。"

这一年,德秀每日在家行礼问安,任由父亲数落,从不反驳,还帮着李聪明磨豆腐,有时跟着一起叫卖,直夸她的豆腐做得好。

李聪明知道,"德秀这是要走了,他不是鲁莽的人,也绝非逆子,他心里有这个家,去做舍身济世的大事之前,要在家守我们一年——也不光是为了守我们,还有他那两个埋在地下的朋友"。

果然,一年期满,德秀就对聪明交代:"若哪天我一去不回,你定要保全自己。哪怕我身首异处,也不要站出来收尸。这个家没真正认过你,万勿死守,以免受牵连。"

聪明心平气和:"只是你没有真正认过我,我不怪你。这个家是认我的,任何一个人有事,我都兜着,天塌下来,我去顶,我不是高个子,跳起来都要去顶着。"

那时,德秀已决定回省城参加新军[1]。

在省城中医馆学医期间,德秀就与蔡锷多有往来。彼时蔡锷已从湖南时务学堂[2]毕业,二人相聚时,讨论的多是家国大事。起初,他们只想着要推动政府改革,对清政府还抱有幻想。

1900年,唐才常[3]在汉口发动起义,蔡锷从日本回来支持老师。起义失败后,唐才常被杀,首级被悬在湖北汉阳门,十八岁的蔡锷侥幸逃过一劫。听闻恩师惨死,蔡锷悲恸不已,自此将本名蔡艮寅改为蔡锷——"锷"者,剑刃也,取意"砥砺锋锷,从头做起"。他投笔从戎,在《清议报》上发表《杂感十首》,其中有"前后谭唐殉公义,国民终古哭浏阳。湖湘人杰销沈未?最谕吾华尚足匡"的句子。祖父后来曾给我翻译过这几句诗的意思,"简单说来就是——清政府给我等着,湖湘人不是那么好杀的,走着瞧"。

德秀在新学师范学了不少知识,视野更加开阔,但学校依旧"总以尊君亲上进德修业为要义",他对"忠君"和"尊礼"的提法颇有微词:"大清教育之目的在于奴役百姓,禁锢思想。当权者少,

---

[1] 甲午战争后,清政府的北洋水师及湘淮勇营在对日作战中惨败,清政府意识到旧军的腐朽与衰败,决意效仿近代西方军制编练军队,成立了第一支现代化陆军,即"新军"。
[2] 该学堂由湖南巡抚陈宝箴创办,熊希龄任总理绅(校长),谭嗣同为学堂总监,梁启超任中文总教习,唐才常等人任分教习。
[3] 唐才常(1867—1900),字伯平,号佛尘,湖南浏阳人,清末维新派领袖,与谭嗣同时称长沙时务学堂教习中的"浏阳二杰"。

需将多数人驯成奴才，让人把自己给蠢死。人一蠢，即便亿兆之心，皇帝一人可控之，妄图千秋万代。有志士仁人清醒独立，杀了便是，只需动动嘴皮子，大批奴才便蜂拥而上化身刽子手。"

多年后，他也如此告诫后辈："如林则徐所言：'苟利国家生死以，岂因祸福避趋之。'我愿为国家粉身碎骨，但清政府不思变革，反而挟民自肥，我不效忠一条长鞭子。"

1903年，中俄《交收东三省条约》到期，沙俄拒不履行退兵承诺，反而增兵，意图吞并东北。清政府的腐败无能，引发了全国范围内的拒俄运动，京师大学堂"鸣钟上学"，声讨沙俄侵略。德秀的校友兼同乡陈天华积极响应在上海张园举行的拒俄大会，写下《猛回头》《警世钟》以感召世人。德秀大受震撼。先前他只是一个反叛青年，而现在，因痛恨当局腐败卖国，亦有了推翻清政府的想法。

同年，四川留日学生邹容发表《革命军》，由章太炎作序，大喊"革命，革命"，提出"不得侵人自由，如言论、思想、出版等事。各人权利必要保护。须经人民公许，建设政府，而各假以权，专掌保护人民权利之事。无论何时，政府所为，有干犯人民权利之事，人民即可革命，推倒旧日政府，而求遂其安全康乐之心……"德秀对《革命军》极推崇，其中主张在几十年后，还能随口背给子女听。

不幸的是，邹容因涉"《苏报》案"被捕。1905年，他因饱受劳役之苦，无力忍受狱卒虐待，在狱中一病不起，去世时年仅二十岁。同年，陈天华抵制清政府《清国留学生取缔规则》，并回击日本所言"中国人乃乌合之众"，以死报国，蹈海自尽，年仅三十岁。也是在这一年，已从日本陆军士官学校毕业归国的蔡锷回乡与德秀相聚。蔡锷忆及自己亦曾参与起草《革命军》，对邹容、陈天华之死悲痛难当。德秀与蔡锷想法一致，时局至此，舍身革命以唤醒民众已是当务之急，但切不可轻举妄动，须磨炼自己，谋求机遇。因而二人商定，德秀继续留校完成学业，蔡锷则任新军教官。

后来德秀毕业，先回乡行医一年，而后便按照之前的计划，改小年龄回省城参加新军，伺机革命。

*

收拾行囊的那天，磨坊传来一声女人的惨叫，仆人们听出是李聪明的声音。大伙儿赶过去时，发现聪明瘫坐在磨盘边，满头大汗，身旁是一块粗大的磨刀石。丫鬟扶起聪明，发现她的左臂肿得老高。家里的仆人当是她遇见了歹人，提起柴刀去追，却被聪明叫住："叫德秀来就行。"

德秀赶到时，聪明低头道："是我用磨刀石砸了自己的手，你医术好，无妨的。你骂我、打我都行，不要那么快治好我，我想多留你在家几天。我绝无拴住你的意思，就是舍不得，怎么想怎么舍不得，我人蠢嘴笨，做几天你的病人可好？"

德秀没有生气，第一次握住了聪明的手："看来是断了。你这是在怪我啊……是该怪我无情无义。但记住，无论任何事，都不值得你伤害自己的身子。我多住一个月，留下来陪着小妹，治好你。但以后不许你再做这般傻事了，好吗？"

聪明反问他："你明知此去可能遭遇不测，甚至曝尸街头，为何还要义无反顾地去做你心中的大事？我们没到活不下去的地步，你算爱惜自己的身子吗？"

德秀却说："读书人有志向，不为当官求财，要将学问交还给苍生。"他平日里很少和"小妹"讲话，那天却事无巨细地向她讲起自己的求学经历，还说，希望聪明能成为"觉醒的女性"。

德秀告诉聪明："真正的革命者，心里想的从来不是自己。流血断头，不是不爱惜自己——革命不是说说而已，得不吝自个儿最珍贵的东西，才能换取天下人的希望。"

聪明的手臂痊愈时，德秀问她："手还痛吗？痛的话，我再留两天帮你敷药。"

聪明不知该摇头还是点头："我好了。你要远行，我送你走，无论你回来时是什么样子，能不能再看我一眼？只要有信，我都会在村口接你。"

那一日，德秀拜别父母，说公务在身，需离家数年。俊度不知他所谋之事，依旧怪腔怪调："家里的'拗相公'竟不上山挖草药，反要外出践行经世致用。"

德秀后来在日记中写到，他当时想抱抱聪明，"时欲与李氏相拥，然所念所怜并非爱恋，遂作罢"。

出门时，终是聪明主动提出："我抱一下你的马背。"

*

我十来岁时,祖父就开始教我林觉民的《与妻书》,温和细致,有问必答。

那时我在学校还没怎么接触过文言文,最多背过几首古诗词,学《与妻书》自是苦不堪言,边读边哭。有次终于忍不住跟祖父抱怨:"为什么做你家子孙,要学这么难的东西。"

祖父却并未因我的冒犯而恼怒,也承认:"难是难了点,该是高年级的学生读的。"我马上接茬儿:"那让堂哥堂姐他们来读,我还小。"祖父却摇摇头:"你是还小,但爷爷怕是没时间了。有些东西不教给你,下去不好跟先人交代。"他背起手,眼中似有泪光闪动:"意映卿卿如晤,吾今以此书与汝永别矣!"那时我还不懂,祖父为何如此动情。祖父走近对我说:"不是所有人都懂他们的。你或许孺子可教,以后多少能懂一些。"而我当时却只想着,只要能吃饱饭,有书读,这辈子就别无所求了。

我得知林觉民面貌如玉,家境殷实,留学日本,与娇妻陈意映琴瑟和鸣:"窗外疏梅筛月影,依稀掩映;吾与并肩携手,低低切切,何事不语?何情不诉?"这样一个拥有一切的年轻人,却要"为天下人谋永福",参加广州起义,受伤被俘后拒不投降,从容就义,殒身为"黄花岗七十二烈士"之一的时候,年仅二十四岁。又是为何?

祖父告诉我:"作为后辈,我们或许做不到那般无私,但至少要能理解。他们勇敢却孤独,即便不被理解,仍义无反顾,他们革命并非头脑发热,而是忠于信仰。"

祖父希望我能通过《与妻书》读懂曾祖父:"我们家也有这么一个人,本可继承家业,逍遥富贵一生,却偏毁家纾难,'要让劳苦百姓将日子往好了过'。族人不理解,亲生父亲也不理解。你高祖父临终前,在其他子女面前说起曾祖父,还一直摇头叹气,说他属实聪慧,却大逆不道。"

*

当年德秀所在的新军是清末军事改革的产物。这支军队由清政府组建,官兵却不同于清朝旧军的承袭制度,招募条件要求一定的文化水平,对年龄及身体素质亦有要求。新军的很多官兵都接受过新式教育,思想开明,易接受革命思想,早早剪了辫子,而有些本身就是革命党。

德秀有他自己的考虑。少时好友多为贫苦百姓,因病、因贫致死;一些仆人的后代虽身强体健,却求生艰难。他亲见过种种底层疾苦,早已暗下决心,若改良不被接受,那便不惜对抗清廷。只是若真到了那天,必定会有流血牺牲。

他不怕死,却不想做无谓的牺牲。一旦上了战场,必须具备一定的军事素养,既如此,那便弃医从戎,"洒出的热血,要浸入人心,涤荡弊政"。

湖南新军成立不久,巡抚更信赖巡防营,给新军的支持有限。

兵营不仅实弹紧缺,而且没有像样的靶场,无从操练。加入新军的大部分士绅子弟都是为了日后飞黄腾达,入伍只是跳板,因此对训练也只是应付了事。很多士兵甚至连高低左右都分不清,擦枪走火,骑兵坠马,埋雷不炸。好好一支新军,在当时却士气不高,全然不成样。此前,德秀在家算是衣来伸手、饭来张口,连研磨搬书都有书童,虽骑马射箭,却从未干过重活。从军后,他却一改少爷习气,一直以"成为一名合格的士兵"要求自己,不愿"皇皇三十载,书剑两无成",训练从不打折扣。因为读师范时学过地理,他的军事素质亦相当过硬,擅长操法、兵器、测绘、枪械,又努力钻研战斗协同、阵地攻防以及遭遇作战等战术。

此间,蔡锷在广西任兵备处总办兼陆军小学堂总办,有蔡氏族人闻声前往广西,想入广西陆军小学堂就读,更甚者想谋求一官半职,都被蔡锷断然拒绝。出人意料的是,蔡锷却主动托人带话,邀请德秀去广西谋职,做带军衔的教员。但德秀却说:"若为谋职,数年前便可依附清廷。我担心乡人指责松坡厚此薄彼,便婉拒了他的请求。"

德秀很清楚,自己有能力在军队上能晋升:"我若志在功名利禄,被提拔非难事。"但他志不在升官发财,只想做一名为民请命的军人,认为自己的归宿应是"为革命而血溅沙场"。

就在德秀参军期间,长沙爆发了抢米风波,米价一日上涨数次。一位名叫黄贵荪的挑水工家中无米下锅,一家四口自杀身亡,引起民愤。当地巡抚衙门非但不体恤民情,反而派巡警开枪弹压。

清政府强势镇压抢米风潮,德秀愤慨之余,伤心不已:"百姓想购平价米,何错之有?民众若因生计事宜与当局发生冲突,应以调和为主,焉能狠心射杀?"为此,他特意带话到家里,若是宝庆发生灾荒,切不可与官员勾结,哄抬物价。"天灾之下,得凭良心去救苦难之人。我等本该捐赠钱粮,然贪官污吏无操守,中饱私囊,实不可信,家中掌柜,如往常经营定价,即可安民心、助灾民。"

德秀始终认为,抢米风潮并非天灾,实乃人祸。"国中百姓历来苦难深重,却最是坚忍,为了一口吃的,甘愿承受任何重压。但凡还有一口吃的,他们绝不闹事,偶尔饿肚子,只怨自个儿四体不勤。即便如此,那些为政者却还要利用天灾欺压饥民。"

至此,德秀对清政府彻底寒心:"无言可谏,无话可说,如此则已矣。"

*

1911年10月10日晚,革命终于迎来了曙光,新军工程第八营的革命党打响了武昌起义的第一枪。10月11日凌晨,革命军攻占总督府。武昌起义后第三天,湖北革命军派人入湘,与湖南革命党人焦达峰等人取得联系。10月19日,湖南革命党人表示,要尽快响应湖北。

1911年10月22日,湖南响应辛亥革命,德秀作为新军参与了长沙起义。下午三时左右,起义军占领巡抚衙门,湖南光复,宣布成立"中华民国湖南军政府",发布《讨满清檄文》,推举焦达峰、陈作新为正副都督。

不料,湖南光复后,军政府大肆封官许愿。都督焦达峰是会党出身,不善用人,行事风格不脱江湖习气。只要有人跑来都督府说自己有功,他便不经核查,当场封官,会党成员更是因此而飞扬跋扈、欺行霸市。

湖南新军之中亦是鱼龙混杂,德秀对此等行径相当不满。有人劝他赶紧去拜会都督:"起码要一个连长来当,旅长亦非不可。"德秀闻言大怒,拿枪指着自己道:"我若踏入都督府半步,便是侮辱革命。"

武昌起义爆发后,革命军占领武汉三镇,清廷震动。10月12日,清政府派荫昌率北洋新军南下进攻革命军,湖北战事胶着,急向湖南求援,湖南军政府遂下令组织援鄂湘军。

德秀虽对都督府的一些作为不满,却做军人亦有军人气节,誓死捍卫革命成果,主动请缨加入援鄂敢死队,于10月28日乘轮渡奔赴湖北,五日后抵达武昌,即被派往汉阳十里铺防守。阳夏保卫战历时四十一天,革命军退往武昌之时,共损失万人以上。其中援鄂湘军战死近千名,德秀也差一点儿命丧疆场。

*

彼时,革命道路并非坦途,一旦失败,被捕的革命党人动辄被游街示众,甚至砍头,不仅为"千夫所指",亲友也避之不及。

纵使有些人侥幸取得了短暂胜利，也会被骂作"乱臣贼子"[1]。德秀飘零在外，不知多少次死里逃生，非但不被家人理解，还遭到了不少族人的攻讦和赏恨。

自德秀走后，聪明好些年"手绢总是干不了"，平日除了打豆腐，还爱烧香拜佛。另一项日常工作是四处问人借报纸，"不管什么报纸，只要能收到消息，我就找来看"。

湖南起义之时，德秀曾给大婆婆留下遗书，上面只有一句话，引用的是曹植的《白马篇》："捐躯赴国难，视死忽如归。"

后来聪明提起此事多有失落："四十五岁以前，他心里记挂着国家，就是没有我这个小女子。生死关头写遗书，最想说的话是愿为国难而死，却不愿提'李聪明'三个字。那封遗书虽然到了我手里，却是给谁看都行的，对蔡李氏没有半句私密话。"

在随部队起义之时，德秀已将生死置之度外："吾等手中只余几发空包弹，然一往而无前，吾等即死于冲锋，死于搏斗，死于大败，死于功成，九死不悔。"

11月17日，革命新军反攻汉口。战场上弹片横飞，德秀不幸身中两枪，伤及腹部。他眼见士兵一个接一个地倒下，有个医疗

---

[1] 1895年，孙中山领导的乙未广州起义未战先败，陆皓被称为"中国革命牺牲的第一人"。随之湖南境内有过几次起义：1904年，华兴会黄兴、刘揆一、宋教仁等人筹备甲辰长沙起义，同样未及发动事败，黄兴、刘揆一、宋教仁潜逃，马福益等多名革命者就义；1906年，在江西萍乡，湖南浏阳、醴陵一带爆发"萍浏醴起义"，刘道一等被杀，其未婚妻自杀，清政府清乡株连百姓，致使万人死难。

兵被削掉了半个脑袋。那年他三十一岁——那些倒在他身边的革命军大多都还不到三十岁，最小不过二十，皆是不久前为响应革命而参军的新兵。

万幸，击中他的子弹未伤及要害，医药箱亦触手可及。身为医生，德秀尚能勉强自救，熬到红十字会掩埋队赶来时，已奄奄一息。

忆及当日情形，极少落泪的德秀不禁老泪纵横。革命新军寡不敌众，物资匮乏，四野堆满尸首，血肉狼藉，野狗狂吠，红十字会志愿者只得草草将其掩埋。"萧条战场，盛年青春，吾之袍泽弟兄以热烈之势长眠于此，吾亦随之奋勇不屈，至死方休。"在我八岁那年，祖父教我读《白马篇》，动情地说道："无论是'白马饰金羁'，还是'连翩西北驰'，以及后面的每一句诗，都是你曾祖父的样子。"如今我再次背诵全诗，潸然泪下。

被红十字会志愿者抬下战场后，德秀被送进汉口的临时医院抢救。临时医院条件简陋，床位、药品、人手皆严重不足。手术后没多久，德秀便提出要回汉口的自家铺子养伤："袍泽弟兄不畏死，昼夜奋战，数天下来，数月下来，数年下来，终有一天累了，我自当为他们让出病床。"

他让人通知汉口的掌柜来接人。没多久，便听到外面有说话声。那声音急促、嘶哑，却极熟悉："您看见我家德秀没有？他长得标致，很好认的……"旁人听不懂那口音，同来的掌柜便用武汉话又问一遍。德秀赶忙让护士将人领到自己病床边。蓬头垢面的李聪明就这样出现在眼前。

原来,老家早有人心怀不轨,李聪明担心丈夫安危,早已只身前往武汉。她每天早出晚归,四处打探丈夫下落,几乎不眠不休地找了一周。

重逢

道光年间，蔡家祖上在武汉打下了自己的地盘。生意不大不小，一直经营着几家店铺。宝庆码头帮派林立，明争暗斗在所难免。传到俊度这一代，他因性子温和，不愿与人结怨，勉强撑到四十岁，宁愿丢了摊子也要回乡躲清闲。

俊度公回乡后，武汉生意皆交由李聪明和几位掌柜打理。武昌起义的消息传来，县衙在乡里清查"乱党"，一些欠着蔡家债务的人便动了心思，向县衙举报德秀"是革命党，参与了武昌叛乱"，妄图赖掉债务，从小脚女人手里接过蔡家生意。

这一日，县衙里派人来村清查"叛党"，聪明径自往槽门口，将来人引至自家宅前，朗声道："我家德秀不会做祸国殃民的事。我蔡李氏在此告知诸位，德秀在外的任何事，我担着，与家族其他人无关。"

未料俊度也站了出来，提一袋子钱塞给领头的人，赔着笑脸道:"我那逆子从来跟我不对付,不管有没有犯事,他给巡抚当差,你们去巡抚衙门拿他便是。可我儿媳不一样,就算拼了整个家族,我也绝不让她去顶'莫须有'的罪。"

小头目接了银子掂了掂,向聪明作了个揖:"哪有什么乱党,我们就是过来提个醒。"

衙门的人走了,聪明却轻松不起来:"既然县衙的人查到了家里,保不齐德秀就是去了武昌。"

左思右想,唯有找公公拿主意。俊度捧着水烟,满是无奈:"逆子在长沙,在武昌,在京师,就算上天入地,无论生死,我既管不了他,也帮不了他,只得由他去。再不济,就当他是八臂哪吒,骨肉早还给父母了。"

"最近我噩梦不断,到底还是不安心。"聪明央求道,"武汉那边的店铺本该我去打理,却让弟妹们担受。这些年分红我没少拿,却很少为家族出力。如今世道混乱,这次盘点,爹爹让我带人去吧。"

俊度猛吸了一口水烟,长叹道:"恐怕还要搭进去一个女儿啊。"聪明朝着神龛跪下去:"爹爹抬爱,但我不是您女儿,我姓李,叫李聪明,是嫁到蔡家来的……"

俊度不禁叹道:"望夫处,江悠悠。化为石,不回头。山头日日风复雨,行人归来石应语……见到德秀,你告诉他,爹爹老了,想他回来看看父母。"

*

李聪明出门,只带一个叫刘丫的家人,和一个赶车的老仆田伯。俊度本想多派几个人跟着,却被她一口回绝:"这是我自个儿的事,人家来家里做事不是卖命,德秀知道我让他们冒险,会怪我的。"

就这样,聪明一行三人,比援鄂的德秀还早两天到了汉口。她晕船晕得厉害,下了船却不等站稳,就揣着两双鞋,急匆匆要去有部队、有枪炮声的地方找丈夫。

参加革命后,德秀极少写信回家,加入新军亦未曾与家人打过招呼。聪明不知他到底在哪一标哪一营,更不知他加入敢死队驰援武昌的事。她只得逢着穿军装的人便问:"见过我家德秀吗……"一双小脚走不动,坐黄包车又没法问人,只得苦挨。终于打听到丈夫的消息时,她的"双脚和煮烂的粽子无异,裹脚布与血肉粘在一块,仿佛拆了就散成一团"。

见到躺在床板上的德秀,聪明顾不得脚伤,小跑过去抱住他啜泣:"怎么搞成这样? 我这就带你回家。"刘丫和田伯也落了泪:"德秀少爷,你也要顾一下自己。"

德秀摸了摸口袋,确认那封只有一句诗的遗书还在:"它还没送出去,你们怎么就找来了?"

一回到家里的铺子,德秀便吩咐掌柜从账上支下一笔钱,要给红十字会送去。还吩咐聪明和刘丫去医院帮忙。聪明却说,德秀哥你受了重伤,眼下我一步也不离开。

　　生平第一次,德秀对眼前的"小妹"换了称呼:"夫人,你听我的——医院里缺人手,哪怕是去打杂,你都功德无量,说不定还能找到自己的方向。我在自家地盘休养,不碍事。"

　　听到德秀喊"夫人",在场的人都讶然。尤其是刘丫,愣了许久才反应过来,赶忙拉着聪明道:"我们明天就去医院,一定去。德秀少爷喜欢,那我们就去。"

　　聪明听了,眼睛里"像捏碎了的豆腐,出来的都是水,能行船",想了想,却又坚定地摇头:"我就在这里守着你,照顾你。"

　　大婆婆晚年曾跟小辈提起此事,叹道:"他是在求我——面对死他都没那么难受,那么好看的脸硬生生挤成了丑八怪模样……没了德秀,我要功德有何用?再者说,我不是叫花子,过门前蔡家送来聘礼一样不缺,过门后我侍奉公婆行无差错,何须他此时拿名分来做交易。"

　　德秀见聪明不愿去医院帮忙,马上又改了口:"如此,那就不勉强小妹了。"

*

　　和德秀重逢这一年,刘丫二十六岁,在当年算是老姑娘了。可不管谁来提亲,她都不愿嫁。刘丫随母姓,母亲少时生得标致,十六岁走夜路,不幸遭强人奸污。时人看重贞洁,遇着这等事,女性大多忍气吞声,找个偏远地方嫁了,刘姑娘却不肯屈服,毅然选择报官。未曾料想，衙门的差役见色起意，借口勘查办案，将她诓骗到案发现场，再次施以暴行。这差役是知县幕僚妻家的子侄，知县包庇差役，刘氏见告状无门，便提起一把菜刀猛砍县衙大门，却因此被投进了监牢。

那一年，恰逢俊度往外乡收购茶叶，路过刘丫老家，听当地的生意伙伴说起这桩冤案，对这素昧平生的刘氏姑娘心生敬佩。他认为，当时女子"或三从四德，或温良恭俭让，独缺勇"。后来挑儿媳妇，也专挑果敢坚韧有个性的女子。为营救刘氏女，俊度专程去省城找按察使司衙门的老友，几番斡旋，终使知县降职，差役入狱，刘姑娘沉冤得雪。刘氏出狱那天，俊度亲自带着夫人来接她。从牢里出来时，刘姑娘已是大腹便便，再有三个月便要临盆。

为营救刘氏，俊度花费了不少银两。眼前之人与自己素不相识，却出钱出力，仗义相助。刘姑娘长跪不起，直言自己纵使赔上两代人，也不值那么多钱，当牛做马亦难以为报。俊度却说，人命及公理都不能这么算，恰好他还有些家资，能助她一臂之力，是自己的荣幸。

还有些话，是刘氏未曾说出口的。因被奸污而去告官，为千人所指，族人已经几次托人带话，命她在狱中自尽，她却坚持要活下去讨个公道。如今沉冤昭雪，她出狱后却无处可去——说到底也是个十六七岁的女子，挺着个肚子，不知往何处栖身。

这些说不得的苦楚，也被俊度看在眼里。他和夫人对视一眼，温言道，若刘姑娘不愿留下腹中胎儿，夫人可带她去求医；若想生下来，可借住在蔡氏佃农家中，那边百无禁忌。

刘氏摸了摸肚子，腹中胎儿陪自己坐了几个月的牢，像是知晓母亲的苦楚艰辛，不吵不闹，只在她难过时才会有胎动。"我们娘儿俩在牢里相依为命，我想生下他来，却怕孩子出生后遭人唾弃。"

平日不多话的俊度夫人开了口："那就生下来。只要不懒，粗茶淡饭有得吃。"

三个月后，刘氏姑娘在佃农家的柴房里生下了刘丫。俊度得知是个女孩，极为欢喜。孩子满月那天，他在佃农家喝了酒，抱着刘丫说，自家小子除了德秀那个磨人精，以后姑娘看上哪个，就嫁哪个。"我们做买卖的虽说低贱，但谁若欺负丫头嚼舌根，蔡家绝不允许。"刘丫母亲在槽门口起誓："一辈子为蔡家做事，不要分文工钱，能让丫头有碗米糊喝就行，我个人的吃穿自己想办法。"俊度却不肯，放鞭炮接她入门："往近了说，你来我家做工不拿工钱，是陷我于不仁不义；往远了讲，你是我未来亲家，来女婿家做工不给钱不管饭，这不是混账吗？"

刘丫母亲自打来到蔡家，比青壮男子还卖力，专挑重活干。俊度租给她半亩田，从耕种到收获全是她一人忙活。刘丫断奶后，她便帮着俊度跑码头送货。

刘丫比德秀小五岁，与聪明年纪相仿，七岁以前说话不清楚，头发又黄又卷，小小个，爱跟在德秀后头喊"皆序（德秀）少爷"。德秀懂事早，听过俊度要她做儿媳的玩笑，常逗她："你是我未来弟媳，要叫'哆哆'（哥哥）。"每次德秀让刘丫喊"哆哆"，她就大哭,说才不嫁人,不是"寄妹"(弟妹)。刘丫对其他少爷都喊"哆哆"或"寄寄"(弟弟),蔡家亦没人拿她当丫鬟。只有母亲一直告诫她:"你就是丫鬟。"

稍大一点,母亲便坚持让她做下人的活儿,还说若东家不答应,便带着女儿另谋出路。她一再告诫刘丫,做儿媳的话,是蔡家东主怕人欺负她们孤儿寡母才说的,不可当真。俊度只得让刘丫做德秀的书童,平日里研磨、理书、倒水、送伞。得空时,"皆序少爷"会教刘丫识字唱歌,还给她讲故事。

除了不喊"哆哆",刘丫最听"皆序少爷"的话。少爷要去劈烂关大妹儿的房子,刘丫便马上找来斧头;少爷经常惹恼父亲被罚跪,刘丫就在一旁陪着;哪怕少爷逃婚——刘丫也帮他收拾包袱,替他放哨。

刘丫长到十二岁,一不留神长高了个儿,微卷的头发留长了,大大的眼睛像个洋娃娃,说话也不再是"大舌头"。俊度偶尔开玩笑,说自己看儿媳的眼光比做买卖强,问刘丫看上了谁。刘丫只不作声。俊度问了几次,以为她一个也没看上,从此便不再提。

到底是母亲知道自家女儿的心思。她故意试探刘丫:"我看啊,还是德秀少爷最合适——可德秀少爷不讨东家欢喜,净惹事儿,东家怕委屈了我们刘丫。"

刘丫脱口而出:"东家哪里都好,就这点不好。什么'除了德秀少爷,你看上哪个',问的什么话嘛。"

德秀成婚那天,刘丫躲在房间里,一整天不肯出门。到了傍晚，德秀端着一碗东坡肉过来看她："刘丫一天没吃饭啦，'哆哆'担心。"她终于大哭起来。此后，刘丫再没跟任何人提起过她喜欢德秀少爷的事，尤其是在母亲死后，任谁来提亲都一口回绝，反而对聪明敬重有加，做了她的贴身丫鬟。

*

  刘丫母亲是在刘丫十四岁那年走的。

  这位奇女子在蔡家十四年，从佃农做到女掌柜。刘丫十四岁那年，她忽然抱怨起蔡家生意全靠她，分红少就算了，始终拿她当下人。店铺伙计举报她贪污货款，证据确凿。俊度听了不为所动，淡淡说了一句："几代人下来，蔡家只有内斗不止，而家中掌柜、仆人中却从未出过小人。"

  俊度担心刘丫母亲有了难言之隐，便打发聪明去看她。刘丫母亲什么都不肯讲，来来回回只有一句话，说自己此时同蔡家闹掰，对蔡家只有好处，她一个外人无足轻重。想了想又添了一句："刘丫不懂事，她喜欢德秀少爷的事，就没能瞒住哪一个。日后希望你多担待——她没坏心，就是爱着罢了。"聪明摇摇头："不只德秀，我也喜欢这个妹妹，聪明伶俐是我没有的。喜欢一个人能有什么罪？"

  没承想，一个多月后，刘丫母亲当众挥刀，对着一个五十多岁的外乡男子连砍十几下，然后刎颈而死。

  被蒙在鼓里的蔡氏族人从刘丫母亲留下的遗书中才得知事情原

委:被砍杀的正是十四年前奸污了她的仇人。多年后,他竟自己找上门来,将当年的细节说得一清二楚,还恬不知耻地向刘丫母亲提出,要么让刘丫为他养老送终,要么便拿钱来,给他一笔养老费。

一个知书达理的女子,因他而沦落到被众人唾骂、遭家里驱逐的不堪境地。谁承想他如今还敢找上门来,逼问刘丫住处。

刘丫母亲动了杀心,她不能给无赖纠缠女儿的机会。没人知道十几刀下去,这个刚烈的女子是否消了仇、解了恨,但刘丫是真正没了母亲。

刘掌柜去世后,俊度备受打击,一向乐观豁达的他在楼上大呼:"你不畏人言是对,不畏强权是对,不畏生活是对,何事不能一起担当?离开是大错。"

刘氏族人无人愿意出面收葬,大骂伤风败俗的人不能进家门,杀人放火的鬼不能进祖坟。于是刘丫母亲的后事便由聪明料理。她将遗体运回村口,搭个棚子请和尚做了法事,又请全村人吃了两天流水席,亡人终于被允许葬在公家地里。俊度以亡妻之礼厚葬了刘氏,让六个儿子轮流上祭。德秀特地从长沙赶回,手捧刘丫母亲遗像,为亡人引路上山。家祭时,聪明安排德秀扶着刘丫同在灵堂行礼。祭文亦由德秀亲自执笔,上称家姑刘氏老孺人,悼词中有一句:"摧兰折玉,重厚自尊。"

知晓当地礼俗的人对此心照不宣,此后刘丫就算公开宣称自己是德秀的再配夫人,也无人敢否认。谁料刘丫却在母亲遗像前公开承诺:"自己痛失慈母,伤痛欲绝,太太披心相付,才让我挨了过来。我会做好一个丫鬟的本分。"她说到做到，坚持与用人一同做活。俊度对此亦不过问，姑且听之任之。只有聪明知道，刘丫心里一直都有德秀。

德秀在家的时候，刘丫一直刻意与他保持距离，气色却一天比一天好。德秀离家去革命，刘丫没有出门相送，却难掩失魂落魄。她后来悄悄吐露："我不知当时是怎么摁住了腿，也不知是怎么摁住的心，想来是看着太太在前面，便自觉忍住了。"

直到县衙差役来找事，聪明心系德秀安危，六神无主。刘丫过去握住她的手，良久说不出话，只一个劲儿地掉眼泪。聪明喃喃道："没事的……他不能有事……妹妹，他会没事的，对吧？"

刘丫这才问："丫鬟也去，行吗？"

*

田伯是家里的老仆，此时已近花甲之年。他从前的事被人传得神乎其神。都说他有一身武艺，能徒手举起三百斤的石板。甲午战争时，在两江总督刘坤一麾下参军，曾驻守山海关，直到兵败后才回乡。还有人说，田伯的父亲本是员外，曾有万贯家财。据说他是因打抱不平得罪了人，才落得个家财散尽的下场："见到当官的派人抢人女儿，他仗着自己有武功，敢一个打十个。"田伯父亲为保全儿子，吊死在堂屋。田家树倒猢狲散，年轻气盛的田伯被迫带着母亲四处谋生，教人练武。一个徒弟学了一招半式后四处惹事，结果横死街头，从此他亦不再收徒。后来他辗转来到宝庆码头做苦工，因带着老母而屡遭嫌弃。俊度见他是个孝子，便问他愿不愿意回乡做家丁的领头。一年后，田伯母亲病逝，他成了俊度的贴身仆人。

田伯从不谈及过往，倒是有两句话常挂在嘴边："学武之人挨打，莫学打；财聚财散，人来人往，莫得罪当官的；但再遇欺男霸女的人，就算是当官的我也照打不误。"

此次聪明赴鄂寻夫，他主动要求相随："我不敢说英雄迟暮，但德秀少爷的一番作为提醒我，当年没做错。况且你们到底不懂东家，我去就等于东家去。你们只见他逮着德秀少爷骂，却不知他的心——德秀少爷想做的事，就算东家认为大逆不道，你们可曾见过他出面阻止？"

在汉口铺子，田伯眼见聪明和德秀起了争执，便上前握住德秀的手道："德秀少爷，你的义举毋庸置疑，但把整个家都搭进去的话，你后悔吗？德秀少爷，你有着最好的家人，大好前程，却偏要选一条最难的路走。万一到头来像我一样落得个家破人亡，徒增笑耳。"

德秀看向刘丫："前人以命相搏，是为了让后人能无忧无虑地活。生于恐惧之中，实属无奈，但不能让后来者再经历这被奴役的恐惧，被欺辱的恐惧，被关押的恐惧，被驱赶的恐惧，被蔽塞的恐惧——明朝应当有明朝的希望。"三十年后，美国总统罗斯福提出"人民有免于恐惧的自由"，德秀也曾说："国人一直在为消除人民的恐惧而战，我真心实意地希望有一个政权能如此。"

刘丫情系德秀,这番话自然入耳入心。加入红十字志愿者之前,她对聪明说:"我此番前去,不是为了讨好德秀少爷,实则是德秀的言行再次动摇我心。对明日之恐惧才是最恐怖的事,若人睁眼便活在恐惧中,谁又能对明日心存希望?"

数月后,德秀逐渐康复,聪明求他回家。"自从亲眼见他流血后,私心便只想他在自家楼上看书,家中一切都不用他操心,我一辈子伺候他,哪怕是端洗脚水、倒马桶。"

德秀不答,只领她到江边。"袍泽弟兄的尸体堆满了江滩,他们都回不去了。我情愿你留下,像刘丫一样去帮助更多的人。受伤的革命者,难民,即便是清廷那些从战场上退下来的伤员,都需要大量人手来救助,你就当是在帮我了。"

聪明只是摇头:"家里的豆子发霉了,磨盘也没清扫,老爷子还在等消息。男人做大事,女人就帮他守好家。"晚年时,聪明想起当年的情形,还兀自摇头叹息:"他怎么把我当物件分配。"

聪明与田伯启程回家时,刘丫已经在一位毕业于东京女子医学校的志愿者教导下,成长为一名出色的护士。她常往返于汉口和武昌之间,后又随队奔赴上海。

*

1912年,中华民国临时政府成立。时为云南最高长官[1]的蔡

---

[1] 1911年10月20日,为响应武昌起义,蔡锷领导了云南的重九起义。11月1日,云南军政府成立,蔡锷被推选为都督。

锷再次给族兄德秀带信,邀请他赴滇。德秀深知,蔡锷此时正值用人之际,当即慨然应允。后来有人曾议论,德秀驰援武汉已建军功,彼时武汉的老长官黄兴已调任南京陆军总长,若他伤愈后便追随黄兴去南京任职,前途不可限量。但他却在关键时刻另起炉灶,终究是太吃亏。对此,德秀却不以为然:"湖北阳夏保卫战,革命军损失万余人,援鄂湘军亦有上千人战死。我侥幸活下来,能为国家做一点事,已是万分幸运,还谈什么论功行赏?"

去云南前,武汉铺子里刚好有船回乡,伙计便问德秀,是否愿意回家一趟。德秀只摆摆手。他要见的人不是乡亲父老,而是和他同在前线的那一个。他到红十字会找到刘丫,对她说,自己要去云南了。

德秀赴滇后,刘丫专程回了一趟蔡家。见到俊度便行跪拜之礼——却不是对老东家的礼数。进了聪明的房间,她关上门,说是赔罪来了。聪明瞬间明白了,只说了一句:"喜欢一个人哪里是什么罪,德秀到底不是木头啊……"

刘丫说,她不会再回蔡家了。"活成他一样的人,便是我对他最深的爱。他给了我平等的爱,至此我不是丫鬟,他不是少爷,我该知足。我们不能再进一步,否则伤害太太了。"

刘丫只在蔡家住了一晚,第二天便离开了。后来,德秀提起刘丫,说她叫刘素贞,是去红十字会后自己改的名字。刘丫说她喜欢《白蛇传》里的白娘子,来人间报恩,便嫁给了郎中许仙。

此后,刘素贞奔走各地,救死扶伤,曾救助过五名孤儿。1925

年，上海闸北暴发霍乱，素贞在医院不幸染病。最后时刻，她紧紧握住一只怀表，那是德秀离开武汉的前夜送给她的。直到1926年，聪明才收到怀表和一句口信："姐，我回来了。"

聪明晚年最是想念刘丫："家里那么多人，我同她最亲，是个真正骄傲的女子。"

涉川

　　1912年4月,德秀抵达云南都督府。因之前蔡锷在广西有了前车之鉴[1],为不授人以柄,德秀此去并未要求担任要职,只以私人秘书的身份,化名跟在蔡锷身边,协助整顿厘税、筹办银行。在蔡锷的治理下,云南社会安定,府库日渐丰盈,一切向着井井有条的方向发展,这一年,蔡锷三十岁。

　　未料次年,袁世凯以大总统身份电令蔡锷回京养病。蔡锷为拥护国权,甘愿交出权力赴京。对此,德秀不以为然——在武汉时,与革命军交战的正是袁世凯率领的北洋军。德秀认为袁世凯虽有能力声望,但人品实难恭维,建议蔡锷暂缓离滇。但此时蔡锷尚对袁世凯抱有极大幻想,认为其有能力结束中国的动乱,虽

---

[1] 广西咨议局弹劾,诬陷其身为干部学堂总办,任用私人,袒护同乡,大比例录取湖南籍学生,从而引发声势浩大的"驱蔡风潮",惊动清廷派人前往广西查办。查证结果为,蔡锷未有半分贪墨之举,其虽重同乡情义,但所录取湘籍学生均成绩优异。蔡锷却心灰意懒,离开广西,赴云南任协统。

自知赴京后可能会被架空，但为国家前途计，仍愿支持袁氏统领国家。

蔡锷北上前，德秀已先一步离滇，由国务总理兼财政总长熊希龄保荐，赴四川任知事兼财政局长。此番离任实属无奈。几个蔡氏本家游手好闲的青年听闻德秀已投至蔡锷麾下，便跑到云南来要官，德秀当然不允，却也碍着本家的情面，给了他们一笔返乡的路费。孰料此举却激怒了来人，怀恨在心，由此埋下日后他命丧蔡家老宅的祸根。

赴川途中，他见到许多瘦骨嶙峋的男人，头巾破烂，衣不蔽体，还有些女人赤着脚，连草鞋都没得穿。而他任职的县更穷，知事的公署还没有蔡家宅院大。乡民多面有菜色，双眼无神。

上任当天，当地几个财主送来五千元，还专程安排了两桌宴席为新知事接风。德秀面上淡然，说赴宴可以，钱财却万不能收。上轿前，他故意对旁人嚷嚷："民国了，如此大张旗鼓吃喝怕是不妥。"几个财主在一旁毕恭毕敬："无妨，县太爷也是要吃饭的。"

席上作陪的有一位警察所的张警佐。这位警佐是成都人，曾为前清典史，常年在此地任职，负责缉捕、监狱之事，还组建了地方保安队，在当地颇有民望，与士绅大户都交情不浅，是个不可小觑的人物。按当时规矩，警察所长本该由知事兼任。德秀考虑到自己初来乍到，便请他来做所长。

几位乡绅轮番向德秀敬酒："大清也好，民国也罢，县太爷就是我们这里不变的天，管他什么朝什么代，商贾都得仰仗县太爷。"

德秀望向张所长："鄙人说是知事，既不知政，亦不知事。县太爷还是我家老太爷那一代的叫法，现在已经过时了。"张所长的回答也意味深长："勤政恤民，便知政知事。若论说法，还是县太爷威风。"

酒过三巡，便有人拿话来试探："我们这里罂粟开得好，不比云土[1]差。老话说'烟土通，政令通'，县太爷大可放心，您是东家，我们不过是掌柜的，算盘打到底，还得靠东家应承。"德秀心下雪亮，这些人是想跟自己讨论烟土收入的分成。

自道光年间起，云南、四川等地便大兴鸦片种植之风。按《天津条约》的说法，鸦片以"洋药"的名义合法进口，税率为每一百斤三十两，地方官员为增加财政收入，便强令百姓种植罂粟。眼见全国广种罂粟，贻害无穷，光绪皇帝发布谕令禁鸦片，却已无力回天。很多地方官员阳奉阴违，甚至在暗地里操控鸦片生意。

按照那些士绅、财主的说法，德秀每年可分得的烟土利润至少有上万银圆。而县知事的月奉才不过三百银圆。若德秀肯点头，在这知事任上干几年，怕是比在蔡家做生意的收入还要多得多。

席上，德秀既没点头，也没摇头。他清楚孟子"为政不难，不得罪于巨室"的道理，但也没把这群土财主放在心上。这顿"鸿门宴"，他看在眼睛里的只有一个人——那位经历了改朝换代的老警佐张所长。

---

[1] 即云南烟土。

一段时间相处下来,德秀仍然摸不透这位张所长的为人。他对德秀客气有加,却又不似溜须拍马的小人。德秀初来乍到,用人不知根底,张所长便知无不言。对于任上种种调遣,他也绝不推托,缉捕罪犯更是不遗余力。可他又与做鸦片生意的人过从甚密,在当地置了两座大宅,听说这些年得了不少钱财,生活起居极尽奢华。不过德秀自己也接受各种宴请,出门坐轿,架势十足,看模样倒也不像什么好官。

有次二人在公署闲话,张所长说,百姓家中没有多少余钱交税,若采取高压政策倒也能收,无非是往后多收几年——不交就抓人,杀一两个以儆效尤也未尝不可。

德秀顺着张所长回道:"那敢情好,烦劳警察所长亲自带人,不必贪心,税收收至民国二十年即可,杀一两个草民也无妨,抓一批刁民严刑拷打,关个一年半载甚好。"张所长不淡定了:"如此办理?"德秀说:"那是自然,马上去办。办妥了,我为你请功。"张所长忙改口道:"知事初来乍到,事关民生,还得商议万全之策。"

听他如此说,德秀仍不动声色,亲自给他斟茶。张所长喝了几口茶,忙忙起身告辞。不一会儿,一个年轻姑娘拿着请帖到公署,说今日是她生辰,父亲令她请知事去赴家宴。

姑娘是张所长的女儿,名叫张三妹,年方十六岁。三妹个子高挑,一双天足,是当地顶好看的女子。德秀打开请帖瞅了瞅,连声说一定到。

宴是寿宴，德秀却并未过多留意这位寿星姑娘。他只是试探着问张所长，四川土地肥沃，要兴修水利，架桥铺路，普及学堂，恢复集市，让百姓回到农事上来，方是长久之计。张所长没接话，只说酒是夫人亲自酿的，菜是三妹下厨做的，用人都打发下去做活了。又说起夫人生女不易，疼了几天几夜，三妹上面还有兄长在成都，这个女儿是他自小带在身边的。

德秀无心听这些家常，场面话说得极敷衍。张所长一转头，几句话似有深意："三十出头的知事，大有可为，不必操之过急，我们且等等看。"

那时，年轻气盛的德秀还不知道，那是他第一次也是唯一一次与岳父岳母同桌吃饭。很多年后，三妹嫁给了德秀，成了我的小婆婆。他们的小女儿——我的姑奶奶淑珍回忆，三妹五尺高，是个美女，精通琴棋书画，还能骑马打枪。"妈妈自个儿讲，来说媒的人踏破了门槛，但她心高气傲，没一个看得上。谁想后来等了爹爹十几年。"忆及当年，德秀则说："悔不曾给岳父行礼。"

*

当时县级司法权和行政权并未分开，知事兼理司法，享有缉捕、勘验、刑事执行、检察权、审判权等，何况德秀还抓着"钱袋子"，稍加经营，便能独断专行，说一不二。但德秀认为，拿一县百姓的命运来赌知事个人的品行，绝非好事。县里财政紧张，账目不明，税收混乱，司法改革势在必行。于是他主动分权，将警察所交给张所长，又设了独立的司法专科、检验科，培养帮审员。[1]

德秀到任不到半年，县里便出了两起命案。

一日，一个叫王老二的男人跑到知事公署告状，说自己只去走了几天亲戚，回来便发现妻子失踪。就在德秀派人着手调查时，一户周姓财主家的下人来报案，说有个女人在周家后院柴房里上吊身亡——死者正是王老二的妻子。

德秀和张所长立即带人赶往现场。女人的尸体还挂在横梁上。王老二见到妻子死状，立刻失声痛哭，誓要与周家同归于尽。张所长将死者尸身解下勘验，见女子披头散发，眼睛有血斑，舌尖外露，脖上尤有勒痕，外衣却完好无损。验尸结果符合自缢特征，排除他杀。德秀上前闻了闻女人的发丝，一时也没有提出异议。

围观群众指指点点，断定周家逼奸不成，受害女子不堪其辱，才自缢身亡。周姓财主承认自己曾与女子有过一段情缘，本想娶她进门，却因双方八字犯冲，遭长辈反对，二人从此断了往来。女人心灰意冷之下，才嫁给了王老二。

周员外说，事发前一晚，女人的确曾找过他，却是来借钱的。

---

[1] 民国建立后，确立了三权分立的原则，司法权和行政权分离，实行四级三审制的司法体系，从中央到地方设大理院、高等审判厅、地方审判厅、初级审判厅。然司法改革并未彻底，县一级司法权和行政权并未分开。袁世凯掌权后，集三权于一身，下令裁撤原有的地方和初级审判检察厅。初级新式法庭设立本就存在不足，又遭到裁撤，县级只能由知事兼理司法。1914年，北洋政府推行《县知事兼理司法事务暂行条例》，县知事一人享有缉捕、勘验、刑事执行、检察权、审判权等。

她说儿子高烧不退，王老二平日靠做棒棒为生，无钱医治。故人相见难免动情，却被周夫人撞见。女人挨了两耳光，谁料她竟会因此想不开。

经张所长查证，周员外所言属实，周夫人也承认打了女人。周员外说自己害死了昔日情人，愿意赔偿，甚至要"不管不顾，随她而去"。德秀当下宣判：令周员外赔偿王老二二十大洋。一时民众哗然，有人当场便骂，什么狗屁知事，一条人命就值二十块。王老二呼天抢地，一迭声哭诉妻子死得好惨。周员外忙说，二十块怎好为人送终，愿出一千块大洋，丧事也可一并承担。德秀转头问王老二："一千大洋，可够？"王老二当即止住了哭声："要得，要得，可否马上结清？"

德秀当场与王老二讨价还价起来："两耳光一千块，也未免太贵，最多给你五十块。"

王老二登时又号了起来，一抬头发现知事板着脸，连忙收了声。德秀拍着桌子厉声道："你婆娘是苦，嫁了你这么个败类，连命都搭进去了——你还真下得去手！"

话音未落，王老二登时语无伦次起来："她明明是自个儿吊死的……不对，是被逼死的！周家都肯赔钱了，怎么官老爷还要欺负老实人？我娃儿还病着……"

德秀冷笑道："你嫌弃她，怀疑她，大可把她给休了，那样的话，至少我没资格教训你！"众人不解，此案证据确凿，周员外也已认责，知事又如何认定是王老二贼喊捉贼，杀了自己的妻？

德秀当众说出了自己的推断。原来周员外家的下人在县公署报完案后,突发疟疾,无法领路,他和张所长只得跟着王老二自行前往周家去看个究竟。

周宅说大不大,却也不小,连张所长都只知大厅方位,王老二却熟门熟路,领着他们绕到柴房,径直冲到了女人上吊的位置。进屋后,王老二一眼瞅见吊在房梁上的自家媳妇,却没有第一时间将人解下,只在那里大喊大叫。德秀顿时起了疑心:自缢的女人样子并不好看,作为丈夫,怎么忍心让她一直吊在那里,被外人指指点点?

环顾四周,他的目光在绳结上一顿,心下便明白了几分。他捅了捅王老二:"还不赶紧把你媳妇放下来?"王老二偏过头,这才解下女人,放到地上。德秀又说:"绳索是物证,也得弄下来。"柴房里明明有柴刀有斧头,王老二却只伸手用力拉了拉绳子一端,绳子就掉了下来。他似乎意识到了什么,飞快地瞥了德秀一眼,德秀却面无表情。

张所长也发现了端倪,与德秀对视一眼,开始若无其事地验尸,故意大声说:"死者倒是符合窒息死亡的特征。"王老二连忙插话:"是吊死的,让我把媳妇拉回去吧……"

德秀不答,与王老二拉起了家常,一会儿问他女人的年纪,一会儿又问昨天是初几,还问他借到给孩子治病的钱没有。王老二心不在焉,哈欠连天,只回答没借到钱。德秀追问:"哪个亲戚这样冷血无情?"王老二支支吾吾,一时说不出个所以然来。

陈述完自己的发现，德秀对在场众人说："鄙人身为知事审理案件，也应受司法监督。在查到真凶之前，我不会对任何人用刑，也欢迎诸位监督。"在场众人不明就里，听得哈欠连天。德秀苦笑摇头，仍邀请众人下午来听审判。

下午审案时，德秀冷不丁问："王老二，你的烟杆呢？"

王老二顿时慌了神，支支吾吾说"丢了"。

德秀冷笑一声，"咣啷"一声，将一柄烟杆丢在他面前："你瞧瞧，这可是你的？"

原来，女人的尸体被运回县公署后，张所长在王老二家床下找到了一柄破烟杆。烟杆是用普通竹竿做的，但烟锅和烟嘴都是纯铜的。这烟杆曾是王老二的宝贝，即便是干苦力，烟杆也从不离身。有人几次要出钱买，都被他拒绝，说就算讨米，也要带着烟杆解闷。

在周员外家的柴房时，德秀与王老二东拉西扯话家常，见他屡屡打哈欠揉眼睛，心知是烟瘾犯了。他知道王老二是个烟不离手的人，如今眼看着烟瘾犯了，却不见了从不离身的烟杆，着实令人生疑。

验尸时，德秀刚一靠近便闻到了女人头发上的烟味，但身上却没有一丝味道。他随即又发现女人的衣服过于干净，明显是新换上的。按邻居的说法，女人出了门就再没回来，干活的女人穿了一天的衣服，身上多少会沾了尘土，少不了汗味，但女人身上只有淡淡的皂角味。

德秀不再多话，绕下来将烟杆放在女人脖子一侧比画一下，现场便有乡民豁然开朗:"晓得了,晓得了,好狠的心哦,这样要不得。"

听到这里,王老二终于坚持不住了,双腿一软跪了下去:"是我杀了她。"

德秀命王老二站着回话:"律法没有规定你要跪着受审,我无权用刑。但你既认罪,就请如实供述。"

*

原来那天王老二并未去亲戚家借钱,而是去了一个相好的寡妇家里。寡妇大他五岁,其貌不扬。王老二说,之所以跟她来往,只因寡妇不嫌弃他,一门心思都在他身上,不像家里的女人,虽然模样标致,心里装着别人,处处自以为是。

寡妇听说王老二借钱是要给儿子治病,一气之下将他轰了出来:"你怎么不让家里的狐狸精去跟外面的男人要钱。"回家的路上,寡妇的话在他脑中挥之不去:"说不定那个狐狸精真就不老实。"他一时怒火攻心,打定主意要拿住那对"狗男女"以解心头之恨,便在外面闲晃到半夜才潜回家,躲在楼上的草垛里准备"捉奸"。偏那一晚,家里一点动静也无。

王老二不死心,第二日一整天没下楼。等到天黑,他隐隐听到女人在跟邻居抱怨,又见她往周家走去,便悄悄跟了过去,想着豁出命也要趁机狠敲一笔竹杠。

他眼见周员外和自家女人说到动情处,忍不住拉起手互诉衷肠，登时心下大怒。正准备跳出来，未承想半路杀出个周夫人，率先发难。王老二躲在暗处，只觉那女人抽出去的两耳光，仿佛替自己解了气似的，但转念回思，又觉这两个耳光抽在女人脸上，于自己半点好处也无，到底不足。左思右想，一口恶气无处发泄，顿生邪念。

周氏夫妇走后，他猛地跳出来，从背后捂住了妻子口鼻，将人拼命往地上拖。见女人拼命挣扎，王老二连忙用烟杆死死勒住她的脖子，眼见着女人蹬了几下便断了气。

这场景他曾想象过无数次。他早听说，周家柴房便是妻子婚前与周员外相会的地方。现在没人知道他回来了，简直是天赐良机。任凭周家家大业大，人死在他家柴房里，无论如何都脱不了干系。一条人命的钱，够他享福了。

月光如水，死去的妻子趴在地上，王老二却一点都不害怕。他想象女人捧着一堆金子走进来，悬挂绳索，朝着自家方向喊："屋头个，我是贱人，对不住……"

突然，屋外传来几声狗叫，王老二打了个激灵，发现女人的衣服破了，上面混杂着泥土和烟灰。他庆幸自己及时发现了大破绽，便趁着夜深人静潜回家，找出干净衣服，又摸黑跑回来给女人换上。

他做棒棒多年，靠扁担与绳索谋生。他利索地打了个绳结，是活扣，但只要货物下坠，便会令这绳结越发紧实。而只要拉一拉绳索的另一头，绳结就会马上松开。

将妻子的尸体挂上去之后,他没走,坐在地上看了一会儿。即便眼前人垂头散发,双腿蹬在自己的脑门前,在他看来也不过是挑过的众多货物里的一件,而且价钱诱人。至于地上那柄跟了自己多年的烟杆,他舍不得扔,想等风声过去,再做打算。

为了制造"不在场证明",心思缜密的王老二又连夜跑去寡妇屋后躺着,次日清晨伸了伸懒腰,睡眼惺忪地告诉寡妇,他昨晚一直都在,哪能被呵斥几声,就连"婆娘"都不要了。

至此,真相大白。

德秀依照《暂行新刑律》,以杀害尊亲属罪判处王老二死刑,于监狱内执行绞刑。宣判前,公署的人谈及此案,都认为这或许并非最好的判决方案。众人都劝,王老二幼子才满十岁,孩子已经没了母亲,再失去父亲,怕是难以过活。德秀多少该"难得糊涂",反正女人已死,周家愿意赔偿,况且百姓不知真相,维持原判岂不是皆大欢喜?

极少发脾气的德秀却摔了印章:"律法何时为皆大欢喜而存在!权贵视人命如草芥,底层的人够倒霉了,我们还要投其所好,跟着自轻自贱?女人的尸首摆在那里,无法为自己申冤,活人岂能红口白牙地罔顾真相?身为知事,不尊重生命,不敬畏真相,但求皆大欢喜,怎对得起这巍巍公堂?这是人命案,当是在娶亲做寿呢?"

见众人不说话,他语气稍缓:"我非嗜杀之人,只是不想无辜的弱者连声叹息都没有,就白白送了命。只有享有过公平正义,弱者才敢去反抗破坏公平正义的强者。这女子本没有错，枉死了，就该为她求个公正。"

那天，德秀的日记里只有一行字："断案，心安。刘丫素贞可好？"

*

王老二的案子了结后，县公署的人担心百姓误会知事有意偏袒大户，建议德秀穿粗布衣裳，卷起裤腿戴上斗笠，去下面走访几天"体察民情"，这样兴许以后还能得到他们的万民伞。

德秀却我行我素，依旧衣着华贵，出门坐轿子。他说："我在家尚且不穿粗布衣裳，更勿说卷裤腿。后来我参加新军，无论是日常操练还是行军打仗，苦不堪言，但该花的钱却是一文不省。如今让我扮成农夫做戏，宁死不为。"

经此一事，张所长与德秀变得亲近起来，私下里不再叫他"知事"，而是喊"德秀"。张所长说，做了多年准备，而今终于等到一位聪明能干、值得托付的县太爷——原来，对于王老二一案，张所长也早已看破，之所以三缄其口，就是想看看军人出身的知事到底有多大能耐。

这边德秀还未来得及与张所长详谈治县的计划，又一桩命案便被报了上来。被杀的是当地的豪绅，凶手已被人当场拿住。众目睽睽之下，豪绅的家丁原打算将凶手就地处决："到哪都会判死刑，杀人偿命，没必要麻烦县太爷费口舌。"警察所的人听到消息后,立刻带人赶到现场,才勉强控制住了场面。凶手被抬来时奄奄一息,手脚被生生打断,豪绅的家丁手持长枪一路尾随,口中嚷嚷着给知事面子走个过场,之后便要亲自了结凶手。

德秀指着带枪的家丁说:"就几杆破枪,别在这里耀武扬威了。公堂之上,由不得任何人胡来。民国律法规定'人民之身体,非以法律不得逮捕、拘禁、审问、处罚'。谁敢行私刑,我必严惩不贷!"

将凶手收押后,他又亲自去监牢给凶手治伤。陪同的掾属劝道:"一个死刑犯而已,没必要劳烦知事费力医治,就算他的脖子断了,也不会影响绞刑。"

德秀淡淡道:"谁说他就一定会被判绞刑?"

掾属不解:"难道此人与您沾亲带故?若真如此,我们必定全力保全他,不管死者势力多大,我们眼里只有知事。"

德秀摆摆手:"我在四川没亲戚。不先医好凶手,万一他尚未定罪便死在狱中,如何是好?再说了,只要人还有一口气,救活了便能说话。"

见掾属低头不语,他又自顾自说下去:"你肯定在想,那么多人看着他杀人,难道还有周旋的余地吗?但你想过没有,他为什么要捅刀子?律法要求我们断案一定要查明真相。"他吩咐掾属要保护好凶手家人,"我不愿任何一方势力干涉司法审理。"

事情果然没有那么简单。凶手叫何娃子,才十四岁,既无前科,也非顽劣之人。他父亲是个头脑灵活的小生意人,母亲是个贤惠能干的裁缝，上面还有勤劳懂事的姐姐，一家人的小日子过得红红火火。

死者是县里的大户，在道尹公署和军队上都有人脉，烟土生意数他是头一份，家丁配有数杆长枪，平日里嚣张跋扈，无人敢惹。这日，豪绅看上了何娃子家的一块好地，口口声声说要拿钱买地，却将价钱压得极低。何娃子的母亲态度坚决，这块地本是她的嫁妆，如今豪绅仗势欺人，就算价格再高也不能卖。豪绅一计不成，又生一计，绝口不再提买地之事，却私下找到何娃子的父亲，说做小摊贩太辛苦，不如跟着他做大生意。为表达"诚意"，豪绅与何娃子的父亲称兄道弟，让人领着这位"兄弟"在外吃喝享乐。很快，何娃子的父亲就染上了大烟瘾。到了这时，豪绅突然变脸，说大烟比黄金还贵，就算是亲兄弟也要明算账，让他拿家里那块地来抵债。

何娃子的父亲起初还有些顾忌，如何能卖地去抽大烟。可当烟瘾发作时，人的性情大变，一声不吭便将家里值钱的东西都卖了。妻儿谁来阻止，他便一顿好打。直到家中四壁萧然，只剩下房子和那块地。

为了逼妻子交出地契，何娃子的父亲扬言要将女儿卖去做丫鬟。绝望之下，何娃子的母亲将藏地契的地方告诉一双儿女，半夜便用一把剪刀戳破了自己的喉咙。姐弟俩哭着将母亲埋在自家地里。没两天，何娃子就听说母亲的坟被人掘了。当姐弟俩赶到时，只看到母亲的棺木被丢在外头。豪绅带着一群家丁大模大样地现身，扬言地已经被何父卖给了他，限他们一个时辰内将棺木抬走。豪绅一挑眉："坟我帮你们掘了，分文不收。"

何娃子红了眼，叫姐姐去报官，自己却出其不意将仇人扑倒。他人小力薄，还未动手，便被家丁们一把摁住。豪绅抓起地上的棍子，往何娃子头上猛砸。可怜十几岁的孩子，顿时便没了声音。豪绅狞笑着上前，一把薅住何娃子的头发："这就送你这'青屁股'去见你那死鬼母亲！"就在此时，谁也没注意到，昏迷的何娃子悄悄转醒，手上多了一把小刀，没等众人反应，刀子便插进了豪绅胸口，直没入柄。

临了，豪绅犹自嚷嚷了一句："你啷个了？"身子走出几步，忽然直直倒地。家丁们这才意识到出了人命，一顿乱棍没头没脑地往何娃子身上招呼。警佐赶到时，孩子的手脚已断，被五花大绑撂倒在地上。

家丁们在公署门前兀自吵嚷，全被德秀骂了回去。张所长暗中来相告，当日德秀赴任的接风宴上，这位豪绅都未曾露面，只丢下一句新来的县太爷"太嫩"。这桩案子若处理不好，恐怕连县公署都有麻烦。唯有把人交出去任凭他们处置，再亲自参加葬礼，最好还要派一个掾属扶灵，恐怕此事才能善了。

德秀断然拒绝："不管他以前的势力有多大，眼下民国正在恢复秩序。既然有法可依，自当依照《暂行新刑律》审案。那人若死后还能只手遮天，我也算见了世面。"

张所长闻言，登时换了一副口吻："德秀，你要做的事，我都会去办妥。这是个机会,断案、禁烟、剿匪,可一锅端。"

*

禁烟一事,德秀筹划已久。当地家家户户都有烟枪,甚至连一些孩童都抽鸦片。彼时,民国政府也力主禁烟。1912年3月2日,临时大总统孙中山颁布《大总统令禁烟文》,斥责鸦片祸国殃民,甚于"敌国外患",直言"小足以破业殒身,大足以亡国灭种"。之后袁世凯就任临时大总统,亦多次重申禁烟令。但由于当时中央政令难以通行于地方,很多地方官员只顾私利,勾结军官,私养家丁,以至于只禁种植,却难禁贩卖以及吸食。自上任伊始,德秀便下定决心要将当地贩卖烟土之人及背后的势力连根拔起。之所以按兵不动,是因为他初来乍到,不知对方根底,只好佯装着与他们沆瀣一气,以等待时机。如今张所长明确表示支持自己,德秀顿时大喜过望。

张所长久居于此,一直痛心于沃野千里、青山绿水的天府之国,被糟蹋成了荒野之地。自鸦片流入,原本老实勤恳的乡民便像发了疯一样,成天泡在烟馆,烟枪不离手,他的父亲亦是如此。德秀原计划让蔡锷出面,请临近的军队长官相帮,再由县公署出面打击,任豪绅势力再大也得认罪伏法。张所长却有不同看法:按照律法禁烟本是利国利民的好事,有蔡锷将军做后盾,莫说区区一个县的豪绅,就算四川都督也不敢有异议。但这样一来事情就变得复杂了,会有争地盘的嫌疑,怕有人借此大做文章——当时,原先的四川都督尹昌衡已被袁世凯骗至北京关押，继任者胡景伊是袁世凯的亲信，正大肆抓捕屠杀革命党。也是在这一年，蔡锷的旧识熊克武、李烈钧等人分别在重庆、江西起兵反袁，进军四川。若蔡锷此时再派军队来四川，怕是没人相信他的目的只是禁烟。

一语点醒梦中人，德秀闻言点头道："兄说的是，这一层我的确未曾想到，是我无能了。"

张所长宽慰道："德秀绝非无能之辈，能当大任。你大可按照自己的想法，依律断案，放手去做。禁烟的事有我做先锋，咱爷俩定能成事。"

二人议定，德秀马上宣布，要公开审理何娃子杀人一案。他大张旗鼓地向到场的人解说《暂行新刑律》，重点讲述第十五条："对现在不正之侵害，而出于防卫自己或他人权利之行为不为罪，但逾防卫行为过当者，得减本刑一等至三等。"尽管《暂行新刑律》并未规定正当防卫的必要条件，德秀却大胆将何娃子动刀视为阻却违法事由。"身为人子，遇此暴戾恣睢之事，有任何举动亦不为过。"德秀判何娃子有期徒刑一年，让他安心在县公署养伤。

*

德秀的判决引起了豪绅家族的强烈不满，但此时他们已自顾不暇——就在同一时间，张所长带领警佐和保安团出城"剿匪"。此番剿匪意在禁烟，"匪徒"就是当地土豪私养的兵勇。

豪绅们正商量着如何反击知事，闻讯立刻慌了神。本想组织几个家丁带枪冲进去，轻而易举杀了知事，却又不愿担造反通匪的罪名。于是派人备重金向德秀求情，说既然豪绅已死，只要知事撤回剿匪军队，土匪的事他们自会出面了结。并再三保证，只要德秀在任，这里不会再有任何匪患和大烟。

德秀心知肚明，这套说辞不过是缓兵之计。那伙匪徒人多势众，大多本就出身行伍，再加上装备精良，战斗力并不弱。德秀惦念张所长一行安危，于是将计就计提出，若张所长部众毫发无损，只要土匪缴械投降，土豪们交出全部烟土，他便考虑从轻处理。

谁知，不久便有噩耗传来。张所长为掩护受伤的警佐，身中四枪，当场身亡。对方火力太猛，警佐们竟连张所长的尸身也未能抢回。德秀当即带上所有随从，下令与土匪决一死战。土豪们自知矛盾已无法调和，亦派出家丁增援。

双方陷入激战。德秀正打算冲上去杀身成仁，耳畔忽然传来阵阵马蹄声。张所长的女儿张三妹带着一大批拿猎枪、持刀棍的百姓前来支援。半个县城的人往前冲，土匪们抵挡不住，只得弃械投降。缴获的大堆烟土，德秀命人用石灰就地付之一炬。

抓获的土匪一一指认幕后主使，德秀以贩卖烟土、伙同匪徒作乱的罪名，将涉案的豪绅全部上报至省府，省里回复"依法惩办"。至此，禁烟行动一举成功。

*

张所长的遗体被运回了成都老家，德秀亲自带人护送。一路上，德秀自责不已，向张夫人和三妹请罪："我不该操之过急，自个儿的命舍了就舍了，万不该让张所长冲在前头。"

三妹却说："父亲的死与知事无关。父亲出城剿匪前曾交代管家，让我们务必留心县公署的形势——若有人心怀不轨，一定要站出来，拼死保住德秀。如今父亲已殁，但张家人讲理，这罪责不该由你承担。等到了成都老家，你自会知道家父的良苦用心。"

灵柩抵达成都，张氏族人中唯独不见三妹的两位兄长。直到灵堂里，德秀才明白张所长之前说"三妹上面还有兄长，在成都"的意思：原来三妹上面确实有过两个兄长。十几年前，张所长曾向知县提出过要禁烟，谁知此话说出去的第二天，大儿子便被人当街打死。为防后患，夫妇二人将幼子送回成都，交由张所长的父亲照料，不料老爷子也染上了烟瘾，年幼的儿子亦不知所终。仇家是谁，张家人心知肚明，只因对方势力太大，在没有一击必中的把握之前，只得隐忍不发。

德秀刚来时，张所长让家人瞒住这个消息，因为他知道，自己年纪大了，只有一次出手机会，得瞧准了一击命中。他一再试探德秀，就是要看准了人。起初，张所长拿不准，德秀虽然不收土豪们的"见面礼"，却没有明确拒绝，推杯换盏间，便商定用那五千大洋加上所谓的"分红"，给县公署建了一批监狱。后来又用剩余的钱扩充警察所的规模，看架势倒像一个施暴政的知事。土豪们扬扬自得："历朝历代兴大狱，都是冲着小百姓去的，我们看戏就行。"

直至德秀审结王老二的案子，张所长才放下戒心。他看出来了，德秀必定出身于富贵家庭，所以吃穿用度有些讲究，但他从未想过以权谋私，而是想方设法"让百姓活得轻松些"。

豪绅被杀的消息传入张家，张夫人握了十几年的佛珠一下子掉落在地，颤声道："老大死的那年，正好十四岁——他的仇终是被一个十四岁的孩子给报了！老天可算开了眼。"

十几年来，张所长将土豪们分来的赃款都暗中散给了百姓。"我从未想过叫他们念我的好——埋下这一步，只愿若有一天我死于报仇，能激起他们的愤怒，也算是我给能担大任的来者留的后手了。"

张所长终于从丧子之痛中解脱了。

肃清烟土、匪患之后，德秀贴出告示，先引《荀子·天论》"强本而节用，则天不能贫"，令百姓恢复耕种，凡种农作物者，减免部分税收；再引萧抡谓绝句"人心如良苗，得养乃滋长"，力主兴建学堂；又摘录《三国演义》诸葛亮在成都之描写："两川之民，忻乐太平，夜不闭户，路不拾遗"，决意整治安防，每日安排警佐巡逻，有时也会亲自上街巡查，震慑盗匪。最后一条是戒烟瘾，将监狱暂时作为戒烟之地。德秀亲自开方，让县公署的人去抓药，由吸食鸦片者的亲属煎药送来，令戒毒者服下。如此三月，大部分戒毒者都恢复了正常生活。德秀又下令，之后仍复吸者，便依照禁烟条例判刑。同时三令五申禁止种植罂粟，一经发现，枪毙种户，烟地没收充公。

不出半年，原本死气沉沉的县城恢复了生机。曾经蔡家方圆几十里的地，他从不去瞧上一眼。而那年，德秀三天两头光着脚往田间跑，因为那些庄稼是属于民众的，地里生长的是温饱，也是希望。那是岁丰年稔的一年，米价大降，男人们个个干劲十足，女人们脸上都有了笑意，学堂里传出琅琅读书声。德秀感叹："我是真的敬佩我们的百姓，只需一份安稳，便能从任何苦难里站起来，给这片土地创造丰收。"

*

张夫人回成都后，再未来过县里。她买了一艘船，说自己嫁人之前本就是船夫的女儿，半辈子过下来，地上终究没有水上安宁。如今重拾船桨，来回渡河。几年后，张夫人改嫁给了一个船夫。

张三妹决意在成都住上一段日子，说要在远离县城的地方想清楚一些事。她将张家在县里的两套大宅的钥匙交给了德秀："家里的酒都是你的。"

张所长救下的那名警佐在伤愈后找到德秀说，张所长的救命之恩，无以为报，对天发誓要替恩人照顾三妹一辈子，恳请德秀替他去说媒。为此，德秀特意领着警佐去了一趟成都。张三妹当着德秀的面回绝了警佐："父亲舍命救你，还要搭上女儿，世间没有这样的道理。日后你护惜自己便是报恩了。"

那天三妹没留他们吃饭，只交代德秀："家里的酒摆陈了，你要记得喝。"

话别

在川地任知事的两年里，德秀一时一刻没忘了外面的局势，尤其是北京的动静——他始终惦念着身处虎穴之中的蔡锷。

1913年10月，蔡锷抵京。袁世凯表面上热情有加，却将他排除在权力核心之外。袁世凯接受丧权辱国的"二十一条"后，蔡锷的幻想彻底破灭。不久即传出他流连声色场所，做了"风流将军"的流言。德秀听到后，只淡淡地说："松坡若要纵情声色，何须等到今日。"

当时京中形势微妙，袁世凯想要称帝已是司马昭之心。蔡锷并非袁氏心腹，唯有摇头万事不关心，方是保全身家性命的权宜之策。蔡锷将计就计，与小凤仙的风流韵事传得满城风雨。蔡夫人借机大闹，敞开门将家中物件砸了个稀烂，连袁世凯都惊动了，专门派人去调停。见袁世凯的人来了，蔡夫人闹得更凶。蔡锷说了几句狠话，蔡夫人便"一气之下"带着母亲和孩子们回了湖南老家。

母亲妻儿回到湖南,蔡锷方才松了一口气。他面上依旧不露声色,还叫袁世凯的手下寻美人给他解闷,明目张胆地逛起了八大胡同。这时袁世凯却已醒悟,秘派军警闯入蔡锷府中搜查电文信件。蔡锷知袁世凯已经起了疑心,便计划秘密离京。

袁世凯称帝后,蔡锷一面以喉疾为由向袁世凯请假;一面跑去云吉班向小凤仙求助,终于在小凤仙的安排下秘密离京,后乘船辗转抵达日本,又经上海过台湾、香港,最后从越南赶赴云南。为防不测,云南都督唐继尧派堂弟唐继禹率两个警卫连去越南接应,一路上惊险重重,终于安全抵达昆明。

蔡夫人离京时,蔡锷曾与德秀联系,在信中埋怨蔡夫人不识大体,负气回乡。此信即号角,德秀知道,接下来必有一场恶仗要打。接到来信后,他即刻辞去了川地知事的公职,准备启程回乡响应蔡锷。当时,袁世凯在全国拥有四十万兵力,讨袁的胜算并不大——明知不可为而为之,无数革命党人莫不如是。

此一去九死一生,曾祖父想着,该回一趟家了。

*

在乡亲们眼里,做了"县太爷"的德秀,还乡时必定会有大排场。谁也没料到,德秀轻车简从,静悄悄到了村口便翻身下马,逢人便行礼问好。后来,村里又出了一位田姓后生,毕业于黄埔军校第四期步科,中年时官做得更大,直升到国民军少将参谋长,回乡时同样会在村口下马换装,说是当谨记前辈的教诲。

李聪明正挑着担子卖豆腐,忽见德秀牵着马进村,登时愣在原地。德秀走上前接过担子,一板一眼地帮她吆喝起来。聪明这才有了反应:"我足足打了六百九十八桌豆腐,才把人盼到眼前。"眼见着自己日思夜想的人挑着担子在前头叫卖,她赶忙牵过那匹老马,"眼泪像被石块压住的豆腐,一滴一滴从眼底溢了出来"。

"县太爷"卖豆腐,一担子豆腐很快就卖光了,聪明的眼泪却一直干不了。见眼前的人又黑又瘦,她哭道:"你若在家,有好吃的我都给你留着。可云南、四川那么远,我送过去你也不要了。"

自那以后,聪明总是念叨:"云南、四川可远着呐。"以至于后来村里习惯用"云南、四川"来代替遥远,直到现在仍然如此。有一次,我听到有人约邻居去镇上赶集,邻居不想去,便随口说:"谁还跑云南、四川去赶集呐,不如网购。"大人数落顽劣的小孩:"找你好久不见踪影,跑哪个云南、四川去了?"有些孩子学了地理,便问:"咱村的大人打比方,为什么不说新疆、东北,离咱这里不是更远吗?"我至今仍记得,院子里有位百岁老婆婆,已老得不大认人了,每次见到我,都会拉着我的手说:"你们不要再去云南、四川了啊,让李聪明等得好苦啊……你要再去,就带着她。"

回家那日,德秀刚进槽门便对聪明说:"小妹,我还有要紧事,只回来两天。"聪明拍了拍他手臂上的尘土:"两天也好。我盼咐厨子,让他们歇两天,我来做饭。"

家里仆人见德秀回来,一迭声叫着:"我们家的县太爷回来了！"俊度在楼上，让两个捶背的丫鬟拿开水烟，清了清嗓子朝下面喊："吵什么吵！一个狗屁县官有什么了不起。谁要敢在这宅子里耀武扬威，就给我用棍子打出槽门！"

德秀上楼给他问安。他跷着二郎腿道："瘦成老猴子了，看来县太爷不好当。出去几年，还记得自家的门是朝哪开吗？水烟对付不了，酒总能喝两杯吧——等下我烫壶酒给你解渴，免得被人说小气。"

德秀说，想去看看刘丫母亲的坟。俊度的眼神瞬间黯淡下来："要看也是我去看，我每年都去看她，你凭什么去？"德秀闷声道："我替刘丫去。"俊度呛声："那你就去上海，把刘丫给我找回来！你这逆子，一回来就惹我不欢喜。"德秀也不恼："爹爹，那您怎么没能留住刘妈妈。"俊度气得丢了水烟："逆子，给我下去！"

德秀刚走下楼梯，便见聪明提着篮子等在那里："那么大声，任谁都听到了——父子俩谁也别揭谁的伤疤。篮子里有香烛黄纸，早去早回。"

俊度也跟了下来。"我还走得动，无须他替我去。"他转头呵斥德秀，"还不快走，从小到大就是个呆板样，又说只在家住两天，屋里长刺吗？"

聪明倚在门边，望着这对父子垂着头往山上去，身影越来越小，越来越远。多年后，忆及当年光景，她忍不住叹道："人都是被命押着走的。"

*

从山上回来后,德秀来到聪明的房间,劝她以后不要去卖豆腐了。"小妹,大家都知道你是最好的——那年我不过是说气话。这个家对不住你,我诚心给你道歉。不要因为跟我怄气,就这么耗着自己。我越走越远,可你得有个打算——为图个自己好。"

聪明背过身去:"都是做县太爷的人了,说话可不能糊涂。这个家从来没有对不住我,哪怕一草一木都跟我处出了感情。我要继续卖豆腐,乡亲们喜欢吃,女人习惯了我的吆喝声,我一喊,她们就端着碗出来了。若是不磨豆腐,有些只吃得起豆腐的人家,桌上就摆不上菜了。我和我的豆腐是离不开这个村了。"

德秀一时语塞。聪明从柜子里翻出一对金手镯:"德秀哥,你今年三十六了,还未有一男半女。刘丫是我喜欢的妹子,我时常想她,这对手镯早给她打好了,你带去上海接她回来,我是欢喜的。"

德秀赶忙摆手:"刘丫现在叫素贞,她有自己的事要做,我也是。"聪明忍不住问道:"她从没联系过你?"德秀看着手镯出神:"她不肯见我,没用的。"聪明喃喃道:"是啊,没用……一个喜欢,一个不喜欢,没用;一个喜欢,另一个也喜欢,还是没用。要怎么做,老天爷才肯成全这些可怜人呐……"

德秀真的只在家待了两天。走的时候,聪明牵马送他到村口:"不知你下次再回来,我会是什么样子。"德秀叮咛她:"如果你不觉得苦,卖豆腐也挺好——只是人没有豆腐嫩,世事蹉跎,一转眼就老了。"聪明摇摇头："豆腐也分老嫩,就算是剩下的豆腐渣也有人爱吃。不喜欢吃的,任我满街吆喝,也是大门紧闭。"

俊度则醉倒在了酒桌上。德秀走了好一会儿,他才爬起来骂道:"逆子走了? 太不像话了,招呼都不打。走了好,免得戳我眼珠!"用人连忙解释,德秀少爷喊了您,没喊醒,行礼之后走的。俊度不说话,兀自倒着酒,这次却没喝到不省人事。

*

德秀一回川,便递上了辞呈。民众得知他要走,张罗着送万民伞。德秀却说:"诸位不必惦念鄙人。为官者能让你们过好一点,是职责所在,勿用颂扬;若哪天我等让你们更苦,务必驱逐之。"

1915年12月12日,袁世凯宣布接受参政院的"推戴书",大谈恢复帝制是"民之所欲,天必从之"。其中吹捧之言极其肉麻,诸如"非我皇帝,孰能保持镇抚,使四千神明之裔,食息兹土,不致沦亡,此则我皇帝之大有造于我中国,而我蒸黎子姓所供感而永矢弗谖也。"德秀以"推戴书"立家训警示子孙:"蔡家子孙后代,若读书人如此谄媚,无论多有出息,皆视其为无骨肉团。""不想做奴才的人,身上的骨头、头颅都是武器,流淌的血液也是武器,有人天生直挺,宁折勿弯。"正因如此,好不容易才在四川站稳脚跟的德秀又一次义无反顾地选择离开。

德秀离川那天,许久未见的张三妹着一身红裳,带两个丫鬟,立在出城的必经路上。德秀遥遥看见,赶忙下马,说张家钥匙早放在县公署,他没带走任何东西。

三妹摇头,一串钥匙而已。德秀不解其意。三妹又问:"知事这是要回老家?"德秀往左边指了指:"我去云南,三妹多保重。张兄已故,我作为长辈,理应照看你。但我此去怕是与你无缘再见。在此向三妹赔罪,望你喜乐顺意,无忧无灾。"

"你以为骑高头大马就是长辈了,"三妹白了他一眼,翻身上马,"谁还没骑过马?"

德秀挡在马前:"小娃儿赶紧下马,我确有要事在身,没空与你胡闹。"三妹拉住马缰,往马背上一拍,从德秀身边跑了过去。德秀无奈大喊:"这娃儿不是瞎胡闹嘛!"

过了一会儿,三妹才骑着马绕回来,盯着他一字一句说道:"我不是娃儿,你再喊我娃儿,我就杀了你的马,让你哪里都去不成。我要与你说正事。"

三妹从怀里摸出一封信:"我父亲给你的信,一早就写好了。至于给不给你,何时给你,他让我自己决定。不瞒你,这封信我是看过的,而且看过很多遍,却一直拿着,舍不得撕。所以父亲怕勉强我,是多虑了。"

听说是张所长的信,德秀忙双手接了。一口气看毕,又面色凝重地还给三妹:"我会亲自去张所长坟前赔罪。"三妹回了句:"我就知道。"见德秀翻身上马,又补了一句,"我会等你的,反正我岁数小。"

张所长在信上说,三妹以前眼光高,但并不排斥相亲,可自打德秀来了县里,她就坚定表示要孤身一人。可这丫头偏又频繁来知事公署,总找父亲说一些无关紧要的事。父女连心,张所长看破了女儿的心事,也看中了德秀德才兼备。出城剿匪前,他写下遗嘱,又在信中对女儿说,若不喜欢,遗嘱不过是一张纸,撕了便是;若是喜欢,万一自己身遭不测,无须考虑丧期,既见良人,着红裳便是。

三妹承认:"我对德秀有意思,到哪个地步尚不自知。因父亲新丧不合时宜,便将信放在那里,却舍不得撕。半年后打开再看,那就不只是一张纸了,越看越重。我每天想德秀,一张薄纸变成了土地、房子、大门、菜园子……字不再是字,变成了他的脸,我的心,我们的一大家子人,我看到了我们的儿女、孙辈、曾孙辈……"

德秀却告诉三妹:"我家中有妻,心里有人,眼前有事,身外无物。咱们就此别过吧,你把光阴留给自个儿。"

*

1915年12月,蔡锷、唐继尧在云南多次举行军事会议,商讨反对袁世凯、反对专制。23日,会议决定以云南都督唐继尧等人的名义致电袁世凯,要求取消帝制,算是先礼后兵。24日,蔡锷等人再次致电袁世凯,请求取消帝制。但两次电函均未得到答复。25日,唐继尧等人联名发出通电,宣布云南独立,痛斥袁世凯背叛民国,决定以武力讨之。

而此时的北京，总统府换作新华宫，"中华帝国"的国旗已在赶制。1915年12月31日，袁世凯下令将1916年定为洪宪元年，将于元旦正式登基。

云南护国军以蔡锷为总司令，主力由蔡锷亲率，主战场在四川。德秀在军事会议召开之前赶到了云南，蔡锷大受感动："兄在川主持地方事务，劳苦功高；今见兄来滇支持松坡，无以言表。"

眼前的将军已枯瘦如柴，德秀很心疼："若非为国，我定要将他绑到医馆疗养。但有人一生许国，不计个人得失，付出性命也在所不惜——松坡若为自身思虑，定当长寿。"

蔡锷问德秀是否愿意统兵，想请他到李烈钧的护国军第二军统领一个支队。德秀当即婉拒，一来蔡锷的喉疾已经相当严重，再者护国之举皆出于公心，不为筹谋官位。他直言只想做一名军人，"为国家冲锋陷阵"。蔡锷不好勉强，便将三十六岁的德秀留在身边，做了一名普通的护国军战士兼军医。

1916年元旦，护国军在昆明誓师，发布讨袁檄文。14日，护国第一军主力从昆明出发。当时护国军号称有八千余人，实则只有三千一百三十人，战士们缺粮少弹，衣衫单薄。而袁世凯前期布置了四万多兵力围剿护国军，并能随时调动其他军队增援。德秀后来回忆："有种'风萧萧兮易水寒'的悲怆，唯一往而无前矣。护国军第一军无一人畏难怕死。"蔡锷也曾说："我们明知力量有限，未必抗他（袁世凯）得过，但为四万万人争人格起见，非拼着命去干这一回不可。"

随军出发前，忽然有人跑来给德秀报信，说有个骑马的少年正四处寻他。走出营房，正好听到马蹄声，马背上的"少年"竟是张三妹。见到了想见的人，三妹却没有下马："各界人士拥护民主共和，小女子亦然。"

三妹说着，将一个装有银圆、纸币和银子的包袱扔给德秀："家里只有这么点儿家当能捐出来，房子不能卖，毕竟我还只是个娃儿。你打仗就打仗，不要动不动就说要孤身冒死往前冲——你是懂兵法的，像莽夫一样往前冲算什么。"没等德秀回话，她便一打马，和一同前来的仆人扬长而去。德秀拾起包袱——护国军确实很需要这笔钱。后来，他将包袱里的东西全部换成了银圆，大概有两千元。

*

讨袁护国军出师后，安排了三个梯队，蔡锷计划率领中路军经宣威、毕节，翻雪山关，夺取泸州；刘云峰率左路军攻取叙府；戴戡率领右路军，由綦江直取重庆等地。

刘云峰先行与袁世凯的北军鏖战，首战告捷，以两千兵力击败北洋军一万余人，拿下叙府。

蔡锷亲率之中路军却是出师不利。蔡锷说："此次出征，师行未能大畅，实因宣布过早，动员缓慢，出师计划未尽协宜，以致与京、津所豫想者竞相凿枘。"

护国军在誓师以后，隔了半个来月才出发，其间消息早已走漏。袁世凯调重兵对付蔡锷，当护国军抵达泸州蓝田坝一带时，张敬尧已率领吴佩孚等人先期进入泸州，以逸待劳。

以往各派系之间争夺地盘，多为双方排兵布阵，随意放几枪，弱势一方自行撤退，占优势一方也不赶尽杀绝。而此次双方对决，却是以命相搏。北军轻重火力密集，并有重炮无数，占据高地，炮轰护国军，痛下杀手。护国军势单力薄，却死战不退，双方陷入胶着。德秀说："此乃民主共和与倒行逆施之争，要么奴颜婢膝，要么昂然挺立，绝非颠来倒去的把戏。"

护国军进攻泸州受挫，只得暂且退守纳溪。北军又兵分两路进攻纳溪，企图围剿护国军。蔡锷果断派兵驰援纳溪，德秀自告奋勇组织敢死队冲锋陷阵。蔡锷将德秀请到了指挥所，用家乡话对他说："老兄，我不拦你，临行前同你讲几句话，算是我的私心。我晓得哥哥在汉口受过伤，川西剿匪亦九死一生，今与我一道抗击袁氏，都不是讨巧的事，无须多言。弟这几日念及故人，谭嗣同先生、邹容、陈天华……喊声哥哥，我们自当一往而无前。"

德秀向蔡锷敬了个军礼，也用家乡话回道："松坡，你保养自个儿身子，哥哥拼命去。"

从指挥所出来，德秀便背起药箱、扛着枪，与蔡锷的警卫连、机枪排一同日夜兼程，前往纳溪战场。当时，泸州南岸的纳溪，周边的棉花坡、菱角塘、蓝田坝、双河场等地都在鏖战，双方你争我夺，纳溪三易其手。北军随时能调动十万部队，而护国军加上川军刘存厚师在纳溪倒戈反袁，以及一些百姓主动加入，也不过五千来人。德秀说，每前进一步，都靠命来填。

连续几个昼夜，护国军在大雨里与北军鏖战，有一个连全部战死，却无一人言退。北军见护国军气势凶猛，一批一批地逃，中途还不忘欺负百姓，抢夺钱财，凌辱女人。

两支军队的风貌迥然不同。护国军有伤员大腿被弹片炸伤，却仍对德秀说："不碍事，就算我的腿没了，也不是跪没的，说出去不丢人。我这辈子没啥子出息，断手断脚，不断骨气。"一向寡言少语的德秀那几日侈侈不休，他告诉伤员们，自己虽无儿无女，却有一个叫刘素贞的爱人："终温且惠，淑慎其身。若说我有私心，是有——不让刘丫活于专制之下，须替她打掉圣上威权，打掉恐惧束缚，予以清朗自由。她爱做什么就做什么，想去哪儿就去哪儿。"

再次回到四川，德秀不过是一介士兵，有人认出他来，问："我们原以为知事大人高升才离开县里。您在县里威望素著，保境安民自然不在话下。何至于在此灰头土脸，朝不保夕？"

德秀便问对方："如今县里的百姓能过活吗？新来的知事可还体恤民情？"那人答："目前一切照章行事，百姓算是见过世面了，新知事若想一手遮天，怕是少有奴才响应。"

德秀点点头："护国军出征，不抢地盘，不争名利，不惜性命，只为让更多百姓见到他们此前从未见过的'另一面'——即便是居高位者，也不能罔顾律法，损害公民之生命、身体、自由、节操、财产、名誉及公安、公益等一切之法益，妄想当皇帝，就是与民为敌。"

他和战友们不但是这么说的，也是这么做的。"即便剩下最后一人，亦如是而已。"

护国军此行艰苦卓绝，进攻泸州时，本已拿下叙府的刘云峰见纳溪战况胶着，便分兵前来支援。不想叙府兵力空虚，被北军偷袭。至此，护国军在四川完全没有了后路，失去了补给救援的最后可能。

*

兵贵神速。护国军若是能在誓师后一鼓作气，趁势出发，袁世凯所部不一定能及时反应，极有可能会被护国军打个措手不及。而护国军之所以延迟出发，却是因为唐继尧以云南财政紧张为由，只拨给军费一万元。德秀之前在云南署理财政，对当地的钱粮财税有所了解。在当时，云南每年仅所征钱粮就有百万元之多，若再加上盐税等，数目可观。

对此，德秀后来曾说："公而忘私者甚少，知行合一者甚少，唐氏若处京畿，其私欲恐远甚于袁氏，因而安邦护民唯明以制度。"

后来，还是罗佩金将几代人的全部身家抵押给银行，才换来十二万银圆作军费，部队这才得以开拔。

护国军在川南鏖战数月，留守云南的唐继尧继续刁难掣肘，既不派援军，也不运粮饷。蔡锷曾回忆："自滇出发后，仅领滇饷两月，半年来，关于给养上，后方毫无补充，以致衣不蔽体，食无宿粮，每月饮食杂用皆临时东拼西挪，拮据度日。"护国军打到最后如同叫花子一般，无饷、无粮、无弹药，退无可退，连立足的地方都没了，蔡锷的司令部不得不撤至大洲驿旁永宁河的一条大船上。

德秀后来回忆说，自己这辈子没打过讨便宜的仗。从辛亥革命开始，都是一个拼数十个，明知没有把握，明知可能一去不回，也要死战到底。而眼下，他知道这场仗比以往任何时候都要凶险，但他们不可能撤退。"我们多守一天，便是给民众多一天时间去思考。中国人聪明、有力量，但数千年来，封建帝王从不肯给民众时间，他们的生存、忙碌都是被算计好的，劳苦一生，由恐惧到顺从。即便时有改朝换代，所谓的新首领大多也只是利用民众、愚弄民众。因此，我就站在这里，即便枪里没有了子弹，衣衫褴褛，还是会迎上去，总有人会看明白，将时间交给自己。"

就在德秀决心殉道时，他却收到了一份"浩荡臻至"的礼物。刘丫将自己的长发剪了，托人送来，并带了口信："德秀哥，我晓得你一直勇敢地为我在前头开路。我记得德秀哥为我打过的所有仗。我如今也是想着德秀哥到处跑，唯独不能跑到你面前。"

匆忙间，德秀给刘丫写了几句话："刘丫放肆地跑，自由地跑，欢欢喜喜，德秀哥目盼心思。"

自从收到刘丫的头发后，德秀有事没事便摸摸胸口，生怕怀里的头发掉了。惹得战友们打趣："我们准你假，去上海吧。"德秀却一本正经地回话："无论打仗或是爱人，我都不做逃兵。时光早晚到天涯，此生为伊死疆场，来世共剪西窗烛。我等该去寻她时，再去寻。"

当时，护国军战士疲惫饥饿，枪支弹药紧缺，而袁世凯在外面围了数十万人马。德秀去给战士治伤，战士握住他的手说："伤口无碍，就是有点冷，单衣不御寒。"当时的战士们都是凭着精气神在支撑，即便外面多数人仍在隔岸观火，他们亦不后退。"我们还有两千余人。"

最后，德秀的药箱也空了，只能给伤员敷草药。有一次，他遇到一个正在流血的伤员，一时连草药也寻不到。情急之下，他毫不犹豫地将刘丫的头发烧了，给伤员止血。伤员问他怎么舍得。德秀却说："在人命面前，它只是一剂药而已。我们只要还能有一个人站着，便能震慑北军数万人。"

德秀打心眼里厌恶战争。后来他告诉子女，打仗每天都难熬，枪炮声、哀号声总会刺痛他。有些人因战争而麻木，成为杀人机器，而他却始终清醒。打，无数家庭破裂，父母、媳妇、孩子等不回亲人；不打，所有人都会丧失希望。四万万不是一个数字，而是每一个鲜活的人，他们不是行尸走肉，应该有人格。那些时日，尸体是冰冷的，活人也是冰冷的。德秀总是忍痛在战斗："战争从来不是好东西，但抗争少不了流血牺牲。如果一定要抗争，那就让我来说话，我来流血。"

*

1916年3月15日，蔡锷与众将士的苦熬终于有了回应，当地民众献钱、捐粮、供应军队给养,"人民舞蹈欢迎,逃匿妇孺,相率还家,市廛贸易骤盛"。德秀后来回忆道:"药箱空无一物,步枪尚余一发子弹,我们打算用尽最后力气拼刺刀时,民众给了我们回响。"

紧接着广西将军陆荣廷宣布独立,声讨袁世凯,护国军大受鼓舞。3月17日,蔡锷宣布发起总反攻,北军溃败,袁世凯派四川将军陈宧及张敬尧与蔡锷谈判停战,川南战事基本结束。

1916年3月22日,袁世凯下令撤销帝制案,第二天宣布废除"洪宪"年号;4月6日,广东宣布独立;4月12日,浙江宣布独立;4月16日,冯国璋致电袁世凯,劝其退位,勿续任总统一职;5月22日,袁世凯心腹陈宧宣布四川独立;5月29日,湖南宣布独立;1916年6月6日,当了83天皇帝的袁世凯在众叛亲离中死去。

袁世凯死后,护国战争结束,蔡锷立即收兵。之前出兵四川,军费全靠东拼西凑,三妹带来的两千大洋亦属雪中送炭。为此,蔡锷特意送给德秀一把"马牌撸子"。在当时,这种德国产的勃朗宁手枪是很难得的新式武器。

护国战争结束后,蔡锷的声望达到了顶峰,北京政府想请他做国务总理,但被他拒绝了。湖南父老邀请他回乡主政,亦被他拒绝。因为他说过,自己绝不争地盘。1916年7月6日,北京政府任命蔡锷为四川督军兼省长,这一次,他接受了,因为护国军还在四川,需要他出面安抚调配。此时,蔡锷病情加重,多次咯血,但为了安定四川,他仍然坐轿前往成都。德秀随蔡锷一道赴四川省财政司任职,协助整治财政。

1916年8月9日,蔡锷在成都只待了十天,就因病情恶化,无法发声,向北京政府请假。9月10日,他从上海乘轮船前往日本,到日本九州福冈大学医院治病。11月8日,蔡锷病逝于福冈大学医院,年仅三十四岁。临终前,他曾遗憾地说:"我不死于对外作战,不死于疆场马革裹尸,而死于病室,不能为国家做更大的贡献,自觉死有余撼。"他在遗嘱中说道:"锷以短命,未能尽力为民国,应为薄葬。"

蔡锷逝世,德秀悲恸万分,整日拿着那支珍贵的"马牌撸子"流泪。据说,他特意去上海殡仪馆悼念故人,是刘丫陪着进的灵堂。

吾爱

蔡锷去世后,各派系出兵争地盘,四川陷入混乱之中。

德秀在四川财政司任职时,参与了财政预算和全省五年计划的制定。他本想继承蔡锷的遗志,为四川贡献一点力量,哪想军阀割据自雄,聚敛财富,致使战事频发。至此,他对时局全然失望,下定决心只要封建帝制不再复辟,他便不再卷入纷争。其间不断有军中故人相邀入伙,他一概婉言谢绝,虽在财政司留有职位,却不想只当摆设,于是在成都开起了医馆。

得闲时,德秀主动找过三妹,尽挑些不中听的话讲:"三妹乃女中豪杰,蒙你慷慨解囊,我替护国军将士们给你鞠躬。"还说假以时日,定当连本带利还债。三妹给了德秀一个白眼:"钱又不是给你的,你一个大头兵凭什么代表将士们?要还怕也轮不到你来还!"

德秀认真了,说蔡锷将军临终前仍不忘抚恤阵亡将士:"在川阵亡将士及出力人员，肯饬罗、戴两君核实呈请抚恤，以昭激励。"可他个人却"无一椽之产，无立锥之地"，甚至死后还负债三四千元，靠恤金和友人的资助才得以偿还。这样说来，自己当然能代表将士们。"你的钱是经我手的，你承不承认我都要还。"

三妹后来说："他在那里颠三倒四，只谈正经事，我真恨不得一枪崩了他。但他说得认真，我看着他，再刺耳的话也觉着好听了。"

德秀却依旧冠冕堂皇："国家破败混乱，民不聊生，我没有脸面成家。好友刘素贞身为女性，尚且不谈儿女私情，只为弱者奔波。我堂堂七尺男儿，岂能不如人？"

可他遇上的偏偏是三妹——也是个撞了南墙都不回头的人。她顺着德秀的话接下去："我比你年轻十七岁，或许还真能等到国富民强、众安道泰的世道；你的好友能做到的事，我也可以。"

张夫人明白女儿的心。前来提亲的人依旧络绎不绝，却一概被夫人婉拒，说三妹有自己的想法。有媒人来游说，三妹今年二十岁，算老姑娘了，若不是生得好，早就没得挑了。张夫人仍是说："或许她一早就挑好了。"

起初，张夫人找德秀看病，德秀总是战战兢兢，怕夫人训斥。去了之后，夫人非但没有提起过三妹的事，反而夸他"是个讨喜的人"。

后来张夫人改嫁，事先并未告诉三妹，而是先向德秀"问诊"，说对方不过是一个撑船的，张氏族人极力反对，但她不在乎，只怕三妹不同意，于是想来听听德秀的看法。德秀说："只要是有心郎，夫人喜欢即可。蔡家祖上也有撑船的，就算撑船的也能给人安稳。"

夫人这才告诉三妹，说德秀支持她改嫁。

三妹既不说支持，也不说反对，只是说："德秀从来就有他温柔的一面，我晓得的。"

*

为了能经常见到心上人，三妹提出要在医馆学医。怕被拒绝，她便拿出父亲的遗墨，还特意将那句"即便不能成亲，有事亦可找德秀，他定会相帮"圈了出来。德秀同意三妹留在医馆学徒，但丑话需要说在前头：当兵或许还能懒散，治病救人绝不能视作儿戏。三妹入馆前，德秀同她约法三章：第一不讲私情；第二以师徒相称；第三若心猿意马，即刻走人。

在家中时，三妹被父母视作男孩子一般宠爱，性格难免有些任性，但学起医来却极为认真。她有天资又刻苦，德秀挑不出毛病，没理由轰她走。

三妹后来回忆，那段日子虽然累，却很开心，尤其是在德秀一本正经，刻意强调师徒身份的时候。"其实我每天都想说，看你往哪儿跑，只要你跑，我就追。他呢，整天故意板着个脸，怕我说不得体的话，想来就好笑。"

日子过得飞快，一晃三年过去。一天，德秀出诊去了，突然有一队人马来到医馆门口,扛枪的士兵站成两排,簇拥着一个身穿戎装的军官。三妹从小在县衙长大,也算见过世面,丝毫不怵,只问:"你们是哪个有病要看?"

军官拍拍军服:"鄙人是熊克武总司令[1]的下属,很快要提旅长。"

三妹无动于衷:"那到底是你,还是熊克武要看病?"

军官摘掉帽子,往三妹跟前一凑:"是我啊,士别三日当刮目相看了吧?"三妹这才认出,原来是张所长死前救下的警佐。

警佐一脸得意:"救命之恩,永世不忘。过些日子,我要去祭奠张所长,再把坟茔好好修缮一番——现在,你肯嫁给我了吗?"

三妹一挑眉:"你说什么?"

警佐指着外面的士兵道:"我现在的权力比知事大。"

"是挺威风的,那又怎样?"张三妹自顾自地捣鼓起药材,"你是要把我绑了,还是一枪毙了?或者等德秀回来,把他一起杀了?"

警佐挥挥手,门外的士兵齐刷刷向后转,直退出五米开外。他声音不由低了几分:"不管怎样,蔡知事都算是我的上司,你又是我恩公的女儿,我若以下犯上,忘恩负义,还怎么带兵?我知道你属意于蔡知事,他却只当你是晚辈。如今蔡知事年纪大了,财政司又无实权,论条件,他不如我。"

---

[1] 当时四川的实际控制者,统摄四川军、民两政。

三妹冷笑："你蛮凶火[1]的,家父没有救错人。但就算你当上大总统,将德秀打入大牢,我的眼里还是他。你不晓得我喜欢啥子人,我看上的不是知事,是德秀。你哪怕学得出德秀一点,我都会高看你一眼。"

正说着,德秀匆匆进门,只穿一件长衫,身上都是药味。方才还威风八面的警佐腾地一下挺直了身子,喊了一声"报告知事",唰地弯腰行了个大礼。

德秀见了来人,并未露出讶异神色,朝他点点头："你坐,有些年没见了。"警佐却坐不住了,讪讪地说："我还有公务在身,下次再以个人身份前来拜访。"

警佐走后,三妹谈起方才情形,德秀摆摆手说："他骨子里不坏,不过是年轻人好张扬。救人一命总是对的。"

三妹说,德秀虽是在战场上厮杀半生的军人,平日里却待人宽和,一身书生气。"就算是书生,掌权后也有人改了性情,但德秀不是。我第一次注意到他,是他在酒桌上对家父说,'打仗抱必死之心,因为面对的是敌人;为政有容人之心,因为面对的是百姓;非常时期,使用铁腕手段须慎之又慎,亦要留有余地。'他说到便能做到,实在招人喜欢。"

三妹晚年总念叨："我看上的那个人很拽实[2],能镇住我的心。"在她眼里,"我爱的人灰头土脸的时候多,他总说一辈子很短,得

---

[1] 四川方言,厉害。
[2] 四川方言,扎实。

务实，不能虚掷光阴。他义无反顾地革命，日夜辛劳地做事，风尘仆仆地看病，但骨子里总有一种从容，遇到麻烦事也能泰然处之，还有处处替人着想的悲悯。"

从初见的时候起，三妹便认定了眼前人。在医馆学徒那几年，她甚至想过，"两个人就这样悬壶济世，倒也是一辈子的好时光。有些等待之所以长久，是因为连自己都忘了在等着谁，在等什么，就这样日复一日地过下去，什么都不变也很好，不知不觉就过了那么些年。"

如今，三妹最小的女儿也九十多岁了 —— 姑奶奶淑珍跟我说起这些事的时候，总不忘调侃母亲："你小婆婆有点肉麻呵，可能你不知道，那个年代的人，只要是读了书的，对待感情其实挺奔放的。这么多年，妈妈只说过爸爸一句坏话：'德秀啊，唯一对不住我的地方，就是陪我没有他说的那么久。'"

*

医馆岁月长。三妹口中的好日子，就这样波澜不惊地过了十二年。转眼到了1926年初，曾经年轻的三妹也已快三十岁了。当年的小学徒早已出师，成了独当一面的女医士。

这一年，德秀四十六岁。一天下午，他坐在书房前看书写字，不经意间写下两句宋词：

料有牵情处，忍思量、耳边曾道。甚时跃马归来，认得迎门轻笑。

宣纸的一角还有一行小字:"刘丫四十有一,长李聪明一岁,已是不惑之年。"

就在当天,德秀接到了上海的来信。他还以为多年过去,他终于为这小小医馆等到了那个叫素贞的女主人,孰料这却是一封姗姗来迟的信,写信的人在半年前就亡故了。信是这样写的:

德秀哥,我要对不起你了。说起来,写字的能耐还是你教我的。我没有一天不想成为你的妻子,但我更想先做好自己,至少这辈子如此。最后与你说话,就不提别人了,就你和我——我终于能说好想你了。

素贞此生走过千山万水,拉过很多苦命人的手,见惯了生死,反而甜了一些,此生已了无遗憾。刘丫来世会早早地来,早过任何人,早早地嫁给德秀哥。

刘丫交代好友,她死后,定要把尸体烧了,延迟半年再告诉德秀。"不然德秀哥抱着我哭,我一声不吭,他该有多难过,我得多心疼。我去过数不清的地方,就数武汉最美好,一想便动情——当然啊,在爱人怀里,见过温柔如梦的春天。我是从武汉飞走的,德秀哥予我双翼,俯瞰人间。"看着刘丫的信,德秀一时胸闷头昏,直直倒在了医馆。三妹慌得忙掐他人中:"德秀,你要挺住。"

俊度听说刘丫去世，下令谁也不许动她的房间，不许烧她的东西。而后往四川去信，只有两个字：逆子。或许他是心疼儿子，却不肯说几句软话宽解，那两字家书也许是想说：逆子，你该怎么办？可还好？

德秀在成都的医馆再也等不来一个叫素贞的女人了。她本就不是蛇妖，亦未成仙，更无须报恩，不过是在人生苦海里修行爱人，终于做回自己，或许又带着一生的慈悲轮转尘世。岁月不居，时节如流。转眼间近百年过去了。姑奶奶跟我说起刘丫母女时，不禁感叹："刘丫到底是爸爸念了几十年的心上人，却无名分，没上族谱，爱的人只属于他自己吧。"

刘丫去世，德秀备受打击，半个多月过去，仍魂不守舍，总自言自语："人是这么苦的，三十多年过去了，还是留不住人。"

那段时间，三妹寸步不离地守着德秀，宽慰他，跟着他一起怀念她："那是个好女子……德秀哥你晓得吗？当年刘丫送你的一缕青丝我见过。带口信的人先来的县里，是我告诉他你在前线……刘丫走完了自个儿峥嵘而绚烂的一生，但德秀你还有眼前路得走完。我也一直担心你，你在战场拼杀，我整夜做噩梦，想着若你死了，我也死，这就算走到一块儿了。"

见德秀蒙着被子，三妹柔声感叹："是啊，人都是赶着来吃苦的。我在街上碰见从县里来逃荒的人，父亲用命拔掉的罂粟又在疯长，原本生龙活虎的德秀也枯萎了。刘丫怎么也想不到，予她双翼的爱人，却因自己的离去而英雄气短。苦难的百姓啊，怕是

115

没得指望了。"

德秀从床上坐起来："刘丫还在看着我吧？"三妹点头："当然啊。你想，当年刘丫母亲离世，对她的打击有多大？可刘丫听你的话，勇敢地做了自己，孤身一人往战地医院跑，又跟着红十字会去上海。你苦等这样的女子我不介意，你上战场我不拦着，但你不能就此沉沦，折磨自个儿。刘丫最后对你说的话，你要听进去啊。"

德秀沉吟半晌，终于说了一句："烦请三妹给我开个方子，煎几服药补补气。"

调养数日，德秀正式申请调离财政司，再次前往地方任县长，将成都的医馆交给了三妹。

临行前，他对三妹说："我将你从一个小妹仔带成悬壶济世的医士，也算对得起张所长的托付了。到时候找个好人家，生一堆孩子，医馆就当是我替张所长给你置办的嫁妆。"

三妹紧握拳头，本想说要一把火将医馆烧了，看他一眼却又缓缓松开握拳的手。"你去吧，医馆交给我。我到底和刘丫一样活成了你的样子，好在我不欠谁，想爱就爱了。"

德秀如先前一般，挎着一个包袱就出门了。

*

彼时，四川实行防区制，各地军阀争地盘，形成了武备系、保定系、九人团等几大派系，连年混战。军阀为了扩充实力不择手段，公然开高价拉拢土匪，绞尽脑汁向百姓征收苛捐杂税，逼迫他们种植罂粟，之前的禁烟成果荡然无存，种植、贩运、销售和吸食鸦片皆为合法。如若民众想种粮食，而不种罂粟，则种一年要收三年的税，第二年要交五年的税；罂粟种少了，也得收税，被称为"懒税"。如此一来，有些县一年的"烟税"收入达七百多万元，农业生产遭到了严重的破坏。有人直言不讳："四川有二十万军队，莫不持烟土为饷源。"

时局恶化至此，德秀想凭一己之力从中斡旋，哪怕让一个县的百姓少受些压迫也好。"不谈理想，不说政绩，至少要做到让当地百姓有说'不'的权利。不肯种罂粟的，还应予以赞赏。"然而此时，德秀想禁烟已是无力回天，只能尽全力保护那些不想种罂粟的百姓免受苛捐杂税荼毒。

自德秀到任，和当地势力维持着井水不犯河水的局面，种鸦片的人偷着种，不种鸦片而种粮食的人不收税。军阀来争地盘，怕伤及百姓，破坏生产，德秀便豁出老脸去调和："这地儿你们就别争了，民风彪悍，以免激发民变。"情况严重的时候，双方各陈兵数万，德秀就一个人站在中间，一身长衫，守着身后数十万百姓。当时四川大小"实力派"多与德秀有过交情、打过照面，这个面子无论如何都要给。有一次，有狂妄小辈不服，当场呛声："就凭你姓蔡？"话音还没落，便挨了长官两记耳光："就凭他站在这里，这就够了。"

德秀承认，自己难堪大任，无法让治下的一方县域欣欣向荣，只能尽己所能，公正地断好每一个案子，小心维系地方安宁。曾有军阀派手下来劝说德秀一道合作。来人大言不惭道："现在有能力争地盘的，差不多都是在蔡锷将军手下一起摸爬滚打的自己人，我们应该一起干一番大事业。兄弟说句不中听的，中国四万万人，哪能个个有人格可言？战争哪有不死人的？就算死掉一半，这个世道照样存在。长平之战、安史之乱、扬州十日、嘉定三屠，政权不照样更替到了民国？人命不过如此。"

德秀气得举起手枪："一句话就想让一半人死掉，好大的口气！那你怎么不去死？谁跟你是自己人！我来去始终只有一个人。"

自从德秀来到县里，三妹便三天两头从成都过来"请教"药方的用法。这次刚落脚，便看见德秀神情沮丧地坐在一边不说话。她走过去轻轻拍拍德秀的手背，从他手里接过枪，关上保险栓撂在一旁。

两人相对，半晌无言。许久，德秀开口道："我们成婚吧，三妹。"三妹以为听错了，怔怔地望着德秀，拿枪的手抖得厉害。"若你不嫌弃，我们成婚。"德秀定定看向她，"之前是我错了，耽溺于虚空过往，画地为牢。我不是聪明人，如今大妹儿早已转世，刘丫也走了，家里剩下一个李聪明在受苦……我才知道该如何去爱一个人。当年放下的手，如今再想牵起，你可还愿意？"

三妹的眼泪扑簌簌地往下掉："你说的话真难听，可是我愿意。"

当天,三妹便托人给母亲带话:"我要嫁人了。"

张夫人领老伴来见女儿,船夫老实巴交,穿草鞋,脚板宽大,见到德秀还忙着行大礼。

三妹私下里问母亲:"您好歹是养尊处优多年的典史太太,怎能忍受船上的风吹雨打?"

张夫人反问三妹:"德秀的年纪比我小不了几岁,都是该当阿公的人了,你嫁啥子?"

三妹不高兴了:"就凭我愿意!要说您后来嫁人,可是德秀挡在前头,替您担着的。"

张夫人笑了:"我要嫁,也凭我愿意。现在我晓得船要去哪里,在哪里靠岸,无事看船桨划过水面,来来回回,不必找寻啥子,在摇摇晃晃中也能过安定日子。"

德秀劝张夫人和老伴一起留下,若是嫌吵,就在旁边再买一座宅子。张夫人摇摇头:"我就来看看三妹得意的样子。有你这个女婿,才有我们母女俩的任性,算是双喜临门。"

*

三妹就这样成了我的小婆婆。

多年后,三妹回忆起德秀求婚的那一天:"天灰蒙蒙的,好像有一点阳光的影子,又好像还下过毛毛雨——唉,到底是啥子天气,我记不清了,只记得我没开枪打他,算他走大运。"她没提其他要求,只问了一句:"有了我以后,你想好要怎么过后半生了吗?

若你心里只有百姓，比如大妹儿一样的病人、刘丫那般的丫头、何娃子之类的孤儿……我会难过。"

德秀以鞠躬之礼答复她："我之前做的事九死不悔，但那是我一个人的打算，将自己舍了也就罢了。往后我做任何事都会念着三妹。"

漂泊半生，德秀终于决定在他四十六岁这一年安定下来，过真正属于自己的日子。他在四川置屋宅，添家当，在院子里种满花木，家中钢琴、手摇留声机、戏台一应俱全。夫妻俩不愿应酬往来，只请几个交心的老友来家中吃了顿便饭，就算成亲了。

成了家德秀就像变了个人似的，只要一回到家便绝不再谈公事。从前不苟言笑的他，竟唱起当时的流行歌曲《教我如何不想她》："天上飘着些微云，地上吹着些微风，啊！微风吹动了我头发，教我如何不想她……"

婚后两人聚少离多，德秀在县里案牍劳形，三妹在成都比德秀更忙，名气也比德秀大。当时成都的女医士不多，精通女科的更少，很多豪门家眷都争相请她上门看诊，光诊金便高达数十两黄金。若遇上穷苦百姓来医馆看病，她便只收一点药钱。

如此过了一个多月，三妹终于捺不住问德秀："这样过下去，我算是蔡家未过门的媳妇，还是说你嫁到了四川？"德秀一拍脑袋，连声道歉："自然是我明媒正娶——是我疏忽了，这就带你回湖南老家。"三妹想了想，又道："我想见爹娘，还有聪明姐。如此，我才真正算是蔡家的人了。"于是德秀特地提前打电报到武汉，让人通知家里。

回去的路上，三妹说："张三妹不好听，你给聪明姐取了名字，也给我取一个吧。"德秀想了想，牵住三妹的手："那……我便叫你张婉英。婉约绮媚，吾爱英英。在我心里，你就是这样。"见三妹笑而不语，他慌忙道，"请夫人见谅，父亲说得没错，我胸无点墨，不成器，若三妹不满意，容我再想。"

后来，村里有人调侃道："李聪明嘛，聪聪明明；张婉英呢，那是吾爱英英。"小孩子也跟着唱："聪聪明明，吾爱英英，天上人间，情由谁定……"我小时候不知其意，也跟着一些孩子边唱边踢毽子。有次被祖父撞见，他揪住我的耳朵道："别人唱没关系，你唱就是大不敬。"

*

这一年，李聪明四十岁。有人劝她："这回，你就不用去村口接德秀了，他坐的是马车，也不是一个人回来。"李聪明不管："那更要去接，蔡家不会失礼。"

家里人都说，换作是他人，在旧社会娶三五个老婆司空见惯，若德秀一早再娶，兴许李聪明能早早接受，但德秀将近三十年没想过成家，如今突然带了个年轻女子回来，李聪明会受不住。于是妯娌们商量着要一起去接人。聪明却淡淡道："要大家一起去接，自然可以，人家第一次回家，是该隆重些。只是你们莫小看我，我巴不得德秀好。"

聪明嘴上这样说,但她当真见到了"四川妹子"时,却差点没站住。好在同去的妯娌围在身边,替她撑住了。"我从未见过德秀如此深情地看女人——他虽有意藏着,却没能藏住。他对刘丫也深情,但刘丫总顾念着我,没让我见到。"

从马车上下来的张婉英仪态万方,连声向各位姐姐问好。李聪明迎上前,德秀主动过来打招呼:"夫人,这是婉英。"聪明却看向婉英道:"我是德秀的小妹李聪明,我们来接你回家。"

婉英拉住她的手:"我初来湖南,规矩还得大姐教我,该吩咐我去做的,无须客气。这些年,德秀也一直记挂着大姐。"

德秀也在一旁点头:"的确如此,我也记挂着夫人。"聪明只长叹一声,没说话。

回家时,德秀和婉英走在前头,聪明走在后面。她像是对几位弟媳说,又像是自言自语:"四川可是个好地方,有机会我想去四川看看,那里应该很漂亮吧?"

几个妯娌看着心疼,悄声说:"嫂子这样说,一点儿也不像蔡家的儿媳妇。你以前好歹也做过东家,不如今晚我们就给德秀套上麻袋,揍一顿解解气。"

聪明望着两人的背影:"要不,他们拜堂那天,你们给我套上麻袋吧——是啊,我一点儿也不像蔡家的儿媳妇,哪里像呢?"

对于婉英的到来,俊度并不反对。他主动下了楼,收起水烟筒,在堂屋里等着。为顾及聪明的感受,德秀领着新妇行礼时,他第一句便是:"我这边罢了,李氏那边你们要敬着。"

德秀搂住婉英道:"爹爹,儿媳妇好心好意给您行礼问安,您红包都没准备一个,还在那里摆架子——什么叫您这边罢了?"

俊度见这逆子又当众顶撞他,气得用手指自己:"怎么,还得我给你行礼吗?"

德秀也没好话:"您给我下马威可以,给婉英脸色看不行。"

婉英虽然平时有些任性,但在正式场合总是得体的。她捏了捏德秀的手,温言道:"都是一家人了,爹爹怎么可能给我脸色看。是德秀小人之心,冤枉爹爹,真的是'逆子'——以后我替您管教他;若他欺负我了,我也告诉爹爹,您给我撑腰。"说着用手肘戳了戳德秀,"还不向爹爹道歉?"

德秀真的听了她的话,老老实实鞠了一躬:"对不住爹爹,刚才是我鲁莽了。"

俊度叹道:"这个逆子,何德何能……婉英,你领他来我楼上——快五十岁的人了,刚进屋就要红包,也不嫌丢人——之前我连婉英的名字都不晓得,怎么写红包?"

当德秀和婉英上了楼,俊度又向婉英道歉:"爹爹不是为难你,因为这个逆子,我们家是愧对李氏的。其他不多说,祝你们早生贵子……"

未等俊度把话说完,德秀赶忙截住了他的话:"婉英,老爷子说话难听——我不是为了传宗接代才娶你的。他共有六子,少我一个,半点儿也不影响他多子多孙。"

俊度又被气得朝丫鬟喊:"快把我水烟筒拿来,看我教训这

123

逆子!"

*

德秀与婉英成婚那天,家里一团喜气,到处挂着红绸布,客人来了一拨又一拨。德秀一改往日冷脸,处处笑脸迎人,都说他少年老成,这会儿反倒像小伙子。新娘虽说也二十九岁了,依然是最好看的女子,凤冠霞帔,含情脉脉。

聪明在厨房帮着仆人烧火。起初,仆人不敢让她进厨房——少爷娶继室,哪有大太太去烧火的道理?聪明却说得头头是道:"炒菜的徒弟,烧火的师父,你们不懂吗?这么重要的场合,我当然要亲自看着火候。"

仆人堵住厨房的门,说什么也不肯。聪明不停地掉眼泪,只好假装咳了几声:"是谁在烧火?满屋的烟子。"负责烧火的是个五十多岁的妇人,名叫火姑,因儿时发烧烧坏了脑子,行为举止如同十岁孩童,好在她从小便爱在灶前烧火,也算有一技之长,蔡家便在她父母去世后收留了她,专门在厨房烧火煮饭。

火姑委屈地哭起来:"我是傻,没用,只会烧火。很多大师傅都夸我火烧得好,大火小火都不用他们提醒。德秀少爷是天底下最好的人,我怎能不好好给他烧火。"

聪明赶忙上前抱住火姑,强忍住哭声道:"今天德秀少爷结婚,我们都不哭。是我不对,冤枉了你,屋子里没有烟,我今天怕冷,你教我在灶前烧火好吗?"

火姑止住了泪,重重地点头:"太太,我知道了,你不是怕烟,而是怕冷——那你过来,挨着我坐。太太你别怕,不要管外面多热闹,我们安心烧好自己的火就是了。"

聪明后来常说,她一直很感谢火姑:"那天就那么被她哄着过去了。"

晚饭时分,婉英亲自来厨房请聪明入席。她们手挽着手,向厅堂走去。

*

按照当地的习俗,新娘子戴红盖头过门时,需要有人接亲,还要为新人在洞房铺设被褥,讨一个"引人入胜,携手同行,合欢到老"的彩头。这个人要是男方家中最贤惠的女性,不但要八字好——不与人相冲、不带桃花,还要人品好,不能身患恶疾,不能丧偶、离异,要恪守妇道、儿女双全,且脸上无疤。如此烦琐的要求,即便是聪明这样八字有福、在村里享有声誉的人,都没有资格替新人迎亲、铺床——因为她无子。婉英过门,俊度和聪明一致定下,由家里的六弟媳去迎亲。

德秀和婉英却有自己的考虑——他们想让四弟媳满姑来行此礼。此言一出,在场的人一片哗然,就连俊度和聪明也沉默不语。有人说,满姑的八字不用看,没有更差的了:"作为女人含羞忍耻,儿女双全更是痴心妄想,身上到处都是伤疤,还杀过人,反正不该犯的冲她都犯了,连火姑都不如。老四德重好好的少爷不当,捡这种破烂货,蔡家的笑话算是闹大了。"

满姑亦自惭形秽:"人家一个黄花大闺女从四川嫁过来,由我这种人来接亲怕是……"

德秀和婉英摇摇头,还没说话,德重便拉住满姑的手:"我们满姑是有福的,既然兄嫂需要帮忙,咱们就应答应。"他感激地看了一眼德秀和婉英,"我们祝兄嫂长长久久。"

六弟媳也含笑点头:"四嫂是四哥跨千山万水给蔡家寻来的珍宝。'菟丝及水萍,所寄终不移',蔡家无论有多少田土钱粮,都不如出了这么一对璧人。我敢说,这村里谁也没有二哥和四哥有见识。"

按规矩,婉英应该从四川娘家出阁,但她已来了湖南,不必再折腾。婉英又找到满姑:"弟妹,我可否从四弟给你修的三书桥上出阁?"满姑眼含热泪,用力点头答应。

德重

如此，后来还是有女人啧啧称羡："说是满姑给婉英迎亲，实则是婉英和蔡家那些聪明女人给满姑抬轿。满姑是享了福的，遇上老四德重，为她修桥铺路，生死相依。"

老四德重小德秀十岁，曾是俊度最宠爱的儿子。平日俊度与其他五个儿子很少亲近，唯独德重是他同丫鬟一起带的，连睡觉都搂在怀里。

德重天生聪明，能过目不忘，尤其算术极好，口算、心算、珠算，很多大人都算他不过。他自小性情温和，乖巧懂事，行为举止从未逾矩。每当俊度被"逆子"气得"没了想头"时，唯可聊以自慰的便是"还好有个贴心的老四"。

长到十四岁，德重已然是温润佳公子的模样。作为家中最得宠的少爷，他总是彬彬有礼，与人相处不分贵贱，但凡遇见长辈，必定会鞠躬行礼，家中仆人向他行礼打招呼，他也会一板一眼地还礼。

谁料,就是这个连脾气也不曾有过的温厚公子,某日却突然跪在厅堂中央上告双亲:"孩儿想做比读书更重要的事。"俊度以为他想去武汉经商,爽快回道:"我早有此安排,德秀轻佻放浪,宜读书;而你性情稳重,适合做买卖。既然你跃跃欲试,就让兄嫂先带你一程。"

德重却长跪不起,口中念念有词:"故折矩。以为句广三,股修四,径隅五……平矩以正绳,偃矩以望高,覆矩以测深,卧矩以知远……"俊度听得一头雾水。德重却从怀里掏出一幅工笔长卷,上面绘满各种样式的桥,线条工整细致,分率、道里、高下等比例标注无不分明。又从箱子里搬出各种精致的桥梁模型,看似脆弱,却能承得住一块大石头。当时聪明在场,惊叹道:"我们蔡家出了个大画师。"

德重却语出惊人:"不是画师,我要当木匠、石匠。"原来他口中诵的是《周髀算经》里的内容,又说自己已读过《九章算术》《海岛算经》。俊度听了,一口水烟差点没呛破喉咙:"我的崽,你莫不是中邪了?"

德重极少顶撞长辈,见俊度眉头紧锁,便即刻起身:"爹爹,若孩儿以言许人、以心许人,是否该重信守诺?"

俊度点头:"自当守信重义。"

德重不复多言。俊度余怒未消,担心他会成为第二个德秀,便故技重施,将人锁在房内,钉死窗户,命他反省:"这个家里缺木匠、石匠吗？"

和兄长德秀不同，德重不吵不闹，就算被禁足，照例每天隔门向长辈问安。每日去送饭的用人心疼不已，哭着求他："四少爷，老爷子最疼你，你服个软出来吧。"德重却恭敬有礼一如往常："给诸位添麻烦了，我理解父亲，但想要他体恤我，恐怕还需要等些时日。"

一个月过去，德重不求饶，不恼怒，只在房间里写写画画。反倒是俊度心急如焚，只得自己搭了个台阶，让聪明请了个神婆来家中"驱邪"，借机将德重放了出来。

德重也不恼，一板一眼配合神婆作法。神婆见他一脸认真的模样，也愣在堂屋，只好演戏演到底，装模作样地咿咿呀呀，说四少爷是被鬼附了身。德重认真答道："有鬼好，纯姑在我身上。"

听到"纯姑"两字，众人都是一愣。德重叹道："去年村里发大水，你们还记得吗？"一旁的聪明点头："去年端午是涨过水，不算泛滥，村里没怎么受灾。"

德重涨红了脸，语气却依旧轻缓："是啊，村里没怎么受灾。所以连嫂嫂这样的仁义之人都忘了对岸山上还有一户人家……去年河里涨水，纯姑和她母亲都被冲走了。她同我一般大，去年也只有十三岁——我曾答应为她造一座桥，方便我们常相来往。纯姑和她母亲不在了，但她妹妹满姑还在，我答应了她的事，还要做。人总会遇到河，却不一定有桥。"

聪明后来回忆道："那个时代的人命丢了，尤其穷人家的，不算稀奇。哪家哪户都有带不大的、随地挖坑埋了的小孩。就算大人死了,家人愁的还是家里的米够不够。纯姑死了,换作其他人,就算当作谈资,也早就忘了,可若被人爱着,那就有了举足轻重的地位。"

*

那条河上本有一座木桥,修在蔡家宅院不远处。只是纯姑家处在两个村的交界处,每次过桥总要绕上几里路。为图省事,她家人一般都是蹚水过河。德重钟情山水间,常跟着做木匠的长工去山上伐木,有时蹲在河边玩水,一玩就是一整天。十岁那年,他遇见了纯姑和她刚满五岁的妹妹满姑,三个孩子很快就成了朋友,整日玩在一处。

众人这才醒悟。聪明不禁感慨:"不愧是亲兄弟,心思比德秀还要沉。去年有段时间,只觉得老四情绪不对,殊不知是遭遇了伤心事。难为他,连私下学画图也瞒得死死的。"

俊度得知原委,倒松了一口气,原来四儿子虽然年少,却和老大一样"是个情种"。他劝德重不必去做木匠、石匠,只让满姑和她父亲来蔡家帮忙做事:"那边就满姑他们一户人家,没必要再修一座桥嘛。"

家里人都说,德重是"拳头握出水都不动怒的人。换作是德秀少爷,恐怕早就掀桌子了"。德重却只温言细语道:"爹爹,蔡家家业不算大,就算有胡雪岩、盛宣怀他们那般的富贵,也不能凭咱一句话，就让人家舍了家来这里做事。我许人家一座桥，便要扎实地造一座桥。"

俊度面露愠色："你怎么不许人家一座金銮殿呢？"德重不紧不慢道："爹爹，我只许自己能做到的事。若有桥，水就冲不走纯姑母女了。"

父子俩虽未针锋相对，却也僵持不下。聪明赶忙出来打圆场："修桥铺路是大人做的事。我斗胆替爹爹做主，咱家信守承诺，修一座简单的木桥。"

德重却冲众人鞠了一躬道："多谢爹爹和嫂嫂，就算德重年幼，也有三两知己。少年人心里亦有爱生长，丰茂甚于成人。既是如此，心中之桥自当亲自修，修好了，我就算出息了。在这世上，纯姑已不用过河，但满姑还在，还有没有桥的地方，没法过桥的人。我要做一个修桥人。"

俊度无计可施，只好冲聪明发了一通脾气："都怪德秀那个逆子，他开了个好头，这个家我还能管得了谁？"

自那以后，德重便不读书了，先在家做了三年木工，又当了一年石匠学徒。出于对"河神"的敬畏，他滴酒不沾，又戒了荤腥，坚决拒绝与杀猪的兄弟同桌吃饭。俊度无可奈何，只得听之任之，抽着水烟怪自己前世作孽。

十九岁那年，德重终于造成了一座简单的木拱桥，取名"三书桥"。

十四岁的满姑没想到自己会拥有一座桥。德重交付三书桥那天,她在桥上来来回回跑了六趟。德重站在一旁,含笑看着她跑。回去之后,他找到聪明,支支吾吾说想请她帮忙。

聪明早看穿了一切:"三书六礼我怎会不懂? 这是大好事。"见德重红着脸不说话,聪明便转头告诉俊度:"蔡家又要定亲了,这次可是两情相悦。"

听说德重要娶亲,俊度心情大好:"老四就是老四,到底不比那个二不挂五的逆子。如今桥修好了,人定下了,心便安了。我料定德重会接手家中买卖,只差时机未到,果然此子终会成器。"

不久,蔡家请了媒婆,从三书桥上过,到对岸的满姑家提亲。满姑父亲是个老实的庄稼汉,自妻子与大女儿过世后再未续弦,带着满姑相依为命。得知是蔡家提亲,满口答应,说不必另行准备聘礼,桥便是最大的诚意。满姑父亲心中高兴,却到底不舍:"姑娘才十四岁,该挑个好日子将婚事定下来。可怜我这个当爹的,要家底没家底,要本事没本事,满姑跟着我吃了不少苦,嫁到蔡家算是享福了。我想让满姑在家里多长两年,不要一下掏空我的心肝。"

俊度一向不拘小节,他关心的是德重能否就此安下心来,去武汉帮忙打理家族生意。为此,还特意在桥上与德重谈话,说时机刚刚好,这几年吃点苦磨炼一下心性也未尝不可。德重在桥上朝父亲跪了下去:"父亲大人一向宅心仁厚,对孩儿慈爱有加。'父母之爱子,则为之计深远',我深知您的良苦用心。但孩儿不喜经商买卖,如此而已。"他望向桥下奔流不息的河水,"看秀水明山无阻隔,望秋水盈盈人团圆,这才是孩儿想做的事。父亲大人明理致用,定会成全孩儿修桥补路,成一生之好。"

俊度长叹一声,扶起德重,拍了拍长衫,将水烟筒递过去:"你既已成人,陪爹爹抽口烟吧……为父这一生,不论是对女人还是对生意,从不强人所难,又怎会为难自家孩儿?"

为此,一向宽厚仁慈的聪明后来还忍不住调侃公公:"老爷子对老四偏爱有加,德秀可从没这般待遇,一个人在外几次死里逃生,很少得到一句温软的话。"

满姑也支持德重的决定。德重说,跟着他可能当不了享福的太太,恐怕大半辈子都得在外风餐露宿。满姑却说:"你我之间搭着桥,才是享大福。"

办了订婚酒后,德重便背着工具和一干人出了门,只留下一句话:"遇水搭桥,搭的是安宁。"

*

在蔡家,满姑最喜欢李聪明,每天忙完自家的事后,便会来帮聪明打豆腐,还经常俏皮地问:"嫂嫂,您猜我是从哪条桥过来的?"聪明故作不知:"叫什么来着?"满姑便笑盈盈地说:"三书桥,我家德重给我一个人修的,记住了没?"有人笑话满姑,还未过门就三天两头往蔡家跑。满姑却满不在乎:"过门了我就不跑了,住下啦。"

忽然有一天,聪明发现,满姑有些天没来了。察觉有异,她便亲自提了东西过桥去探望,却发现满姑不在家。满姑家是村里的外姓人,单户住在山坳里,周边没有邻居,她只得干等。直到下午满姑父亲回来,也未见孩子的踪影。这下两人惊慌失措。原来,为了给女儿攒嫁妆,满姑父亲一直在外面打短工,这些天都未曾回家,想了想,竟不知这孩子是哪一天消失不见的。

两家人找了几天,又报了官,依旧杳无音信。聪明深知德重对满姑的情谊,担心他无法承受。没想到得知满姑失踪,德重并未呼天抢地,他改口喊满姑父亲"爹爹",温言安慰道:"我确信满姑还活着,定是时刻念着爹爹。我们好好吃饭,便有力气找,她只是迷路了。"

满姑如同凭空消失了一般。很快,村里人便忘了曾有过这样一个每天在桥上飞奔的姑娘。整整五年过去了,满姑父亲心灰意冷,要将定亲礼金还给蔡家,劝德重另觅良人。

这些年,德重的模样早已同街上的粗工无异,只有言语间还依稀是当年的少爷模样。他很少回家,只要回来,必定是先去探望满姑父亲:"爹爹,就算我少条失教,不成体统,您想悔婚,也得让我先找到满姑问明想法。她亲口告诉我缘尽于此,我便罢休。"

德重从未放弃过寻找满姑:"她只是走丢了,人最怕自己走丢了,无人在意。如此寒了心,就算哪天摸清了家在哪儿,也不愿回了。得有人寻找,带她归家。何况我是她的丈夫,身强体壮,莫说五年,即便是五十年,也不能放弃我的满姑。"

就这样,又是五年过去。这一年德重已二十九岁,八方修桥,四处寻人，不知道问了几多遍："我未婚妻五尺高，鹅蛋脸，声音甜……"有些地方的村民为哄骗德重减价修桥，故意放出消息，说好像在哪儿见过差不多模样的女子。德重明知是假，也会填钱动工。

这些年过去，满姑父亲料定女儿不会再有音讯，整个人变得颓废不堪。聪明让人接他过河，他只抱住床脚不肯动，也不说话，唯一还能做的就是躲在家里抽旱烟。一日，对岸山上起了浓烟，立时火光冲天。村里人赶到时，只剩一片灰烬。村人看到屋后的地窖上了锁，凿开一看，里面只有一张矮凳，上面齐齐整整摆着满姑定亲时的礼金，用红布裹着，一分未少，多出的几个铜钱格外显眼，大概是他赚的。

德重以女婿的身份葬了满姑父亲，本想在原址建房，怕满姑哪天回来了，见自家化为灰烬，父亲也变成了黄土堆，会经受不住。还是聪明给劝住了："她还有你，回来了，就是蔡家媳妇，蔡家安排了房间，哪能让她住在山上。"众人都劝德重为自己打算："过些时日，风一吹，满姑家啥也不剩了，你也该收心了。"

俊度见德重与德秀皆无子嗣，干着急："怎么痴男怨女都进了蔡家的门，一个个为情所困，真是冤孽！此子一番执拗，倒也找不出错处。"又揪着德秀骂，"怕是德秀招来的报应，他负人，无法无天，老天报应在他四弟身上。为情所困最为苦痛，世上哪有只讨便宜的事，此消彼长，总归是要这个家替他偿还所亏所欠。"

聪明平日很少忤逆公公，但只要听到他没完没了地数落德秀，定会出面维护："爹爹教训德秀属实太过了，只能说人一旦动情，多数会遭报应，历来如此。"

*

无论修桥还是寻人，德重始终不言苦楚，一路从宝庆到了湘西。到了第十三个年头，终于听到有湘西寨子的村民提起，好像见过这么一个女子。类似的消息德重听了上百次，也失望了上百次。再听，依旧怀揣着希望细问详情，不想漏掉任何信息。

这村民说，一年前他在亲戚家做工，撞见过一群土匪，其中有个漂亮女子，一个人跨马，未戴锁链，大抵是压寨夫人。土匪们搜刮钱财，她面无表情，瞧见一位妇人怀中的孩子哭了，却立刻下马安慰，说娃娃莫怕。这村民蹲在不远处，只依稀听得女子声音："那姑娘的声音真好听。"

此后，德重便留了心，时常独自上山去找寻土匪窝。有次果真碰上了一个土匪洞。那伙亡命徒被突然出现的不速之客吓了一跳，还以为德重是警察局的探子，慌不迭地问："敢问老爷有何贵干？"原来他们只为填饱肚子，平常不过是小打小闹，山洞里只有一杆破旧的猎枪和几把柴刀。德重如实作答："我来打听一个人……"土匪们将信将疑，一怒之下将德重围住一顿痛打。德重无悲无喜，擦了擦脸上的血迹，将自家来历细说分明，只向匪首继续追问满姑的下落。

听说德重是修桥匠，匪首竟立时变得恭敬起来，亲自给他松绑治伤，还忍痛分了半个煮鸡蛋过去。

原来，匪首的父亲就是修桥匠，在他幼年时就发痧死了。匪首原本想子承父业，可穷人的日子总是一天比一天难过，不得已才落草为寇。虽然做了强盗，他也立下五条"行规"：郎中不抢，教书先生不抢，修桥匠不抢，黄花闺女不抢，和尚道士不抢。至于地主豪绅，他们坦言抢不过，顶多不过是一伙人出去做点偷鸡摸狗的事，被人发现了，便虚张声势、赶紧撤退，因而也是饱一顿饥一顿。

德重戒心未消，只说是受家人之托来寻找自己的"胞妹"。匪首说隔壁山上有个叫横老三的狠人，多年前从拍花的小贼手里抢了一名女子做压寨夫人。德重听罢，当即就要告辞。匪首好心劝他，现在还不能确定被抢的女子就是你妹妹。况且那横老三心狠手辣，手底下有好几十号人，杀人放火绝不手软，贸然前去等于送死。他让德重暂且忍耐："既然我想做一件好事，就不在乎钱财——我在那边有个表亲，可以代为传话。"

德重想了想，只托匪首的人带去一句话："三书桥犹在。"若女子有所回应，他就算倾家荡产，也要找人把满姑营救出来。

那边很快传来消息："满姑挂牵兄长，就来相会。"几天后，压寨夫人出现在德重面前，一身白衣上血迹斑斑，脸上也有血块。她紧紧抱住德重，却没有掉泪："身上的血不是我的。德重哥找我，满姑怎能不来。"

原来，当年满姑在山上捡柴，被一个装瞎的老太婆所骗。老太婆说她的家在山那头，恳求满姑送她回家。单纯善良的满姑并未多想，就欣然同意。谁料走了一会儿，一个麻袋突然兜头罩下。重见天日时，已被多个男人糟蹋。从此她几经辗转，几番受辱，最后落在横老三手里。起初，她想着要逃。但每次逃跑都被横老三派人捉回，打得遍体鳞伤。她想着不能再蛮干，于是暂且忍耐，伺机而动。横老三以为她被驯服了，便不再绑着她，只派人时刻跟在身后，也不算自由。

接到德重的口信后，她决心孤注一掷。本想周密谋划一番，却毫无头绪，"我一个村姑，只有见德重哥的勇气"。依稀记得曾在村里戏台上看过吴三桂冲冠一怒为红颜，思来想去，只得豁出去找山寨里的二当家帮忙。横老三为人自私残暴，不懂恩威并重，手下人只是敢怒不敢言。二当家虽未与横老三翻脸，却曾多次私下找到满姑，问她想不想家。

满姑心知肚明，二当家亦绝非善类 —— 也正因如此，她才有可乘之机。她偷偷跑去二当家房里，以身子为交换，借来一把快刀。二当家给了她两把，还说，只要横老三不在，寨子里其他弟兄多数是敬着自己的，无须担心。

入夜，满姑不管横老三是否睡沉了，拼尽全身力气砍了几刀下去，割下他的脑袋。"我穿白衣，披头散发，一手拿了横老三的配枪，一手抱住他的头，径直往外走去，鲜血吧嗒吧嗒地一路往下滴。守夜的人见了，吓得跪地不起，可能他们觉得那时候我的样子更可怕。"

德重摸着满姑的脸，喃喃说道："我的满姑，五尺高，鹅蛋脸，声音甜……往昔真乃'泪浥红笺第几行，唤人娇鸟怕开窗'。现在好了，此后皆为好时光，到时候咱们回家去，选个好日子热热闹闹地成婚。反正桥也修得够了，咱们在家里读书耕种、生儿育女，老了就和老爷子一样，哼着小曲过日子，下半辈子再不分离。"

满姑轻轻地笑了："还能再见德重哥一面，姑且算打盹的死老天还晓得要开眼……但我知道，这不是老天的恩惠，是我的德重哥历尽千辛万苦找过来的——我知足了。"话音未落，也不知这小女子哪来的力气，纵身一跃便投入河中。德重见状，毫不犹豫就跟着跳了下去。

那条河流急水深，幸运的是两人被冲到岸边，醒来时竟然只受了点皮外伤。满姑终于放声痛哭，直言她早就"烂穿了"，失去了为人妻、为人母的资格。德重一把抱住她："有人的地方得有路；有水的地方得有桥；有你的地方得有我。我俩注定要一起走路过桥。光阴细淌，一寸一寸抚平满姑的伤疤，人活着，若能守护好自己在意的人和事，便是成器。你我相守一生，我心存感念。"

满姑哭着把头埋在他怀里："德重哥，你这就领我回家。"

二人回乡之前，德重给德秀去信一封，言及此地百姓之苦、土匪之恶，自己的伤妻之恨。德秀愤然道："吾之弟妹，吾之乡民，辰沅道（湘西）百姓不可欺也。"当即给湖南军政界的友人各修书一封，当地官员迅速出兵剿灭了土匪。

回村后,满姑同德重一起祭拜了父亲。接着,德重便开始看日子,准备正式迎娶满姑。

满姑被掳走后的经历,早被一个修桥的工人传了回来。俊度听了满村的风言风语,却并未出面干涉。满姑跪在俊度面前:"老东家,我是没法给蔡家添人丁的。"俊度只说了三个字:"叫爹爹。"然后指着德重道:"你啊,半点不懂爹爹。"

为宽慰俊度,满姑主动提出要与德重一同去宝庆码头做事。俊度却摇摇头:"爹爹早非买卖人,不与老四做交换,也不必说成全。满姑的往事轮不到我来计较,做爹爹的,满心只有由衷祝福。德重坚持爱自己想爱的人,就继续去做自己想做的事吧。"

德重说:"我们留在家中侍奉老人。"俊度假装不悦:"你们夫妇之事,再不必牵扯我。"满姑告诉德重:"你的妻子,能经风雨。"

之后,德重便领着满姑走南闯北。此前一同修桥的工匠离开了大半,他们认为带一个女人出门做事是大忌,会遭灾。敬神多年的德重从此却百无禁忌。满姑爱吃荤,他便不再吃素,还说:"桥也是女人——它是河的爱妻。河神不忌讳女人过桥,自然也不在意修桥匠带着自己的女人走天下。"

"行可以为仪表,智足以决嫌疑,信可以守约,廉可以使分财,做事可法,出言可道,人杰也。"这是德秀对德重的评价。他和婉英的次子泽涛出生后,二人便将孩子过继给了德重夫妇。

*

成婚后,满姑虽被德重百般呵护,却逃不过世俗的偏见。

有一回,家族举行隆重祭祀,同时修订族谱。德重领着满姑去祠堂祭拜,想亲手加上她的名字,却被老族长拦住:"你家女人身子不洁,砍人头颅,未有子嗣,不得入祠堂、上族谱。"德重向老族长鞠了一躬,却不让步:"请您向我太太道歉。"老族长自恃辈分,又兼执掌族人生死,之前只在德秀那里碰过钉子,谁料此番又被一向敦厚的德重当众驳了面子。他拂袖而起:"真当我怕了你们两个小崽子?竟让我向一个烂货道歉?"

德重一口气跑回家,抄起一杆长枪,对着天放了一枪:"老子才不在乎什么狗屁祠堂。"继而用枪指着老族长,"去你妈的,道歉!"后来族中老人感叹:"若不是满姑将枪杆挪开,那天恐怕得死两个。"

德重骂老族长的娘,便是骂自己亲祖母,这在当时是大逆不道的罪过。众人义愤填膺,务要将德重逐出家族。自此,德重只说自己叫"桥",无名无姓,满姑在哪儿,家便在哪儿。

不久之后,时局动荡,村里人逮住机会,趁德重与满姑回乡祭拜先人之时,将他们团团围住。满姑当夜被人揪去"悔过",让她交代被几个男人睡过,又是如何与土匪勾结,借刀杀人。满姑闭口不言,即便被打得鼻青脸肿,头发所剩无几,也绝不开口。满姑看到德重被五花大绑,趴在臭水沟里不能翻身,不想德重听见那些锥心之言,扯开嗓子喊:"德重哥,我不说不是觉得丢脸,是晓得你心疼……"

半夜,德重和满姑被聪明托人救出,筹划帮他们逃走。德重说,自由真好,但今时不同往日,明哲保身尚且为难,稍加不慎便会给家人惹来大祸,不能再牵连聪明。"爹爹、二哥德秀都不在了,不能连累嫂子和泽涛。"

聪明生拉硬拽,推着满姑往前走,满姑抱紧聪明不放手,说就算要走,也要去三书桥看一眼。聪明执意要亲自送他们出村,其他几个弟媳也说要一起去送。

那日大雨滂沱,河水直涨到了桥上。德重和满姑手拉着手,相视一笑。德重说:"我们永远不绝望,最后还有河水护着我们。"满姑说:"我们会继续相爱。"说完,两人披着蓑衣跃入河中。

众人一时蒙了。蔡家几个女人无一通水性,她们大喊救命,却无人应声。顷刻之间,德重与满姑已消失不见。

再后来,村里的桥被大水冲垮了。直到三十年后,才重新修起一座桥。这时族人想起了德重,都说若是他在,大家根本不用等这么多年才能再从桥上过。家人情愿相信,德重夫妇那天又一次死里逃生。对于他夫妇二人,族谱上只记载:德重,卒年未详。

之后族谱再经翻修,满姑始终未能列名其上,不是因为她被村里划为女"恶霸",更不是因为觉得她丢脸,只因为那本过于讲究封建陋俗的老族谱不配此般好女子,一个家族亦需以此为鉴。

德重从来都有自己的主意。修桥、寻人、护妻，坚如磐石，始终如一。如此，他与满姑投河亦是坚守，是他想好要做的事。想来，他又做对了。

伤逝

德秀与婉英成亲那晚,繁星满天,鸣虫叫声悦耳,青草上缀满露珠。德秀那年逃婚时爬过的树犹在,多了两个大红灯笼,像是结了果。卧房烛台上的红烛正冒着火苗,外面看着影影绰绰。德秀从背后把婉英圈进怀里:"多年来,我奔走在烽烟里,未承想红烛下的脸庞如此可人。"

院子里的狗静了下来,灶屋还冒着烟子,柴火正燃着,李聪明与火姑正在烧热水,一锅又一锅,火姑从未如此"忙碌"过。这时有用人过来提醒火姑,客人都睡下了,热水够了。火姑将用人打发走了:"灶屋是我的,你莫管。"说罢,继续往灶膛里添柴。"太太冷,多烤会儿火。"聪明望着往外窜的火苗,对火姑说:"原来火姑是最聪明的,一早就晓得怎样能让自己暖和。"火姑往灶膛里又添了一根柴:"今晚我给太太烧火,一会儿就把天烧亮了。"

自从嫁入蔡家,李聪明就想着要生一堆儿女:"七个长得像德秀,还有一个一半像李聪明,一半像刘丫,这样德秀会欢喜一些。"婉英早年却总说:"中国女性大多尚未感受人生之乐趣,便为'母亲'的名头所累。我不愿成为生育器具。"

然而,聪明孤身只影,婉英却一连生了六个子女。

1927年初,婉英在四川生下一个女儿,德秀亲自接生,取名佳珍。说来德秀的六个子女,第一眼看到的都是自己的父亲。多年后,村里有男人借口在产房见过妻子生产,对妻子心生厌弃,立时便有好几个老人家出来为女人抱不平:"少扯那些有的没的,七八十年前,人家德秀公几次给老婆接生,没听说有啥心理问题,也从没在女人身上挑过毛病。"

佳珍刚满月,德秀便领着妻女回家乡摆酒,喜悦之情溢于言表。李聪明自打第一次抱了佳珍,便舍不得放手。佳珍在她怀里也不哭不闹,睡得格外香甜。

德秀和婉英回四川那天,聪明送了一程又一程,临了还要抱着佳珍唱歌谣。婉英知道她是真心疼爱孩子,便对德秀说:"佳珍是早产儿,只怀了七个来月,体质不好,得留在我们身边,不然就让大姐养了。我们抓紧再生一个孩子留在大姐身边吧,她太孤单了。"

次年四月,婉英产下龙凤胎,男孩即我的祖父泽璜。婉英想把他送回湖南,德秀却顾虑聪明会过分宠溺孩子,思索再三,决定等两个孩子断奶后,将二女儿任珍送回湖南,过继给聪明。

聪明闻讯欢天喜地,还未等任珍回来,便四处分发红鸡蛋。

只是,"过继"一事被她干脆拒绝:"什么过继不过继,你们的孩子也是我的儿女。"

1931年11月,婉英生下小女儿——也就是我那位如今已年满九旬的姑奶奶。德秀无意间说起:"这孩子与刘丫同一天生日。"婉英便为她取名"素贞"。俊度得知后认为不妥,命人在族谱上改为淑珍,只是家人仍唤她作"素贞姑娘"。

两年后,两人又生下了后来过继给德重夫妇的次子泽涛,取的名字亦是在向德重致敬——桥下有水,水势浩大为涛。

德秀六十岁那年,四十三岁的婉英又生下小儿子泽荡,二人共育有三子三女。

*

泽璜是家里的大少爷,无论是在四川张家,还是在湖南蔡家,都被长辈们捧在手心里可劲地疼。

泽璜打小聪明,无论是经史子集,还是算术、音律、绘图,皆一点即通,可称得上是过目不忘。德秀教子严苛,素日少有夸奖,就连别人当着他的面夸孩子聪慧,也只推说"只是小聪明而已"。

一旦泽璜在学业上有半点偷懒,便会被戒尺狠狠教育。他不敢哭,更不敢去找母亲,因为母亲也是暴脾气,在教子上与丈夫早结成了"统一战线",哭闹少不了还要再挨上一顿打:"你哭哭啼啼来,无非想让我哄你——爹爹不该教育你吗?你读书就偷懒,哪有理来诉苦?"

如此，泽璜在家虽然过着锦衣玉食的生活，却时常被父母告诫：不要以为自己家境优渥便能骄纵蛮横；不要以为自己有个当官的父亲便逞威风。"人不可能一辈子威风，更不可能将威风世世代代传下去。论贫穷还是富贵，不要忘记读书、助人，人活着要留下善意，而非崇拜强权。若被我知道你仗势欺人，定敲断你的腿！"

尚不满十岁的泽璜那时便已知晓，自己以后不能为官，不会继承家里的任何生意。

德秀毕业于专科师范，却未能实现教书育人的初心，一直对此抱有遗憾，便想让长子替他完成心愿。他告诫泽璜，不能只顾自己吃饱饭，不知民间疾苦："孔夫子早有'有教无类'的教诲，现如今却不是人人都有机会读书。穷人不识字，只能做苦力，焉能不遭奴役？我们祖上也是行船讨生活的，熬了几代人才有了如今的积蓄，供你读书。往后若你能成器，便去乡村为穷苦孩子开蒙。他们识了字，才能看得更远，就算无钱上学，亦可发愤自学。"

自那时起，泽璜便立志要做一名小学教师。

泽璜读高中时，问过自己的父亲："若是教小学，读完高小便可去乡下教书。为何还要我考大学、出国留学？如此大费周章，学成回来岂不是大材小用了？"

德秀摇摇头："什么叫大材？你能一辈子当好教书先生就不容易了。为人师者，博学明知，方能去繁就简、深入浅出。唯有如此，才能改变落后现状。"

淑珍回忆，泽璜的童年过得实在紧张压抑。她心疼哥哥，忍不住偶尔向父亲求情。德秀却摇头叹息:"我是将他当作知识分子培养的——教他做人的道理,教他修身养性,让他知进退、明是非,是为了能在和平时期有远见、在乱世肯为真理付出代价。唯其如此,日后才能守公义、挣小钱,哪怕有着满身的不合时宜。要做到这些绝非易事。"

*

泽璜一辈子都在追求父母的认可,尽管后来他们都已谢世。姑奶奶淑珍对这位大哥颇有微词:"为人夫、为人父都不算合格,作为恋人也是一塌糊涂。平时为人畏手畏脚,却又偏在特殊关头强出头。"

我问过姑奶奶:"那作为教师,您觉得我爷爷怎么样?"

她马上变了口吻:"哥哥教书那是没得说,就算去见了上一辈,其他事挨骂难免,这件事也会被肯定。"

泽璜上大学时,德秀被人打成重伤,又逢乱世,临终前担心婉英听不懂湖南话,在此独木难支,便将泽璜召回,让他退学。退学回乡后,泽璜开始教书,二十岁便在当地公办重点学校做了校长。可当学校的教学走向正轨后,他却毫不犹豫地辞了职,决意去穷乡僻壤办学。

当地无人出资,他就从家里拿钱。连妻子生头胎,他都因忙于教务而未能回家。泽璜由始至终都想做小学老师,但当地教育局认为人才难得,再三请他去高中任教。泽璜教过高中的国文、算术、美术、音乐、书法、地理，"无论教哪一门，都像是自己本专业"。但他在高中的角色更像是"救火队长"，只要中学调来了新老师，他便又跑回乡村小学教书去了。他常在教育局的会上表态："小学教育绝不可应付，因为它能让更多贫民受益。我想从小孩入学第一天起，就告诉他们这个世界没有等级贵贱，无论是谁，哪一类家庭出身，我都'不降其志，不辱其身'，先扶上马，走一程。"

泽璜在家时，吃穿用度都很讲究。可当他外出办学时，包袱里装的却只有粗布衣裳和草鞋，一个红薯便能顶一天。

泽璜晚年，家中突遭变故，在经历丧妻、丧子等伤痛后，他的身体和精神都垮了。然而，直到去世前几个月，他还在讲台上教书。他教的最后一节课，是小学低年级的语文："一去二三里，烟村四五家。亭台六七座，八九十枝花……"

这一生，他到底还是没有辜负父亲当年的教诲。

*

泽璜晚年但凡提及自己的父亲，言语间总是充满敬畏。而淑珍口中的父亲却是个很可爱的人："爸爸那个人啊，我才不怕呢——他让我往东，我偏要向西。"

还不到十岁时，有次回乡，她偶然听李聪明说起刘丫，这才知道自己的小字"素贞"的由来。她第二天就自作主张改了名字。她说："我倒也喜欢刘丫，却不想做任何人的情感替代。同天生日的人太多了，难道都叫同一个名字？我不介意喊刘丫'二妈妈'，但我还是我。"她也承认,父亲德秀对待子女是有区别的:"简直是天差地别——爸爸在我们姐妹面前脸板不起来,把我惹急了,胡子都能给他扯掉。"在泽璜悬梁刺股发愤读书时,淑珍却是尽情地撒娇,往父亲怀里钻,缠着他讲故事。父亲讲《山海经》,她偏要听《隋唐演义》,没听几句,又让换成《孽海花》。

对于小女儿的无理取闹,德秀毫无脾气,还说她"博闻强识,知道那么多书名"。就算淑珍沉不下心学习,德秀也能给她找到理由:"人不能死读书,要活泼些。稼轩居士说,'最喜小儿无赖,溪头卧剥莲蓬',我也喜欢天真童趣的小孩。"

可对于泽璜,就完全是另一套逻辑了。明明泽璜写得一手好字,德秀却照样四处挑毛病:"过于工整,毫无生气。"换作淑珍,字写得歪七扭八,德秀却说:"我居然都能认得,不小心歪了的,扶正了便是,淑珍摔倒了,我也扶。"

淑珍说当县长应该有趣,德秀便让她扮演女县长,在厅堂断案,而自己则坐在矮凳上假装是犯人。泽璜过来瞧热闹,德秀便马上变脸:"又与你何干?你能断案?"

泽璜偶尔小声抱怨:"难道就不怕妹妹变成纨绔子弟?"

德秀闻言板起脸:"中国女性被压抑了上千年,即便到如今,天性也尚未得到解放,能纨绔到哪里去?"说着便又扮成绍兴师爷,"县太爷啊,打仗呢,要一往无前;当官呢,要克己守法,人非蝼蚁,不能踩踏哟。"淑珍便在一旁摇头晃脑:"县太爷能穿漂亮裙子么?"德秀附和道:"花花绿绿的好看。"淑珍又问道:"那如果在战乱年代，穿着花花绿绿的县长没有用呢？"德秀想了想说："花花绿绿的淑珍县太爷是想说，在时代面前，个人力量有限对吗？"淑珍点了点头："就当你说对了吧，那如之奈何？"德秀双手抱拳："县太爷啊，往大了说啊，人生大多是徒劳的，可是你都穿漂亮裙子啦，要不这样，明知徒劳仍奋勇前进，或许就能踏出一条路来，让更多姑娘有漂亮裙子穿，感受色彩斑斓，你觉得可好？"

如此场面，看得婉英和大姐姐佳珍在一旁捂嘴直笑。

淑珍见兄长在背《孟子·告子》，心血来潮向父亲撒娇："爹爹，我也要有出息，跟哥哥一样，吃那么一点点苦，然后就有大出息，不过只能吃一点点苦哦，吃多了就哭给你看。"

德秀当时正在抓药，当即蹲下抱起淑珍："女孩子要吃那么苦做么子，我怎么舍得我们家淑珍哭呢，想吃点什么，我们出去逛逛？"婉英说德秀一生操劳，无冬无夏，只有淑珍闹时才停歇，陪她在春天里跑着捉蝴蝶，在夏天爬树捉鱼，秋天捡红叶摘果子，冬天在漫天风雪里大声唱歌。

淑珍喜欢喊爹爹，有事没事就会叫上几句，只因她的呼喊从来都会得到回应。有次她走进房间，见父亲正在批改公文，没有抬头看她，便来了脾气，一直"爹爹"喊个不停。德秀便一直应声："欸，欸，欸……"淑珍依旧不悦："您晓得我喊几声么？"德秀笑道："二十声，我数着的，骗你是小狗，话说二十四是掉光光（没有），要不你再叫一声爹爹？"

"爹爹！爹爹！爹爹！我偏要喊三声。"

151

"欸！欸！欸！数得清吗？"

只要是女儿喜欢的，德秀都会记在心里。

淑珍小时候常在家里说起湖南。她说湖南老家有天井，大妈妈常坐在那里看天。德秀听淑珍说到第三次时，就给全家换了有天井的房子。他说，人老了，希望尽量满足女儿的要求，希望她们能快乐地成长。他总念叨的一句话是："光阴不够啊——女儿快乐的光阴只有儿时那几年，我怕我老了，女儿们长大后受各种各样的苦。"德秀认为，中国女性的苦楚，所有人都看得明明白白，却只有叹息，没有改变。"我有女儿，所以我担忧，想改变，无奈力不从心，只有当父母的在家中万般呵护，令她们尽量感受快乐。"

村里后来常有人感叹："多数人往世间走一遭，都是来吃苦的，只有淑珍姑娘从头甜到尾。"淑珍自己也承认，她一生没受过苦，只因心里存着很多爱："童年是父亲送给我的一个大万花筒，往后无论何种年岁，哪怕前面是刀山火海，我都从容淡定，只要一闭上眼睛，我亲爱的父亲就会给我捧来——甜蜜爽口的糖果，意犹未尽的故事，不会散场的电影，燃不尽的灯火，难以浇灭的希望……如今我已经九十多岁了，仍相信父亲在呵护着我。"

*

抗日战争时期，泽璜与淑珍先后回到湖南邵阳县读高中，后在国立师范学院（湖南师范大学前身）读大学。学校在战火中几经搬迁，德秀依旧鼓励一双儿女坚持读书："知识和人才不可断代，不能因为炮弹横飞就放弃求学。我们不能亡国亡种,更不能亡教育。"

临行前,德秀千叮咛万嘱咐:"离家在外,随时写信,父亲必定会回信。"

父亲给予的安全感,让淑珍受用了一辈子。

数年前,我也曾为安身立命苦恼,急于买下一套房子。姑奶奶说:"爸爸在七十多年前就告诉我,房子不过是一堆钢筋混凝土,人所追求的绝不止于此。"这种从容,是她从父亲那里传承来的。

德秀对子女的文艺素养有着同样的期冀,坚持让他们从小学习英文、声乐、舞蹈。他说:"知识分子要有高级趣味和浪漫情怀,那是人对美好的向往。这个世界并非只有权势、硝烟和杀戮,还有美好的精神寄托。"

如今,姑奶奶淑珍九十几岁了,还拉着我陪她看外国电影。第一次看,放的是《布达佩斯大饭店》,我发现音响中播放的是英文原声,赶紧摁下暂停键,想切换到中文配音版。姑奶奶正看得起劲,见画面静止,侧耳问我:"你也觉得构图很美吧?"我连忙解释道:"中文字幕太小,我怕您看不懂剧情。"

姑奶奶笑了,流利地复述了一句英文台词,用手指敲了敲沙发:"我耳朵还没聋呢,看什么字幕? 小时候爸爸就给我们姊妹几个请了英文教师,我四岁时和佳珍一块儿学的英文。"

没过几分钟,画面上的男女主拥吻着倒在床上。我偷瞄姑奶奶。她目不转睛道:"相当 nice 的场景,不要小看我,这算什么? 当年 Ms. 徐领着我和佳珍去戏院看《出水芙蓉》,有人捂眼睛,佳珍却跳起来喊'太好看啦'。那时我还小,不然以我的性格可能更疯狂。你表叔在八十年代末留长发、进歌舞厅、画女性裸体,你姑爷爷气得要打人,我就觉得挺好,后来他成了美学家。"

电影放完,姑奶奶不无伤感地叹道:"想佳珍,想 Ms. 徐,想幽暗中的那些夺目的光啊……"

*

德秀和婉英育有三女,长女佳珍,次女任珍,小女淑珍。三姊妹都性情温和,其中最讨人喜欢的是大姐佳珍。所有见过佳珍的人都对她的相貌赞不绝口,说比婉英更惊为天人。

我小时候顶喜欢跑去看村里的漂亮新娘,有次被一个老爷爷拉住,他撇着嘴道:"最漂亮的在你家呢。我活到八十多岁了,还没见过谁有佳珍那般好看……"

佳珍心地善良,说话也细声细语,待人接物落落大方,才十一二岁,便有些达官显贵找到德秀,说要给佳珍定亲,统统被德秀拒绝。他说佳珍爱读书,要做我们家第一个女博士,还要送她留洋。连俊度都时常夸赞这个孙女:"我老想佳珍,以后蔡家的生意怕是要交给她了。"

可就在佳珍十四岁那年,不小心在家摔了一跤,虽无外伤,但不知为何眼睛突然看不清东西。德秀和婉英不敢用药,当即决定带她去成都新医院(今华西医院)问诊。谁知刚走到半路,佳珍喊了一声"爹爹"便过世了。

德秀几近崩溃，抱着她的尸体自言自语："我早该扎针用药的……我的佳珍是刚冒出的笋尖……你亲手绘图的那件漂亮裙子尚未做好，今天说好要让厨娘给你做糯米团子，你看的书还没合上……我的佳珍体质差，怕冷，让爹爹替你走那漆黑的路……"

反倒是婉英更冷静些："德秀受过枪伤，刘丫的去世差不多要了他半条命。那时还有抗日的大业撑着他，现在遭此打击，我再撑不住，说不好他人就没了。"

德秀决意将佳珍送回湖南安葬，婉英坚决反对。当时中日交战正处于胶着期，她担心德秀护送佳珍回家的路上若是遇到日军，以他的脾气秉性，怕是凶多吉少。

德秀却全然不听劝，说一家人总归要回湖南，不能将佳珍一个人留在四川。婉英见他心意已决，便要陪他一起。德秀却又摇头："婉英，路上危险，我们俩总要留一个照顾儿女。淑珍还小，离不开父母，你留在这陪她。"

有随从说，不如派一队人马乔装打扮护送他们。德秀摆摆手："我的佳珍懂事，她不愿爹爹以公谋私。"

这时，泽璜哭着走上前："父亲，我和你一起。"

婉英吼道："绝不可以！哪个都是我的心头肉，泽璜不要自以为爹妈不爱你。"

泽璜却说："孩儿虽然愚笨，却不至于这样揣度父母。"

德秀难得对大儿子露出赞许之色："泽璜是好男儿，我们一起送佳珍回家。就算有事，也一起担当。"这时淑珍跑了出来："我也是好女儿,要跟着父亲送姐姐。"婉英一把抱住淑珍,哭道:"那你们爷儿俩赶紧走,千万要平安返川,千万要啊!"

德秀驾着马车上路了。泽璜说,父亲一路都在喃喃地和佳珍说话:"爹爹在,弟弟也在,你别怕……"

当佳珍被运回村口时,聪明抱住德秀一顿打:"怎么就把我的佳珍带没了,我的女儿怎么就没了……德秀,你和婉英还好吗?佳珍的事情我来办,有大妈妈守着,佳珍不怕的……"

*

农村老家有风俗,早亡的人不能进祖坟。佳珍被葬在了离家较远的后山坡上,孤坟一座。祖父泽璜身体康健时,每逢清明都会去探望佳珍,后来人老了,便有些年没去了。到我父亲这一辈,他们只去祖坟祭扫,佳珍似乎被人遗忘了。

我十岁那年的一天傍晚,村里来了一位戴眼镜的老先生,四川口音,逢人便问:"泽璜少爷家在哪里?"村里人听不懂四川话,便用方言问他"做么子"。老先生又问:"村长住哪儿?"我喜欢凑热闹,便跑过去竖起耳朵听。我虽不会说四川话,但之前听祖父说过,能听懂个七七八八。听了半晌,发现他是在找祖父。

我便用普通话做自我介绍:"泽璜是我爷爷。"老先生激动道:"你是泽璜少爷的孙子?"他蹲下来,拉着我的手看了又看,"精灵的娃儿,没得错了。"

我领着老先生回了家。

见到祖父时，老先生激动得要哭，好一会儿说不出话来。祖父却不认识他，连问了两遍"您找谁"。我连忙说："老爷爷从四川来，专程找您的。"祖父一听是从四川来的，声音也变了："敢问您姓张？"老先生摇摇头，从包里掏出一张画："不是的——我来看看佳珍小姐。"

我终于有幸得见大姑奶奶一面——在一张再普通不过的素描纸上。画中的少女目若秋水，轮廓挺秀，嘴角噙着笑，气质温婉恬静，蟫首蛾眉不过如此。

老先生道："世事变迁伤人呐！泽璜少爷你看，佳珍小姐一直这么年轻，我每年画一张，都是没变的。"

祖父重重地点头："是大姐姐没错了。"又问老先生，"您是画家？"老先生摇头："不是的，我只会画佳珍，画了几十年，也画不出她的神韵——还望泽璜少爷不要介意。"

祖父感慨道："先生言重了。您大老远来，先在家住下。"晚饭便端出火锅招待远客，两位老人对饮畅谈，我给他们烫了足足三壶烧酒。

老先生说，他比佳珍大两岁，两人是初中同学。十四岁那年，他入学的第一天就被佳珍迷住了。"我穿着破衣烂衫，经常被人喊作'叫花儿'，初见佳珍小姐那天，我直盯着她看，她没有嫌弃，还笑着点头和我打招呼。后来我才知道，她父亲是当官的，连县长见了都毕恭毕敬，佳珍小姐却一点架子也没有。"

祖父也陷入回忆："没人不喜欢大姐姐，她像我的大妈妈，是家里性情最温和的人。姐姐教家里用人识字,他们三天才习得一字,她也耐心教导,不厌其烦。"

老先生一口干了一小杯烧酒:"若非佳珍小姐,我早化成白骨了……"

老先生的父亲曾是杨森[1]手下士兵。1937年9月,二十军出川作战,老先生父亲所在的团与日军缠斗七昼夜,几乎全军覆没。父亲以身殉国,抚恤金却被国民党官员贪污了大半,族人欺负孤儿寡母,将仅剩的银钱瓜分。他母亲无法,带着五个孩子几经辗转,在茶馆端水,给人洗衣,其间被迫卖掉了一儿一女。生逢乱世,女人拉扯三个小孩,仍是万分艰难,只得在妓院端茶倒水。尽管如此,她还是坚持要供两个儿子读书。

老先生才来学校不到半年,大家便知道了他父亲战死,母亲在妓院做工。有人羞辱他,说他母亲是在给女儿探路,他妹妹再过两年便会成为妓院的头牌。老先生恼羞成怒,从家里拿了一把刀:"我狠了心,要将那些羞辱我的人都捅个干净。"

没承想,他在"复仇"的路上撞见了佳珍。因为母亲的事,他自觉无脸见人。"尤其是在佳珍小姐面前,我恨不得将自己的头砍下来,塞到衣兜里藏起来。"他扭过头去,想装作没看见。佳珍却主动走过来问:"你提着刀去做什么?"

老先生支支吾吾。佳珍像是恍然大悟:"我知道了,你要像你

---

[1] 杨森,(1884—1977),四川广安人。民国时期四川军阀,1926年任四川省省长。

父亲一样，做个英雄。哪怕是拿着一把刀，也要保家卫国。可你还小呢，应当努力求学，才不辜负你母亲的辛劳。以后若是饿肚子，就来我家，但不能带刀，要不然你进不来的。"

老先生的恨意渐渐平息了："大抵世间最凶狠邪恶的人站在佳珍面前，都会被感化。"

两人只做了一年同学，第二年佳珍便被母亲送去成都上学了。但老先生却将佳珍装进了心里。"佳珍小姐的善意，一直替我挡着这世间的恶。无论是大恶还是小恶，都未能伤我分毫。我后来在嘲讽、谩骂中念完了初中，最终上大学读医科，后来做了医生。我想她的每一个画面，都会让我变得更好。我从未被击倒，内心的恶意总能被佳珍小姐化解，几十年来一直如此。"

老先生说，他之所以学医，也是因为佳珍。"我总想着，或许哪天就能将她救活了。"老先生并未谈及后来是否娶妻生子，只是感叹，"我也没两年了，该早来探望佳珍小姐的。"祖父也不问，后来他和我说："能被人惦记一辈子，足够了。"

*

第二天，祖父让我备好柴刀、香烛、黄纸，挎着篮子一起去看佳珍。想来，家里有近十年没人去看过她了，想必通往那座孤坟的路早已杂草丛生。祖父本想花钱请人帮着去打理，却被老先生拒绝了："我一个人就够了——我会使刀，慢慢来，三五天都没得事。"

当我们找到佳珍的墓地时,却发现小路上没有一株杂草,墓园也是干干净净,草皮茂盛,似乎有人常来打扫。老先生一见佳珍的坟茔,便哭着跪下去,颤颤巍巍地从帆布挎包里翻出几件连衣裙,认真摆好:"这是我亲手做的裙子,佳珍小姐莫嫌弃。"

祖父将我拉过来:"旁边山上有蘑菇,你扶我去采一篮。"

下山路上,老先生还在兀自念叨:"佳珍小姐可能一直不知道我的心思,这么多年,我到底说了出来。"老先生离开那天,祖父交代我:"满崽,你喊一声大姑爷爷。"我跑去搂住老先生的腰:"大姑爷爷,辛苦您这么远过来看大姑奶奶。"老先生温柔地抚摸我的脸:"好娃儿,大姑爷爷不像话啊,现在才来。"我说:"大姑奶奶不会怪您的。"

老先生回去后不久,村里一个老爷爷在后山拦住了我,掏出一包糖哄道:"满崽,你也喊我一声大姑爷爷。"我像是明白了什么——村里总有人逗小孩,让喊爷爷或者爸爸,但五岁以后我从未上过当。可那天,我大声喊道:"大姑爷爷好。"

老爷爷双手颤抖着将糖塞给我:"都老了,以后怕是没人记得佳珍了。"

我接过糖认真答道:"我会记得。"

*

我们一直记得的人,除了佳珍,还有她们当年的英文教师Ms. 徐。

Ms.徐本是婉英的病人，朱唇粉面，气质高雅。她是个孤儿，幼时被华西坝的基督教会收养，教会大学毕业后曾去国外游历，能讲一口地道的美式英语，会唱歌、跳舞、演话剧。初次见面，连婉英都忍不住要多看两眼。后来Ms.徐还曾打趣道："当时以为张大夫医术出神入化，从脸上便能看出下身的病症。"婉英笑言："有些美的存在，不分性别，无关情欲。"

Ms.徐是官太太，嫁的丈夫有资历，官阶比德秀高，在军政界混得开，出门有卫兵接送。她手提包里常放三样东西：口红、钞票、一把德式袖珍手枪。

Ms.徐与婉英性情相投，一来二去，两人成了好友。Ms.徐几乎每个周末都会带着上好的红酒来家中做客。有一次，她在席间唱了几句英文歌，佳珍那时才六七岁，就跟着唱起来，发音八九不离十。Ms.徐惊喜不已，说佳珍一开口就知道是学过英语的。她直言，自己接触过不少达官贵人家庭，很少有人对女孩的教育如此上心。

德秀说，自己在湖南读师范时学过英文，接触过洋博士，有心等佳珍长大，送她出国学习西方医学。Ms.徐立时对德秀刮目相看，说男子本没几人能入她的眼，现在有了。

自此，德秀与Ms.徐也成了好友，他以每月近百元的酬劳聘请她做家里的英文教师。Ms.徐越发喜欢佳珍，认她做了干女儿，教授英文分文不取。

每天，Ms.徐会来家中给佳珍上三小时英文课，没事便领她一起去看电影、听戏曲。她在国立四川大学排话剧时，还特意给佳珍安排了一个小角色。当时电影正盛行，见过世面的太太们都夸佳珍像从电影里走出来的女明星，淑珍听了心生艳羡，也想去看看电影是什么样的。可 Ms. 徐说戏院太乱，淑珍太小，还不能领她出门。

有一天，家里的保姆芸娘为了哄淑珍，说她也能放"电影"，便拿一面镜子将阳光反射到外墙上，坐在光影下讲述自己的遭遇："芸娘以前也是小女孩，母亲早亡，被父亲卖作童养媳，丈夫比她大十几岁，给老爷提鞋都不配。芸娘还不到八岁，就被逼着圆房，晚上被折腾，白天还要干活，后来生不出孩子，天天遭夫家毒打，这才逃了出来。若非太太收留我，恐怕回去迟早是个死……"

平时最爱闹腾的淑珍，竟一动不动地坐在台阶上，哭着听完了那场"电影"。当芸娘站起来叹气时，她一把抱住芸娘的腿："我不要看芸娘这样的电影，你婆家不像话，我拿烧火棍去帮你打他们。"中途 Ms. 徐也领着佳珍坐在一旁听。之后，Ms. 徐便夸淑珍"孺子可教"，再去看电影，便特意叮嘱佳珍叫上妹妹。"小丫头倒也是个精灵鬼儿。"淑珍至今仍记得彼时成都有新明、智育、昌宜、大光明等电影院。"新明电影院在城守街，门口的水果、零食最好吃，有我最喜欢吃的蛋糕，一到热闹的地方我就嘴馋。"

那时候，Ms. 徐爱带两个孩子看各类女性题材的电影，如《女性的呐喊》《女性的仇敌》等，大多讲的是女性遭受欺辱、终于觉醒的故事——和芸娘的"电影"差不多。

淑珍还跟着佳珍和 Ms. 徐去川大戏剧社看了不少话剧，大多是一些反对封建守旧势力的剧目，故事动人心弦。有时，她也会拉着姐姐的手哭："还好我们家不是这样的，爸爸不是这样的，妈妈没有遭受这样的罪，我们可以穿皮鞋，穿漂亮裙子。"佳珍则告诉妹妹："不能因为自身的幸运，就忽略了时代的糟糕，眼下所见，都是女性的痛苦。"淑珍听了一知半解，直到有一天，Ms. 徐横死街头。

*

大概在淑珍八九岁的时候，一向洁身自好的 Ms. 徐染上了"花柳病"。她愤怒地质问丈夫，得到的却是傲慢的回应："哪有男人不捧戏子、不逛窑子的？"Ms. 徐当即提出离婚，他便威胁道："识相点，不要去外面拆我的台。"

Ms. 徐当天便从家中搬了出来，接着在报上发表文章，抨击男尊女卑，直言"七出"冠冕堂皇，却是在父权的统治下，不把女性当人，所谓"夫有再娶之义，妇无二适之文"，荒谬无道。她毫不避讳自己患病的事实，直言自己作为女人洁身自好，却因"卑鄙污贱之枕边人"而染上了"花柳病"。为此，她依据《中华民国民法典》，向法院提出离婚。她要以自身行动，呼吁天下女性觉醒。Ms. 徐还将亲身经历改编成话剧，主角徐氏是留过洋的新派女性，能说一口流利的英文，最终却毁于男人之手，成为被贵妇枷锁羁绊的金丝雀。

婉英建议 Ms. 徐去国外医治，或许有一线生机。Ms. 徐却认为，事到如今，不替广大女性解除枷锁，就算自己侥幸存活多年，亦是懦夫之举，所以她选择"做更重要的事"。

Ms. 徐大肆宣扬自己离婚的消息，发表演说，呼吁广大女性要有"女性意识"，反对"男性霸权主义"。她提出："女性除了要自我觉醒，开化，还应争取求学的权利，平等工作的权利，而不是作为包身工般的存在，如此方能具备离婚的底气，无后顾之忧。"

就在 Ms. 徐离婚诉讼开庭当天，她还在街上演话剧，呼吁女性"要对婚姻有拒绝的勇气"。突然，有人冲她开了两枪，众人一时未及反应，还以为是戏剧效果。当鲜血流出，Ms. 徐应声倒地，大家才意识到出了人命。Ms. 徐拒绝去医院，说就算死也要死在法院。"枪声我听过了，不可怕，我不能不明不白地走，要听法院的判决。"

Ms. 徐最终死在了法院门口。几天后，婉英冒死奔波，终于拿到了 Ms. 徐的离婚判决书。

*

Ms. 徐走后没几年，最疼淑珍的芸娘也走了。她是笑着走的，带着藏在心里的一个美梦。

只有淑珍知道。

有一次，淑珍看完电影回来，用不洋不土的话问 Ms. 徐："You 到底 love 我爹爹，还是 love 我妈妈？"

Ms. 徐回答淑珍："都 love 呀！"淑珍对这个回答很不满意，又指着芸娘问:"你肯定喜欢我爹爹!"芸娘语无伦次:"才没有! 才没有! 三小姐莫乱讲! 没有的! 没有的! 听见没?"

惹得 Ms. 徐在一旁笑道:"这下好了,淑珍打烂了一口锅,等下你爹妈回来狠狠教训你。"

淑珍扮了个鬼脸,凑到芸娘耳边说悄悄话:"我和大姐会替你保密的,就算妈妈打我,我都不说。你不要再说'才没有',要不然家里人都知道了,我就不替你保密了,晓得了吧?"

有一天,芸娘的脸好似喝了甜酒,涨得通红。四下无人时,拉着淑珍说:"我有了。"小小的淑珍一头雾水地问:"你怀孕了? 本小姐给你接生。"芸娘顺手拿了一盘点心递过去:"才没有,我生不出孩子的。我是说 —— 好多老姐妹不晓得什么是 love,我晓得。"

淑珍抓过点心塞得满嘴都是:"love 谁不知道,你才知道 love,Ms. 徐可教了我好多单词呢 —— 这个点心好吃,你再给我做一盘。"芸娘却不应,只着急地问:"三小姐真不记得了吗?"

淑珍眨眨眼睛:"不记得了,你说啥子?"芸娘直叹气:"小孩子就是忘性大。"

后来芸娘病重,拜托管家帮她安排后事,把自己攒的钱全留给淑珍做嫁妆。管家发现,从不打扮的芸娘留下的木箱里还整齐地放着一身旗袍、一条裙子、一双皮鞋。管家问:"是不是给淑珍置办的?"芸娘让她把衣服拿过来看了一眼,就扭过头去不说话了。

淑珍听说后,跑去芸娘房间,将旁人赶了出去:"我帮你把旗袍换上呀!"芸娘用枕头盖住脸:"我穿它做啥子。"淑珍一把拿掉枕头："你要看看自己 love 的样子。"

芸娘苍白的脸上像是有了一丝血色："三小姐，我穿，这活儿不能让你干，帮我叫一下黄妈，让她来就行了。"淑珍扮了个鬼脸："那我给你叫爹爹去！"说着就假装要往外走。

芸娘急得一口气差点没上来："三小姐！三小姐！我依你就是了，只是这怎么受得住？"

淑珍给芸娘换上旗袍和皮鞋后，又给她梳了头发，背起双手上上下下仔细打量她："不比婉英太太差啊。"芸娘又急了，咳嗽不止："三小姐，你莫害芸娘啊。"其他人闻声而来，也都夸芸娘："像婉英太太欤！"

婉英进来了，说要给芸娘化个妆，芸娘咳得不知所措。最后进来的是德秀，芸娘低着头没说话。德秀给她把了脉："脉象还是很乱，多休息。"

几天后，芸娘走了，她的遗言是："才没有，才没有。"

淑珍拉着芸娘的手大哭："你就有！你就有！你怕我笑话你，就走了。可是就算你去到那边，还有 Ms. 徐，大姐晓得你的秘密。大姐是宽厚之人，不笑话你，Ms. 徐就不好说了，你们是'敌人'，她有枪，有事没事打你两枪解恨，那你就到三小姐的梦里来躲着，好不好？"

婉英一头雾水，问淑珍，芸娘的遗言是啥子意思。是不是淑珍调皮，故意诬陷芸娘偷了东西？芸娘怎么又和 Ms. 徐是"敌人"了？淑珍叉着腰没好气地回嘴："我诬陷芸娘的话，她还会给我办嫁妆吗？她是什么意思，我不能告诉你。要不，你再揍我一顿，这事就算过了呗？"说完，小丫头一溜烟地躲到德秀身后："爹爹，我还在伤心呢，妈妈却要揍我，你要做主啊……"

*

也是在那段时间，淑珍记得有一天家里的气氛很不寻常。那天她在放学路上贪玩，与同学嬉笑打闹，让用人买各种小吃，好不容易拖拖拉拉走回家时，天都快黑了。她蹑手蹑脚地进屋，看到父母坐在厅堂上，罕见地沉默不语，母亲更是表情凝重。淑珍以为母亲在气自己晚回家，吓得撒腿就跑。德秀见状追了出来："淑珍莫怕，妈妈不是同你生气。"

淑珍这才注意到，家里的桌子上摆了一升米，上面插着三根香，燃了将近一半，旁边的茶盘里还放着一沓带血的信纸。过了一会儿，德秀去门口烧纸，对婉英说："他今年近五十了吧——当年被岳父大人救下来时，不过二十出头，至今也没成个家。听说他爱喝点小酒，到底是个至情至性之人。"

婉英眼里噙满泪水："他比我年长三四岁，也是个执拗的人。"

染血的信来自故人——那个被张所长救下、一直想娶婉英，后来在熊克武手下当军官的警佐。自从上次遇到德秀后，他再不敢进医馆的人，却会趁德秀不在的时候，搂着不同的年轻女子，大呼小叫地从医馆门口经过。有一次，他找马路局的熟人借了一辆汽车，停在医馆门口，喇叭响个不停，吵得婉英出门大骂："就算哪天当了上将军,你也是狗肉上不了正席。"警佐急得满头大汗:"三妹,这次是我的错,我是憨包,没想到车子真就在你家医馆门口坏了。"说着,赶忙亲自带着几个士兵撅着屁股把车子推走了。之后,他真的没再到医馆门前耍过威风。再想看婉英,也只敢坐在黄包车上,探出头瞟一眼。

一直大呼小叫的警佐最后没能提上旅长。转眼到了抗战爆发,国难当头,之前那些只顾争地盘的军阀,总算坐到了一起同仇敌忾。德秀也主动找到他们,说要为国尽一点绵薄之力,就算当排头也可以。去之前,他与婉英商量:"吾爱英英,我之前答应过你,无论何时先想着你。可眼下国家有难,我必须要站出来做一点事情,恐怕要食言,对不住你了。"

婉英没怪他,在他面前完整地背出了《白马篇》:白马饰金羁,连翩西北驰。借问谁家子,幽并游侠儿……"德秀,我不拦你,孩子们交给我,只不过你一定要多多顾念着我。"

几天后,警佐来了,一身酒气,说刚给七旬老母办完寿宴,问婉英能不能和他照张相。他的副官也是衣衫不整,醉醺醺道:"摆什么臭架子!"婉英气得指着那一帮人大骂:"德秀一大把年纪了,尚且为国为民,保家卫国,自告奋勇请求上阵杀敌。你们空食俸禄,却在醉酒闹事。九百多年前,花蕊夫人说'十四万人齐解甲,更无一个是男儿',哪想其中还有你们。"

警佐听了,立马缩起头,又转身对身边的副官拳打脚踢:"我说了不要喝酒壮胆的,你们一个个偏要起哄。"

又过了几日，川军的一位高级将领亲自将德秀送了回来："老骥伏枥，志在千里。在下感佩前辈的拳拳爱国之心。守土卫国是军人的职责，在此民族危亡之际，请您相信年青一代亦是深明大义、不畏牺牲的好男儿，他们长成了最有出息的样子，就同您年轻时一样。我们恳请您在后方帮将士们调配物资，统筹钱粮，这是您的专长。"此后，德秀便留在后方帮着征兵，组织抗战募捐。婉英一直伴其左右，一同奔走呼号。

而警佐再也没有在医馆门口出现过。

直到这一天，一位穿军装的人送来了包裹，婉英才得知，那个招摇得不知东西南北的人牺牲了。

警佐给婉英写了十几封信，却一直攒着没有寄出。他在战场上一直惦念着三妹："或因出身微寒，我一心只想出人头地，生怕别人瞧不起自己，困在了名利场。有过挣扎，想学老知事那般悲天悯人，品格清澈，可是修为不够，见钱便眼开，见色便起意。原来真的不是所有人都能抵挡住诱惑。长官总说：'有地盘，便有黄金、美女。'于是我打仗不要命，子弹与野心和愤怒融为一体，一梭子一梭子地射出去，如此而已。三妹成亲那天，我找了三个女人陪我，现在想来实在荒谬。我只剩怯懦，有女人说要给我生孩子，我亦慌张逃避。攒了钱，手里有枪有炮，却不知道能给孩子什么。我没能成家，始终忘不了三妹。"

警佐还说，他去前线抗日，不过是听长官的调遣。恰好老母大寿，也是怕此去再也见不着了，就索性再摆一回阔。"多年来尽是荒唐，然我爱三妹属实真切，就想着有张照片带着，也算圆满。"

"怯弱如我，到了前线，见到凶残的日本人连老弱妇孺都杀，便不再害怕。川军武器装备不足，军纪涣散，爱抽鸦片烟，没人看得上眼，换作以前，若有人将我们当后娘养的，老子早就不干了。可一想到三妹在我身后，就算死也要抵抗。三妹，我真的喜欢看你抓药的样子。"

警佐随部队参加了徐州会战、武汉会战、豫湘桂战役。三次负伤，他本可以在后方一直养伤，可休养了一阵后，他又扛起枪上了战场。最后一次，警佐所在的部队在豫湘桂战役中惨败，全员战死。

他在最后一封信中写道："若我战死沙场，尸体抬回来，三妹你能好好看我一眼吗？"这一次，他也给德秀也写了一封信，只有一句话："知事，我一直是您的兵，现在有点像您了吧？"

三妹在警佐的信背后写道：是处青山可埋骨，他年夜雨独伤神。川军男儿，个个是英雄。

抗战期间，共有三百五十万川军出川作战，伤亡六十四万多人。四川省同时负担了国家财政总支出的约百分之三十，共计支出四千多亿元（法币），征收稻谷八千多万市石。

返乡

1944年底，日军已是强弩之末，德秀开始着手处理四川的大部分产业，只留下成都的一处房产。

这一年，德秀六十四岁，带着妻子婉英、十三岁的女儿淑珍和四岁的小儿子泽荡回了湖南。长子泽璜早在两年前便回了老家，凭优异成绩考入当地高中。

早在1928年，德秀便决意脱离官场。用他的话说："当我的同僚由革命者变成贪权爱钱之人时，我偏要交权。当革命者成了门阀的守护者，革命者便不能只革别人的命，还要革自己的命。我不想让子女受权力的荫庇，他们该享受的是法律的保护。"与蔡锷一样，德秀未加入任何团体，既不加入同盟会，也不愿入国民党，在军队亦无派系。他从来都只是一个士兵，一个小小地方官，投身浩浩荡荡的历史潮流中，虽籍籍无名，却曾为理想热烈地拼杀过，最终义无反顾地回到家乡，回到最初出发的小山村。

"手握权力却毫无保留的割舍，身处贫贱而奋不顾身的勇敢，都令人尊敬。"德秀曾说，他一生最敬佩的人是苏东坡，一个不懂左右逢源，却乐观悲悯的四川人，最爱他的不合时宜、超然独立。

那时，他身边已少有同路人。

1945年，在日本宣布无条件投降之前，离家近五十载的德秀终于落叶归根。五十九岁的李聪明已为他们安顿好一切，在村里张罗起一家新的医馆。

俊度已于四年前离世。弥留之际，蔡家六个儿子，只有德秀不在身边。他骂了一辈子"逆子"德秀，直到最后依然如是："那个'逆子'还没回来吧？我想等等我的孙女佳珍……算了，我再抽口烟……终于舒服了……该走了。"

这是他在世上留下的最后一句话。当天晚上十点，俊度安详离世，享年九十岁。

俊度天性乐观，从来没有过不去的坎，四十岁便回乡养老，闲散了整整五十年，九十岁寿终正寝。他这一生，店铺未倒，家没散，唯一的"不快"便是生了德秀这个"逆子"。

收到父亲卧床的电报后，德秀立即带着妻儿往家里赶，可还是迟了。七月的天气炽热难耐，灵柩等了德秀五天，直到他回来才盖棺。从不下跪的德秀连滚带爬，跪倒在父亲灵前重重地磕头："孩儿不孝……这些年来多亏爹爹成全担待。"

聪明伏在棺材上啜泣："我的亲爹爹走了，再没人帮着李聪明了。"佳珍见状，领着弟弟妹妹上前，守着聪明说："大妈妈，你还有儿女,我们都会护着大妈妈。"聪明紧紧抱住她:"我的好佳珍,大妈妈太难过了。"佳珍掏出手绢给她擦眼泪:"我知道的,大妈妈心里苦。"

一直被聪明带在身边的任珍也朝着灵柩磕头:"爷爷,任珍不要你保佑,但你要加倍保佑大妈妈。"

德秀将父亲葬在虎溪山。自此,虎溪山为蔡家祖坟,凡品行端正者,不论成就,百年后皆可归葬于此。

*

德秀致仕还乡后,大部分时间都与婉英待在医馆。长子泽璜已考入师范,小女儿淑珍考入高中,另外三个孩子都在当地学堂读书。

起初,婉英听不懂湖南方言,快五十岁的人了,还向德秀撒娇:"我和其他人说不上话,我只有你了,你可要陪我到最后。"德秀没说话,在开药方的纸上写道:"水萍连川英英朱鸢,红藤清粉凤披霞冠,芍药有情甘草绻蜷,半夏当归六曲合欢,三子送汤防风报还,白发苁蓉柏叶不断。"其中的水萍、连川、红藤、清粉、芍药、甘草、半夏、当归、六曲、合欢、三子汤、防风、苁蓉、柏叶都是药名。

婉英嘴上嗔怪道:"老不正经的德秀,不怕羞。"自己却将它念了十几年。

德秀也对婉英说:"我也只有你——能说得上话的人没几

个了。"

随丈夫回乡时,婉英已年过半百,却依然是当地最好看的"摩登妇人"。在酒席上,她穿旗袍,踩高跟皮鞋,烫卷发,涂口红。她不懂湖南话,无事时不与人拉家常,只翻开书喃喃读洋文。她素性爱洁,卧房一尘不染,被套床单五天一换,碗筷专用,早晚用牙粉刷牙,洗手需用香皂。有人满是艳羡:"婉英太太的香皂像砖糖,好几次我都想咬一口,她却用来搓手。"引得村中女人背后议论,年纪一大把了,打扮得妖里妖气,摆县长夫人架子。还有人对着子女嚼舌根:"没本事当县太爷,就千万别找四川婆娘。"

然而,不到一年,婉英就成了当地女人眼中的"女神仙"。

*

德秀在医馆当学徒时,便对女科有研究,在与洋医生交流细菌学时,也多次讨论过妇科问题。德秀认为,《诗经》中载有多种妇科用药,如益母草、菟丝子等,《黄帝内经》对妇科病理也有所提及,《史记·扁鹊仓公列传》中更有"带下医"的记载,东汉张仲景所著《伤寒杂病论》中更详细介绍了妇科外治法,宋人陈自明写出了妇产科专著《妇人大全良方》,明清时依然有相关著作涌现。然而千百年过去,很多妇人仍对妇科疾病讳莫如深,是思想的禁锢阻碍了医学的发展。在成都时,他便时常呼吁当局重视女科,加大对公立女科之建设,同时创办中医药女科学校,大力培养女科医士。有人见德秀热心于此,不明其意:"你一个男人,天天想着发展女科，你到底是想看什么？"德秀闻言一笑："我有妻女，想看中国妇女神采康健。"

可就在1929年2月26日，南京国民政府召开卫生委员会议，有人提出《废止旧医以扫除医事卫生之障碍》等提案，实际等同于"废止中医"案。此提案引发轩然大波，激起全国大批中医医士请愿。德秀亦坚决反对取缔："诸位放眼一望，国内有几位洋人？又有几位洋大夫？"

他认为争论中西医学毫无意义，若摆出"不是你死就是我亡"的极端态度，背后一定有利益勾连，最终受损的还是底层病患。中西方医学旨在救人，孰优孰劣不必较真，二者相辅相成，能治病救人即可。何况当时西医在中国尚未被百姓完全接受，各地西医医院及私人诊所仍未普及，医疗卫生在政府财政预算中的占比少之又少。废除中医后，病患该何去何从？借此机会，他又提到妇科现状："对女科之重视，中医尚不如西医，此非医学问题。"

当年，婉英为接近德秀，闹着要学医。德秀便安排她去成都女子医院进修。当年四川巡警道[1]对医士的考核极其严格，凭着聪慧与勤奋，婉英取得了正式的医士资格。

1932年，四川成都暴发霍乱疫情，四十万成都人，只领到了两万张可免费领取药品的防疫证。婉英眼见一车又一车尸体被运

---

[1] 巡警道，官署名，清末新官制中地方官名之一。专管全省巡警、消防、户籍、营缮、卫生事务。四川巡警道是清朝宣统二年（1910）在四川省设置。

至城外，惊觉"行医只与世间的病患有关"，从此矢志治病救人。即便在怀孕期间，她照样挺着肚子在医馆忙碌，快要临盆才暂歇几天。旁人说，她生娃娃就像掉了个枕头，只坐几天月子，就又开始在医馆忙进忙出。至回乡这年，婉英已行医二十载。她的治病风格与为人相似，干净利落、敢下猛药、从不拖泥带水。对女性崩中漏下、月事不调、赤白带下、妊娠恶阻等症状，通常都是药到病除。对于接生，更是游刃有余，难产及横生倒产、给胎儿复位都不在话下。

回湖南后，婉英在医馆设了专门的妇科诊室，正式挂牌问诊。医馆开了一段时间，她发现来看病的多半是跌打损伤、头疼脑热、五脏六腑之患，妇科诊室却鲜少有人问津。一次，一位妇人来看伤风，婉英却在问诊时闻到她下身有阵阵恶臭，便询问她是不是有妇科疾病。妇人慌乱地起身开窗，当下矢口否认，最后连伤风也不看了便要离开。德秀赶忙将她摁住："你确实是受凉了，不过前病后治，上病下治，受凉也会引发其他症状。我们不外传，让张医士看一眼，开点药，放入洗澡水中，驱寒止痒。"

妇人左顾右盼，见四下无人，才怯生生进了妇科诊室。婉英发现她下身红肿溃烂，已经到了渗血的程度，问她为何不早就医？妇人低着头道："就算捂烂了也不能让人晓得，我男人说女人的东西本来就是烂的，要是出来丢人现眼，扒一层皮算轻的。听说窑姐儿才经常找郎中看下面。"

婉英这才反应过来，乡下到底不比成都，思想尚未开化，"并非所有女人的丈夫都如德秀那般开明"。当地店铺开门,无论哪行哪业,第一位客人不能是女人,众人嫌晦气。无论男女,皆视经血为不洁之物,会引来灾祸。女人若说自己有妇科病,会被当成荡妇羞辱。当地郎中也奉行"宁治十男子,不治一妇人"的规矩。自此,她摘下妇科的牌子,改为"伤风、调经、补气,内病外治"。几天后,那个妇人又来了,连声夸张大夫开的药好:"说不出为什么,就想来这里坐坐。"

之后,好几位妇人一同来看"伤风",描述症状时却一个个支支吾吾。婉英心领神会,便向丈夫撒娇:"德秀啊,我前几日身上奇痒无比。"德秀头也不抬:"不稀奇,开几服药就好了嘛。"婉英继续倒苦水:"这病怪烦人的,反反复复,好了又复发。"德秀继续写他的方子:"无妨,黄花大闺女也会外感毒邪,对症下药便能痊愈。"

婉英见那几位妇人神情有所放松,才说"伤风"病症不一,让她们排好序,一个个单独进诊室来。

很快,十里八乡就传遍了,县长太太有妇科病。李聪明听了都有些难为情,专程跑到医馆告诉婉英:"女人身上的事可千万别往外说,名声毁了就找不回了。"

婉英直截了当道:"是我故意让人说出去的,妇科病非洪水猛兽,得有人站出来承认。"她还提出,有些女科顽疾需男女同治,甚至广而告之,给自己治病时,德秀也是老老实实跟着一起外敷内服。她放出话去,若是有男人愿意体恤怜悯妻子,来医馆找德秀看病，她就免除所有诊金和药费。令人遗憾的是，当时没有一个男子愿意前来就诊。如此，她只得不厌其烦地广而告之："天人相应合，女人来月事是与天地融合，阴阳调和之象，寒来暑往，四季轮回，有长有衰，乃正常流动，无关邪魅。子肠恶臭，与口臭无异，无须大惊小怪，皆因阴阳不调而已。"

此言一出，引来无数非议。有人痛斥她如何能将吃饭的嘴巴和女人的下身相比。婉英不予理会，于她而言，"来看'伤风'的女人多了起来，便是下对了药"。

*

"矫情"到底的婉英，一旦坐诊，却与在家时的大小姐形象判若两人。绾发，戴瓜皮小帽，一身宽松的棉布衣裤，穿千层底布鞋，像个文弱的教书先生。

李聪明对她赞不绝口："我见过年轻时的婉英，可她最好看还是五十岁那会儿。自从见识到她的大能耐，我便心服口服，晓得自己此生再难企及。婉英让很多女人有了换一种活法的念头，这是大慈悲。"

乡人却迷惑不解，她为何要冒天下之大不韪，不惜得罪礼教，也不怕惹上祸端，偏要行如此之事："德秀在外革命，好歹过了领兵的瘾，当上了县太爷。若非婉英有枪，家里有靠山，早被男人们和裹脚的老太太撕碎八百回了。"

那些在家中毫无地位的妇人渐渐发现，身上的痛楚很快便有所缓解。一个父亲和丈夫都做过官的有钱太太,放下身段为她们检查下体,不嫌恶露,不忧霉运,不为赚钱。妇人们逐渐开始转变思想,"不再为妇科疾病感到羞耻,反而觉得生为女人也有了尊严"。

与德秀一样,婉英看病亦看"心",关注病人的喜、怒、忧、思、悲、恐、惊,还曾公开贴出"中国女性多郁而疾,望其夫君、儿女矜怜之"的方子。身为女性,提起旧时妇人之苦,她连连叹气:"儿时被裹脚,难进学堂门,嫁人听父命,为妇无人怜,吃饭不上桌,生育凭气运,暮年无名氏,化作尘与烟。"

当时,乡村无像样的产科,连助产士也少有,孕妇生产主要靠接生婆。多数接生婆并没有医学常识,不知消毒,不讲科学,生下胎儿后,有些人甚至会用生锈的剪子粗暴地剪断脐带。遇见产妇难产,便直接上手硬掏,或夹住婴儿生拉硬拽,不少孕妇被活活痛死,难怪有人说"生育如闯鬼门关,活着亦为两世人"。

妇女们无法自主避孕,尽管每次怀孕都有"吊着一条命的恐惧",却又不得不多生——自己的命不打紧,最重要的是要给夫家传宗接代。因为婴儿的存活率低,即便生十来个,最终活下来的不过四五个而已。妇女怀孕期间大多缺衣少食,往往还要下地干活,即便闯过生产的鬼门关,还可能要多次面对丧子之痛。

德秀对此痛心疾首:"这完全是清政府丢下的烂摊子,医疗卫生未有过发展。所谓康乾盛世,乡下百姓未曾沾光,如今落后挨打,闭塞愚昧的百姓更是深受其害。"

此前当地产妇生育,多寄希望于菩萨保佑,提前三天便在堂屋烧香。自从有了婉英的妇产诊所,拜菩萨的人少了。"有婉英太太在,大人可保,婴儿能活。"

然而,更多的村民习惯了本来的秩序。"女人和牲口唯一的区别,就是女人产子能继承香火。不能生育的女人还不如牲口,牲口不听话尚能杀了吃肉。"他们坚决维护三从四德,诅咒婉英不得好死。

这天,几个"德高望重"的老乡贤带着一众精壮男人,逮住了一个五六岁的小女孩:"多次当众夹腿发骚,伤风败俗。本想将她赶出村子,现在决定要将这'小荡妇'浸猪笼,以儆效尤。"

情急之下,女孩的婶婶想到婉英,跑到诊所求救。婉英听了,大步流星便往外赶。德秀知道此事利害,急忙叫人带了枪,骑着马赶了上去。

婉英一把抢过德秀手中的枪,拉下枪栓,一枪打在那伙人脚下,再拉枪栓,与德秀走进人群,将被捆住手脚的小女孩护在怀里,方才说话。

德秀在一旁老实翻译:"今天我本想先弄死几个,再讲道理。念你们尚未动手,也就忍了。我本是外乡人,又是一介女流,不想插手任何人的家务事。但我身为大夫,必须出来说句公道话——女娃娃夹腿,要么是身体有疾,要么是正常的生理反应,不足为奇。我的女儿也有过此类举动,难不成有过这种行为的人都要浸猪笼吗?"

领头人出来打圆场，说本意不过是小惩大诫，正德、正心、正行。"既是大夫说此女可能是身体有疾，那就拜托大夫医治吧。"

一场涉及人命的闹剧就此收场。

当日，一位年近九旬的老命妇，专门遣人抬着两顶轿子请德秀和婉英前去家中看病，并公开挑明她是要看"女科"。德秀说既是女科，让婉英走一趟即可，可来人说老夫人再三嘱咐，务必要将德秀先生请到。德秀和婉英的轿子刚一落在院门口，门外就噼噼啪啪响起欢迎的鞭炮声。

老夫人是当地三贞九烈的典范，无论男女都对其奉若神明。她的丈夫官至五品，却比她年长四十岁。刚过门三天，丈夫就因病身故。老夫人十五岁被封为命妇，代价便是要全柏舟之节，如今已守寡七十多年。三十几岁时，她也曾遇上一个焕然夺目的男子，决意守望相助时，却冷不丁地给自己"挣"来了一座贞节牌坊。"从那以后，我被漫漫长夜掐住喉咙，满地打滚却出不来半句声。"

早在三十年多前，老夫人便想要见见德秀。"听说你在外面造反，灭大清你流了血。好啊！好啊！替我出了一口气。今日听闻婉英太太也干了惊天动地的事，那个女孩多幸运啊，我也该请你们看看病了。"

她请婉英检查身体，特意留了一个爱搬弄是非的丫鬟在旁。就在那晚，她为自己身有"阴痒""阴蚀"而欣喜不已。"照镜子时，第一次发现里头是个有血有肉的女人，也爱在头上别一朵小花。"

德秀亲自为老夫人煎药，老夫人命人打开所有门窗。"药味要传得远，老太婆舍了名声也得让女人们回过神来。我这个行将就木的老不死，在事后凑热闹再为女孩出一次头，我要亲手拆了'疙瘩牌坊'，往婉英的宝贝药箱里再添一味药材——不要怕，该开枪咱就开枪。"几天后，婉英领着女孩来向老夫人道谢。德秀感叹："残酷的历史中，总还有微渺的个体留下片刻的柔情。这种能将自己当成一捆柴，替年轻人照路的老者值得敬重。"

后来，女孩做了婉英的关门弟子，后来成了一家医院妇产科的创始人。七十多岁时还去探望过淑珍，喊她"三姐"。说起婉英，她仍用手绢擦泪："师父是智者，也是勇者，不知改了多少人的命。"多年后，有妇人同样遭到"浸猪笼"的迫害，很多人都想起了婉英："婉英太太去了外地，再没人替我们开枪了，那真是相当漂亮的一枪。"

后来，婉英的医馆因故关闭，她随淑珍离开乡里。各地的妇人前来送行，绣了两个大字——妇科。婉英仍不忘嘱咐："往后自珍，切勿轻易动怒、烦闷，以免积郁成疾，要注意保暖防寒，以防气血凝聚。"

之后多年，医馆外面也一直挂着"妇科"的牌子，常有妇人前来擦拭。

有人说："婉英太太走了，却在我们妇人心里挂了牌。"

长恨

老一辈人说,都道美人迟暮,婉英太太老了,却依旧美过斜阳。真正令她老去的,是任珍之死。而身强体健、操劳一生的李聪明,也在任珍死后丢了魂、散了架。

说起来,任珍是家中最易被忽视的孩子,上有姐姐佳珍漂亮温婉,下有妹妹淑珍调皮可爱,弟弟们亦是一表人才,各有所长。唯独她长相一般、资质平平,读书、做事皆不出众,性格温和内向,爱穿粗布衣裳,只像是聪明亲生的。

家中长辈对他们姐弟六人亦是各有所爱。俊度偏爱佳珍胜过所有儿孙,德秀最疼淑珍,其他长辈和仆人更宠泽璜。泽涛过继给了四叔德重,更有两方父母和大妈妈聪明的疼爱。泽荡年纪小,人人争着抱。唯独任珍只黏聪明。

凌晨,聪明去磨坊磨豆腐,任珍也会跟着起床。干不了重活,就用勺子往磨盘里送黄豆。聪明抱她回卧房睡觉,可一转眼任珍就又跑回来，骂都骂不走。有一次聪明吓唬她："再不去睡觉，就把你送回四川去。"任珍听了一溜烟地跑上床，大声喊自己睡了。聪明磨完豆腐回去，才见任珍枕头湿了一大片，还在哭着念叨："大妈妈，我睡了，我不要去四川，当你女儿就是享福……"

从那以后，聪明再不说会丢下任珍的话，磨豆腐的时间也由凌晨改在了上午。任珍除了去学堂，几乎与聪明寸步不离，卖豆腐也是母女俩一起。

平日里内敛的任珍，只有在卖豆腐时活泼开朗，声音响亮："各位叔叔婶婶，出来买豆腐啦，新鲜娇嫩的豆腐啊——"若不小心将豆腐弄碎了一角，总会笑着道歉："实在抱歉，我给您算便宜一点咯。"

有大人逗她："任珍二小姐，你大妈妈卖豆腐，是为了争一口气。你去四川随便翻开一个柜子，都是金条。"任珍骄傲地说："我早就有金子了。我也要替大妈妈争一口气。"聪明跟着打趣："你知道什么叫争气？"任珍认真答道："大声喊，卖豆腐咯！喊着喊着半辈子就过去啦，四川那边听得到，你的女儿也长大了。"

众人评价这对母女："李聪明是最不像太太的太太，任珍则是最不像小姐的小姐。"

任珍和佳珍一样，一辈子未与人红过脸，即便是小孩之间，也从没起过争执。每次德秀和婉英领着另外几个小孩回来，都会遭人围观。四川城里回来的孩子，无论是穿着打扮，还是行为举止，都很是时髦。尤其是佳珍，戴洋礼帽、穿洋装时惊艳，穿传统中式学生装楚楚动人，还能在洋文、四川话、湖南话之间随意转换。

相比之下，任珍就显得土气，只会湖南话，唯一的才艺就是吆喝卖豆腐。常有人拿她与佳珍相比："简直一个天上一个地下，连整天疯跑的黄毛丫头淑珍看着都比任珍贵气。"任珍却满不在乎，对父母没有半句怨言，每次他们回来，总是欢快地迎上去。三姊妹间从未生嫌隙，任珍领着姐妹认各种花花草草，一同抓蝴蝶，教她们用不同的声调喊"卖豆腐咯"。见淑珍手中常抱着洋娃娃，任珍也不争不抢，还在闲暇时帮她缝布娃娃。无论旁人说什么，用何种眼神看人，姊妹之间都好得蜜里调油。

淑珍调皮捣蛋，每次出去必闯祸，有次捅了个马蜂窝，哭着溜了。佳珍穿长裙跑不快，任珍二话不说，背起比她高大的姐姐就往死里跑，俩人脸上都被蜇出大包，却谁也舍不得骂淑珍半句。婉英气不过，逮住小女儿就要动手，佳珍拉都拉不住。淑珍哭着喊："我是湖南人，不是四川人，我是李聪明的女儿。"气得婉英打也不是，不打也不是。最后还是任珍喊了一句："妈妈，莫打妹妹，是我没保护好她。"

还有一次，淑珍说她是猴子，能捞月，说着便要爬树。佳珍劝她："猴子捞月，是去水里，怕是要空忙一场。"淑珍不听劝，偏要爬，上去了却不敢下来，在树上直哭，"我现在不是猴子了，变成了一头小胖猪，没学过下树"。任珍赶紧上树，死死抱住树干，让淑珍踩她的肩，俩人慢慢下落。淑珍哭哭啼啼说不敢，任珍柔声安慰："妹妹莫怕，大姐、二姐都在。就算二姐摔了，还有大姐，她会接住你。"

*

任珍自小便是如此，心肠厚道，待人真诚，从不问父母给她带回来什么。每当他们要返回四川，就忙着来回跑，将家里的花生、凉薯、高粱一个劲儿地往马车里塞。见马车走了，还在后面追着喊："家里什么都有，只要你们回来就有啊。"

任珍高小毕业后，没能考上学校。德秀想带她回四川，说那边的学校任她挑，想读书就读到底。任珍却摇头："爹爹，对我来说，读书没那么重要。您当真要剜大妈妈的心啊，唯一一个陪她打豆腐、给她暖脚、紧紧抱她的女儿都要领走吗？"

德秀让任珍不要掺和大人的事，以学业为重，若是怪父母把她一个人丢在湖南不满，就尽管说出来。任珍却连声感谢："我真心多谢爹爹妈妈，让我陪在大妈妈身边，自由自在，好不快乐。我不聪明，硬要学姐姐那般聪慧灵秀，学不来的；我又容易犯错，也不想像妹妹那样成天挨妈妈的骂。"

见德秀点头不语，任珍又柔声道："爹爹，没人怪您的。我喜欢现在的日子，慢悠悠、暖洋洋的。您若觉得一个人没读书就是没出息，那我也甘愿没出息地陪着大妈妈，陪大妈妈可比有出息重要得多。"

为此，德秀后来嘱咐家人："任珍懂事得让人心疼，我们更要让她幸福，让她自由自在。她想在家里待多久，就待多久，像她妈妈一样晚点嫁人也无妨,像她大妈妈一样终身不嫁也无妨。"

任珍的确是兄妹几人里最晚成婚的,二十几岁才嫁人,不是她想要自由自在,而是她觉得,作为家里的二姐,"要体谅妈妈们的伤心,帮着操心弟弟妹妹的事"。

泽璜结婚,任珍拿出两块金条、一对金镯子当贺礼;淑珍结婚,任珍将自己所有的金银首饰都给了她。淑珍推辞不受,说父亲给她留了金条,还有好几个玉镯子。任珍神情淡然,劝道:"你的钱是你的钱,指不定有大用处。黄毛丫头上大学了,二姐晓得你好动,穷家富路,有二姐给你的体己钱,以后你想跑哪里,就跑哪里,谁也拦不住。"

*

任珍到了出嫁的年纪,聪明深知女儿厚道,特意为她挑了一户"老实人家"。任珍的丈夫憨厚不多话,是个勤快人。聪明认为,人只要勤快能吃苦,就不会过得太差。更何况丈夫的家庭出身,对任珍也是种保护。

就在任珍怀孕后不久,山雨欲来风满楼。蔡家蒙难,流离失所。任珍不久即死于难产。

对于任珍的死,聪明自责不已,几次向婉英请罪。婉英强忍悲痛安慰她:"我以前在四川蛮横,在湖南翻天,以为自己了不起,其实都是德秀护着我。时至今日,即便是德秀,恐怕也无能为力。有些事情,落到个人头上只能承受。何况你我都老了,更要好好待自己。任珍是你一手带大的,我从不怀疑你对她的爱护。可到底任珍也是我的女儿,心尖上的肉,你再让我劝下去,就是为难我了。"

她说不下去了,突然一声嘶喊:"我的女儿,德秀,佳珍……"

分别前,婉英搀扶着聪明走了一段路,一路无言。婉英走前,聪明抱了抱她,哭道:"咱们就剩淑珍这么一个女儿了……她调皮,远不如两个姐姐听话。她要大闹天宫,你就让她大闹天宫,再不要骂她了,好吗?"

此去经年,李聪明与张婉英再未相见。

任珍逝后,婉英的头发忽然就全白了。一代红颜就此凋零,没几年便一病不起。直到她卧床的前几日,还被当地医院请去帮忙,顺利接生了一对四胞胎。

聪明临终前,让泽璜用凉床抬着她在村里走了一圈。她一遍一遍地喊:"任珍,咱母女俩的豆腐卖完了,该回家了。天黑了,跟着妈妈回家,别乱跑……"

有一年,我和姑奶奶淑珍回村扫墓。经过一座砖房时,她对我说:"那就是任珍曾经的婆家。她死后没多久,男人就另找了,和我们家再无往来。现在他儿孙满堂,而任珍就像从来没来过这世上一样。即便大时代,也不过一句话就带过了。"

我看见门口有个老头在逗小孩,一脸慈祥。本想问姑奶奶,是不是任珍丈夫。见姑奶奶面无表情,像不认识一样,我忍住了。车子驶离时,她主动说起:"门口的老头就是那谁,上一辈的事你不要去记恨。他结婚生子倒也没错，只不过，后来我想去祭拜任珍，怕他难做，特意托人问他任珍的坟茔在哪，他却说不大记得了。我好不容易找着了地方，却发现任珍安葬的位置早就平了。"

*

世道历来如此，以为岁月悄无声息地掩盖历史，却忘了它还断断续续地记录着真相。

1913年，蔡氏本家的几个青年，因上一辈曾资助过蔡锷，擅自来到云南都督府，让德秀帮忙引荐谋职。德秀任人唯贤，坚决不肯，自此得罪了族人。数年过去，那几个族人的后代成了横行乡里的恶霸，七兄弟中还出了一个甲长、一个保长，人称"五霸七熊"。

甲长、保长兼有警察职权，家里的另外五个兄弟便骑着高头大马在村里耀武扬威，还不忘嘲讽德秀："在外面风光又如何，一个村子的'贱民'都压不住，还要百般讨好。看我们兄弟几个一出马，就能治得他们服服帖帖。"

五霸七熊一直打着"清匪"的旗号，在乡里欺男霸女、强抢田地，就连自己的同姓族人也要赶尽杀绝。抗战胜利后，蒋介石挑起内战，到处派人搜查"通共叛党"。七个恶霸很快将矛头对准了德秀。

起先，他们让人到医馆门口耍威风，恶狠狠地警告德秀："一旦发现你给'叛乱分子'治伤，定治你的罪。"没几天，"五霸七熊"

中的甲长亲自出面，说淑珍在学校宣扬"反动思想"，要进家里搜查反动书籍。婉英掏出手枪，指着他的头道："进来就打死你。"

又过了一段时间，这伙人一同来"谈判"，干脆挑明了说："虎溪山是块风水宝地，我家老爷子百年后想去那里。若你们答应，之前两家的恩怨一笔勾销，虎溪山还能让你们一半。若敬酒不吃吃罚酒，会有你们好看。"

德秀一口回绝："你们这一脉上梁不正下梁歪，祖孙三代都只会钻营，最好的风水宝地莫过于家里积德。虎溪山不过是一块再普通不过了的地，但我说过，能葬那里的人，一定要品行端正。有我在，你们休想将虎溪山占了去。"

"五霸七熊"失了颜面，气势汹汹地将先人棺材抬往虎溪山。守山的和尚警告道："近日不宜动土，若强行下葬，恐有大祸。"他们不敢妄动，却不死心，便勾结当地官员，借口"土地丈量"，重新造了一份地契，欲强抢虎溪山。和尚连夜将此事告知德秀，德秀让他安心修行："师傅心要定，莫再过问俗世。此乃蔡家家事，我自会处理。"

就在"五霸七熊"动土改造坟场时，德秀一纸诉状，将他们告到了法院。官司打下来，"五霸七熊"败诉。德秀还将他们目无法纪，欺压百姓的事呈了上去。"五霸七熊"对德秀恨之入骨，扬言要"老账新账一起算"。婉英本想先发制人，却被德秀拦住了："终是一个祖宗传下来的，不能内斗。"

那几日，为了不与"五霸七熊"发生正面冲突，德秀有意躲了起来，没料到藏身点被人泄露。见带人来的是自家堂侄，德秀并未反抗，直接被"五霸七熊"捆了去。族人忌惮他们的势力，竟无一人敢出面阻拦。

在蔡家祠堂，德秀被"五霸七熊"用木棍打了整整三小时。"五霸七熊"逼他在祖宗牌位前交出虎溪山的地契。德秀咬紧牙关，绝不妥协。

*

那一日，正逢族中有人办满月酒，家中女眷都去探望产妇。回来听说德秀被"五霸七熊"捆了去，婉英怒道："那还得了！"聪明也拿了菜刀要去救人。族中男人却阻止："那些人不好惹，现在只是针对德秀，不要将其他兄弟牵扯进去。"

女人们指着男人骂道："大男人羞不羞？还怕几个恶霸，不会鱼死网破吗？"

"我陈氏，不怕他们灭种。"

"我彭氏，娘家总还有几个人。"

"我肖氏，没见过如此下作的人，看他们能灭几个。"

"我江氏，死了一定会有人来报仇。"

……

说完，她们真就拿着棍棒、菜刀、锄头，向蔡家祠堂走去。此时，隔壁田家院子的男人也站了出来，敲着锣喊道："按说田、蔡两家一向和睦共处，互不干涉对方事务，但让几个女人去对付恶霸，男人却在一旁袖手旁观，是天大的耻辱。不管你们蔡家怎么想，说我们欺负你们也罢，我们姓田的就要来出这个头。"

田家院子的男人领着蔡家的六个女人冲到祠堂，将"五霸七熊"摁倒在地。聪明见德秀被捆，身上血迹斑斑，提起菜刀就要剁了他们，被田家人及时拦住。德秀强忍疼痛喊道："他们已被降住，切勿让田家人为难，谁也不能杀人。"婉英不声不响地走到德秀身边，解开绳索，摇着他问："枪呢？德秀，你把枪藏哪里了？"

德秀这才掏出手枪，对着天井放了三枪，"五霸七熊"中有两人当场尿了裤子。

婉英想要夺枪，将"五霸七熊"全数击毙，被德秀察觉。他举枪指向自己："婉英，我要是想对抗，他们一个都活不了。对付那几个人，我仍然主张用法律手段。既然开了头，我就会管到底，继续往上告。若你执意要开枪，恕我余生不能陪你了。"

德秀是医生，清楚自己伤势严重，恐怕时日无多，回家后便着手安排后事。他让婉英在神龛前发誓："若我死了，绝不能报仇，一定要保全子女，否则此后我们无论生死，永不相见。"又看向聪明："我从没求过你，但如今有一事相求——千万别让子孙后代卷入仇怨之中。我相信你一定有办法的，帮帮我。"

见二人不说话，德秀急火攻心，呕出一口鲜血："婉英，我从来都听你的，这次你得听我的；还有聪明，你从来都依我，这次你再依我一次。你们可答应了？答不答应？"婉英忙扶住他："我答应你就是。"聪明拿来毛巾："我帮你。"

"让孩子们回来吧。"说完这句话,德秀似乎用尽了所有力气。

*

德秀的身体每况愈下。他问婉英:"泽璜几时回来? 你一个人我不放心,留他在身边照顾你。"婉英哭道:"我只要你好起来陪我,任何人都没法替代你。儿女有儿女的路要走,你还有我。过两天等你好了,我们去四川,你把他们叫回来做啥子?"

德秀握紧婉英的手:"我现在挨的每一分钟,都放不下你。无论留在湖南,还是回四川,你都只有我。若我不在了,你不懂人情世故,不知按时吃饭,妆掉了再没人替你补。现在外面大乱,国共必有一战,我不愿泽璜卷进来。就让他当好一个教书先生,替我照顾好你。"

泽璜当时只有十九岁,已在国立师范学院读了两年。听闻父亲被人打成重伤,匆忙从学校赶回,却发现自家宅院一片喜庆。堂屋门上贴着大红对联,墙上的"囍"字尤其显眼。他兀自纳闷:"不是家父病重吗? 谁在这会儿办婚事。"直到有人过来道喜:"恭贺泽璜少爷佳偶天成。"这才知道,竟是自己要成婚了。

一向开明的德秀未经子女同意,自作主张包办了两门婚事。

泽璜在学校有亲密恋人,彼此情投意合。德秀却听不进解释,冷冷道:"那你得知父亲病重,何不将恋人带回? 你母亲身体不好,你身为长子,以后就是一家之主,不能只想着自己。"泽璜不敢再出声,被迫迎娶了自己不爱的人。

德秀交代新进门的儿媳："要帮着两个婆婆照顾好弟弟妹妹，该读书的就让他们读书。无论如何，都不能让这个家散了。要帮我护住泽璜，不问恩仇。"

另外一门亲事，是给淑珍安排的，将她许配给了聪明的二妹之子，这是他对聪明的弥补。淑珍哭闹不止，德秀坦诚道："我们淑珍不是非嫁不可，要是你觉得那孩子还不错的话，就嫁。我知道淑珍有信仰，也尊重你的信仰。人一定要忠于自己的理想。"

与此同时，德秀又托人给淑珍买了十几双鞋子，其中还有几双高跟鞋："虽说爹爹给你定了亲，但那是以后的事，你现在在爹爹眼里，还是一个孩子，才十五岁，要长个的，爹爹猜你还会长十年，因此估算着长短，备了一些，高跟鞋你嫁人时穿。"父亲在世时，淑珍的鞋子从来都是合脚的。儿时她长得快，用人按给自家孩子做鞋的习惯，特意给淑珍买长了一码。有一次，淑珍问父亲："爹爹，为什么要让鞋子等着脚变长啊？"德秀便马上领着她重新去买鞋："我们穿合脚的鞋子，吃喜欢的食物。"自那以后，淑珍的鞋子都是德秀在买。后来，淑珍没能成为教师，却实现了理想，做了新中国成立后的第一批女法官。她毕业后嫁给了父母为她选定的丈夫，夫妻俩有时拌嘴，却一辈子未吵过架。姑奶奶告诉我："我从嫁他的第一天起就打定主意，若有一方不爱就分开。哪承想风风雨雨走到现在，七十多年就这么过去了。"

她不赞成泽璜对待感情的态度："不爱就豁出去反抗，既然接受那便随遇而安。爸爸就是瞧准了你爷爷那优柔寡断的性格，最后将他爱的、爱他的女子都给伤了。你可不要学他,听我的,一定要找个自己爱的、她也爱你的女子。"

"你一定要找个自己爱的人。"其实,同样的话祖父泽璜也曾交代过我。

*

泽璜与妻子完婚后不足一月,国共内战爆发。不久,德秀溘然长逝,享年六十七岁。去世前,淑珍缠着他问:"爹爹,你爱我吗?"德秀的声音微弱而坚定:"爱!"

"爹爹,你爱我吗?"

"爱!"

"爹爹,你爱我吗?"

"爱!"

"爹爹!"

……

姑奶奶后来回忆,从前无论自己何时唤"爹爹",都会得到回应,没有一次落空。直到这天,她一声声唤他,最后一句没有了回应。周围哭声一片,"我才反应过来,爹爹不在了"。

而在父亲去世以后,淑珍再未长个。"爹爹不在了,那些鞋子永远都在等我的脚变长。"

德秀给泽璜留了几本自己亲自编写的教材,有国文、音律、算术、地理、绘图,扉页上写着几个遒劲的大字:增知识,长见识。

泽璜走向讲台的第一课，便是用的父亲编写的教材："娃娃入学堂，先生左右忙；读书苦，读书累，昏沉欲睡眼前黑；莫害怕，莫害怕，先生儿时一样傻；快读书，快读书，大好光阴莫辜负……"

学生们听得哈哈大笑，泽璜望着黑板泪眼模糊。

德秀最后还留下三句话：不问恩仇，避免冲突。我深爱婉英，亦深深对不起聪明。往后子孙后代不必避讳"德"字，应谨做有德良善之人，不畏强权，不欺弱小，如此，即便忘了我，也算是孝子贤孙。

德秀去世那天，宝庆府公布了对"五霸七熊"的处分结果，只免去其甲长、保长之职。恶霸们恼羞成怒，扬言"要让蔡德秀家绝种，一个不留。他本人别想出丧，只能烂在家里"。他们勾结土匪，打算在德秀出殡那天趁乱杀人。泽璜为避免冲突，决定三更半夜将灵柩抬出去。

出殡那天，村民碍于"五霸七熊"的淫威，几乎无人送行。只有一队土匪，骑着马扛着枪进了村。起灵前，又远远赶来十几个和尚，左手挂佛珠，右手持木棍，在德秀灵柩旁一字排开，垂目诵经。

为首的土匪翻身下马，同领头的和尚耳语了几句，跪在灵前磕了三个响头。原来，他就是当年被德秀救下的两名土匪之一。如今赶来，只为送恩人一程。

送葬的队伍里，还有一个面无表情的年轻盲人。他手握柴刀、三步一跪，眼眶里有血泪滴出。他说，德秀回乡途中，曾从歹人手里救下他，他的双眼就是那时被戳瞎的。

灵柩到达虎溪山时，附近的村民开门跪迎，大喊："德秀公回来了！"他们与和尚共同承诺："只要我们在，无论是谁，都休想搅扰德秀公安宁。"

*

德秀去世后，婉英整日念叨她和德秀的往事："我时刻想他啊……"1961年，婉英去世，享年六十三岁。临终时她只说："我这一辈子倒也没有什么遗憾。"

李聪明于1960年去世，享年七十四岁。泽璜在祭文中写道："我亲爱的母亲大人，蔡家永远的夫人，曾说——我想要的，都未得到。"他未将聪明葬于虎溪山上，而是葬在了后山，佳珍坟墓的不远处，墓碑上刻着"蔡李氏"。他说："希望大妈妈下辈子自由自在地过，再不要被困住了。"

蔡家祖坟虎溪山，其形如卧虎，前有小溪。相传，山中猛虎常于溪前饮水，小憩，故为虎溪山。

下篇

人事浮生

一世情深留清怨

在我的回忆里，美好的童年生活很短暂，犹如清早起来望见的一树繁花，转瞬间就被一场急雨浇得七零八落。在我的印象中，这树繁花只开了一年多的时光。

最早的记忆是在四岁。我清楚地记得家门口有一棵梧桐树，有人能将落下来的花吹出曲子。一条大黑狗终日跟在我和祖父后面，偶尔会开小差，跑到别处去玩一会儿，但总会跟上来。橱柜里总有好吃的，每天都不重样。温和慈爱的祖母还在，男女老少都喜欢她。这是我原本的家。

多年来，祖父泽璜一直是个甩手掌柜，只管去学校教书，家里的一切都交给祖母操持。祖父好吃，厨艺精湛，但一般不下厨，除非有重要的客人来，或是村里有红白喜事，他才挂一个"顾问"的差事，到厨房里站一站。平日里，都是祖母张罗着做各种好吃的，她每天都好像有做不完的事，闲不下来，偶尔忙不过来时，会喊我：

"满崽,请帮奶奶搭把手好吗?"

堂哥堂姐们惧怕祖父,却都与祖母亲近。祖母从不重男轻女,家中后辈不论是聪明伶俐的还是笨手笨脚的,她总想把每个人都搂在怀里。祖父却独偏爱我一人,即便是身为长孙的堂哥,都被他嫌弃:"读书就跟个圆茄子一样,油盐不进,整天就知道瞎闹。"祖母小心翼翼地劝说祖父:"这个世上总有些人不是那么聪明的,他们自己心里已经够苦恼了,你怕是不能走进他们心里体会……"祖父完全听不进去:"要是自己知道苦恼,那就是聪明了。"

只有等祖父出了门,大家才敢一起蹿到祖母这边来闹腾。祖母的手艺很好,即便家里什么都没有,她也能从山上摘来野果子,或是摘一小捆豆腐柴,放在水中搓一会儿,然后再用纱布将绿汁里的残渣滤掉,撒入草木灰,做成碧绿的神仙豆腐,放到冰凉的山泉水里冰镇一会儿,再配上一点剁椒,鲜嫩滑爽。还有野芹菜,加入大蒜爆炒,脆嫩可口。在我儿时的记忆中,也只有祖母能将那股怪味炒香了。

而我一辈子也忘不了的,是五岁那年,祖母哭着做的洋芋大餐。

也是从那天开始,家里的一切都变了。梧桐树朽了,大黑狗走了,唢呐声变得刺耳,一切都恍然如梦。

*

祖母没有读过书,总是固执地说自己"不认识土豆,只知道洋芋"，谁也纠正不了她。几十年来，她的田里一直种着很多洋芋。

那天早上，我在房间里一直套不进毛衣，头和手都被缚住了，很是难受，而祖父和祖母却在外面起了争执，没空搭理我。从不摔东西的祖父气冲冲地进来，将箱子里的衣物全部扔在了地上。

很少掉泪的祖母哭得伤心，似在自言自语："都这么久了，一块石头放怀里也热了。"

祖父给我穿上衣服，一言不发就去了学校。以前他总会带上我，那次却将我留在了家里。我以为他是在生我的气，忍住不敢哭。过了好一会儿，祖母才默默走进来，捡起地上的衣物，放到木盆里泡了水。我哭着要找祖父，祖母拿出手绢擦了擦眼泪，然后过来抱我："爷爷不会丢下你的。"

"爷爷他会回来的，我们现在就去做饭等他⋯⋯"祖母似乎很快恢复了平静。后来我才知道，她见多了这种场面。

那天，祖母没有买任何荤菜，领着我去地里拔了一篮子洋芋，路上还对我说："满崽，你看这洋芋长得几好的。"

离家门口不远处有一条河，河边就是祖母的水田，集体几次分田地，抽签她都抽在那里，土壤肥沃，水源充足，无论什么庄稼长势都很好，尤其是她的洋芋。

我跟着一起刨皮。她说不能用刀削，不然一个洋芋会少一点。她用的是玻璃片，给我的是瓷瓦片。刚开始我还很兴奋，刨了几个后，手掌擦得通红，又痒又痛，就把瓦片丢在一边。而祖母却运指如飞，眨眼间就刨好一个。

她把削好的洋芋分成三份，一份切丝，一份切片，剩下的直接撒点盐放在锅里煮。我站在一旁，看祖母一边烧火一边切丝、切片，总是慌慌张张的。

祖母切的洋芋丝又细又长，放水里过一遍再捞出来，颜色鲜亮通透。炒洋芋丝她会放一点剁椒，从坛子里舀一小勺放进锅里，马上就有香味蹿出来，呛到鼻子里。洋芋片用油一炸，撒上椒盐，又脆又香，祖父平日也会带一些去学校当零食吃。

我最爱的是煎洋芋。小火将油烧热，轻轻放入煮熟的洋芋，煎至金黄，每到这时，祖母都会唤我去屋后的菜园里摘几粒花椒，用刀把捣碎扔进锅里，放几勺加了五香八角的辣椒粉，最后撒上葱花。刚出锅时，不管多烫，我都会马上抓一个吞下去。

美中不足的是，那天的晚饭一桌子都是洋芋，一丁点儿肉也没有。

太阳快要落山时，屋后的鸡鸭都往笼里钻，祖母烫好烧酒，倚在门槛边纳鞋底。祖父如往常一样，沾着满身的粉笔灰踏过门槛，夕阳照在四方桌上，那几盘洋芋仿佛等来了最后一道作料，显得越发温暖诱人。

祖母照例准备好毛巾，替祖父掸去身上的粉尘。祖父甩手拒绝，却一眼瞥到了桌上的洋芋。他不再板着脸，主动接过毛巾随手往身上拍了拍，过来摸我的头："等下要喊奶奶一起上桌吃。"

祖母转身又去了厨房，她总是在祖父回来后还要再炒个菜。

我满怀期待地说："那奶奶就帮我再炒个辣椒炒肉，加点牛肉，煎几个鸡蛋，下一碗小面就行了呐。"

换作平时，祖父肯定会答应的，就算没有牛肉，他也会亲自下厨给我做碗三鲜汤。但那天祖父却没有搭理我，而是去厨房把奶奶叫了出来："不用再准备其他菜了。"

我在一旁哼哼唧唧，祖父严肃地指着我的凳子说："坐好，食不言寝不语。"我老实了，祖母从兜里摸出一粒纸包糖给我："今天呐，满崽就不要多事啊。"

只见祖父的脸涨得通红，狼吞虎咽，吃了一碗又吃一碗，憋着劲往肚子里吞，这是我唯一一次见祖父在餐桌上不讲究，往常他吃饭都是慢悠悠的，烫一壶小酒，食不过量。就连我吃饭时，他只准我细嚼慢咽，不能失态。

祖母一直在轻轻地敲打着祖父的后背："没事了。吃了这顿饭就相安无事了。"

*

祖母忙忙碌碌，却很少有人记得祖母炒菜好吃，她只守着家里的灶台。大家总夸祖父是大厨，能做满汉全席。祖母自己也说，她的厨艺远不如祖父，只会变着花样做点小菜。

如果说祖母的厨艺是逼不得已练出来的，那祖父的厨艺就是正儿八经吃出来的。

祖父吃过的很多菜，祖母甚至都没有听说过。

祖父的父亲德秀是清末首批新学师范生，1915年曾追随蔡锷参加过护国运动，当过一县知事兼财政局长。祖父后来讲，曾祖父实际的职权和地位更高，在四川省财政厅有实权。"家里不缺钱，有专门的厨子，特殊年代为了躲避祸乱，才只跟老家人透露了他最初的官职。"

曾祖父四十八岁时才生祖父，祖父是家中的长子、捧在手心里的大少爷。他聪颖过人，才貌俱佳，从小经史子集都有涉猎，十七岁时考入师范学校，又接受了新式教育，精通琴棋书画，入学不久便与一位有学识的女同学自由恋爱了，两人约好毕业后一起出国留学。

我曾见过那位女学生的照片，被祖父夹在张恨水的小说《啼笑因缘》里——和我在电视里看到的留学生头的民国女生不同，她穿着旗袍，眉目如画，鼻梁挺秀，烫着卷发，神情婉约和顺，是个大美人。

照片后面用圆珠笔写着一句话："玲珑骰子安红豆"。我问祖父："这个阿姨是谁？"祖父抢过照片："故人，与你不相干的故人。"

见祖父脸色有点难看，我背诗哄他开心："是'故人西辞黄鹤楼'的那个'故人'吗？"在求知这方面，祖父从来对我有问必答，绝不敷衍："准确来说，同'新人从门入，故人从阁去'里的'故人'差不多。"过了没多久，他连照片后面那句话也给我解释了："说的是思念。"

那天祖父的话特别多，像是憋了一辈子的事，突然找到了倾诉的出口："十九岁前，我该有的就都有过了。"祖父和女学生谈了两年恋爱，就在他们憧憬未来时，家里传来噩耗，父亲被当地的恶霸打成重伤，让他速归。祖父临行前，女学生握着他的手说，等你回来。

祖父赶回家里，还没缓过神，母亲便当着众亲戚的面宣布："我们给你定了一门亲事，一来冲喜，希望你父亲能康复，二来你也该成家了。"一向开明的父亲在病榻前握住他的手，说想亲眼看着长子成家，接过他的责任，振兴家族。

祖父当场跪了下去，一直不起身，一句话也不敢说。曾祖父大概明白了他的意思，翻过身去，背对着祖父，同样一言不发。

过了很久，天已经黑透了，外面忽然响起一阵鞭炮声。曾祖父这才转过身对祖父说："既无血气，木已成舟，吾儿起身，去换衣服，都准备好了，要来客了。"

一顶红轿子在鞭炮声和唢呐声里被抬进了院子，里面坐着的就是我祖母。

*

拜堂成亲时，祖父心里一直想的是："会不会是伊人随后跟着来了……家父在省城有不少故交好友，也有能力去和她家洽谈相关事宜的，想来家父也是一个睁眼看过世界的人……"

祖父是闭着眼睛揭开祖母的红盖头的，再睁眼的那一刻他身子僵住了。"只有手在发鸡爪疯，新娘子总有好看的地方，可你奶奶啊，矮小瘦弱就算了，宽眼皮、爱抿嘴，明明十四五岁，看着却相当老成，不笑还好，一笑就是一口地包天。"回忆起与祖母的初见，祖父望向远方，研磨、提笔，默写《洛神赋》全文。我在一旁说看不懂，他没有抬头："有些画面，小孩子读不懂的。"

那天，祖父摘掉帽子，将红绸揉成一团，跨过堂屋门槛时，坐在藤椅上的曾祖父连声咳嗽："要去接待客人，我等不了很久的。"祖父说自己一辈子怯弱，就是从这一天开始的，他最终没能走出那扇门，而是回头对曾祖父鞠了个躬："我这就去看看客人。"

祖母也跟着出来了，很自然地喊曾祖父"爹爹"，问有什么可以让她去做的。她心里是欢喜的，从小就羡慕读书人，即便后来她也从不否认："第一眼就看上了这个男人，认定了这个家，尽管他总是一副不开心的样子。我只要瞧上那么一眼就很欢喜，一辈子洗衣做饭都是情愿的，嫁给他，没有哪里不满意。"与人说起祖父时，祖母总是不自觉地低头、搓手。

婚后，祖父再也没有回学校，一直留在家中和新婚妻子一起侍奉爹娘。外面打仗乱糟糟的，故人各奔前程，消息早断了。

一个月后，曾祖父去世，两位婆婆将家里的黄金、银圆都交给祖母保管。起初，祖母力辞不受，自嘲不识字，当不起："两位妈妈都上过学堂，干过大事，至今身体安健，自然由您二位当家。我认的字还没有一只手的手指头多，就是欢喜泽璜，便赖在家里了。"

小婆婆婉英让祖母放宽心："只要把钱花出去，就能长见识。一切用度由你安排，你欢喜泽璜当然好，哪天不欢喜了，对错由你来定。我追随德秀大半辈子，真没当过家，德秀只让我做自己喜欢的事，现在他走了，余生我每时每刻都想他，当不了什么，婆婆也当不了。"

大婆婆聪明干脆直接点破："这门亲事是德秀和亲家定的，哪天你觉得委屈了，这几箱钱跟你走，我做主，没人敢拦。"祖母不悦，转脸擦泪："是我自己要嫁的！我要钱做么子……"很快她又笑着做出安排，"我要给泽璜买书，让妈妈们吃好穿好，照顾好弟弟妹妹们……"

大婆婆一声长叹，来到槽门旁，望向对面山尖上渐渐西沉的落日，她要等的人不再回来了。

就这样，祖父接过养家的担子，继续供两个弟弟和两个妹妹读书。他关掉了曾祖父开的医馆。"郎中死了，还留着个药铺子在这里，有什么用。"之后去一所学校做教务主任，半年后当了校长，偶尔回家，基本上不说话，只待在楼上弹脚踏风琴、吹口琴、画画、练字。

祖父对我说，他也曾试过"既来之，则爱之"，但和祖母完全没有共同语言。"你想风花雪月，她在东扯葫芦西扯叶；你说美利坚，她回怎么煎；你说苏武牧羊，她问是不是初五要放羊。几十年来，这个村子里就没有懂得爱情的人。"

刚完婚那段时间，祖父在楼上弹琴，见祖母总是不声不响地弯着腰在旁边抹家具，他突然有点心疼，过去将祖母扶起，教她认字、识谱。可一天下来，祖母也没能记住半个字，一个音符都不认识。连续一周都是如此,毫无长进,只让祖父放过她:"你杀了我,挖我祖坟,我都不怨你,莫再让我受刑了。"

祖父当着祖母的面写下一句:"不遇天人不目成,藐姑相对便移情。"祖母兴奋道:"这上面我认识两个字——天——人,对吧?"祖父百念皆灰,将毛笔扔在宣纸上:"你知道我很不自在,是在嫌弃你吗?你晓得什么天,什么人?"祖母捡起毛笔,用衣袖擦拭墨迹:"我去给你洗毛笔,不要弄脏了上面的字。"祖父见状,语气有所缓和:"这是吕碧城的词。吕碧城是个女杰,兴办教育、解放妇女、保护动物、字词俱佳,是我们同窗效仿的榜样。她……有人一定可以,与吕碧城一样,小小年纪,夜雨谈兵,春风说剑。"

祖母听得云山雾罩:"我就晓得你是我的天,你是我的人。"

祖父一言不发,琴声再次响起,掩盖了所有声音。

三年后,祖父连琴都不能弹了。很多人都与他疏远,只有祖母常伴左右,生怕他受不住:"我就这点能耐,能给你挡一点算一点。"没过两年,他们唯一的女儿也夭折了。那天,祖父又把自己关在楼上,风琴没了,只能干呕着哭。祖母就在木楼梯上对祖父说:"你还有我,我想和你生很多小孩,不是人多力量大,就凭我愿意。只要你肯,十个八个都好;如果你不愿意,我们就再也不生,我想办法避着。"

*

再后来,祖父被错划成右派关了起来,因为公社需要一个读过书的人刷标语，才将他暂时放出来。让他挑水，连人带桶都滚翻了，出工只算六分工，比女人的工分还少。

从未干过农活的祖父第一天出工，一锄头下去，就挖到了自己的脚背，血流如注，还被人诬陷是故意，想偷懒。队长抓起一把泥巴扔他脚上就算止血，又将他捆在树上示众。祖母找来了草药给他敷上，怕他支撑不住，还带来了几个煮熟的烂洋芋。

祖父站在那里，哭着把洋芋吃了，劝祖母回去："下次煮的时候要加盐，有蘸酱更好吃，光吃煮洋芋嘴有点麻……"从那天起，祖母每天都要想办法做一点剁椒。

此时，祖父祖母已育有一儿一女，家里的担子全落在祖母身上，能吃的东西都给了孩子，连野菜都舍不得吃，要给祖父带去，自己就吃点草根。

一次，祖父对祖母说："要是有几个洋芋，用水煮一煮也是好吃的。"

祖母回去哭了一路："他那么有学问的一个人，只是想要再吃几个水煮洋芋，我都做不到。"

当祖母再来看祖父时，祖父狠下心说了心里话："我现在只想吃的，不想你，我是一个薄情寡义的人，你离开我吧，会过得好一点。"

祖母又哭了："你不要赶我走，我去给你找洋芋就是，你想吃什么我都尽力弄。"祖父站在那里，用手在墙上敲无声的曲子。后来说起这段往事时，他对我说："你祖母从来都听不懂我在讲什么。"

不幸却也万幸,在祖父快要饿死的时候,有人来看他了。原来上级来视察工作时,看到祖父写的标语和提议的炼钢技术,连忙打听这个人在哪里,安排他去外地教书。

这是祖父从四川回乡后第一次出远门,祖母依依不舍:"你还会回来吗?你要回来。"

祖父没回答,他忘不了自己的十七岁,恨不得再也不要回到这个地方。"那时我已经三十一岁了,差不多是两个十七,韶光飞逝,没想到自己满腹诗书,竟会一事无成。"

*

十几个月后的隆冬,祖父要回来了。在家"苦守寒窑"的祖母成了一个天大的笑话。那晚,很多人都等着开锣"看戏":"不体面的戏才更好看。"

祖父在学校和一位已婚的女教师暗生情愫,被女老师的家人当场捉住。女方的丈夫扬言要严惩,后来是学校出面保了他。

祖母听说祖父进了村,拿起一件袄子就往外跑,给祖父披上后只说了一句话:"你怎么这么多灾多难,不要管别人,我一直在等你回来,门是开着的。"

一向节省的祖母这次大方了起来,煤油灯拨到最亮,反复把开水从一个杯子倒进另一个杯子,想早点给祖父喝,桌上摆着一碗煎好的洋芋,热了两次。

祖父坐了很久才开口说话:"我回来,只为给你一个交代。"然后对孩子们说:"你们长大以后要对妈妈好一点,爹爹就不用记得了。"

祖母这次听懂了。一边烧火将煎洋芋热了热,一边给祖父收拾行李:"就算要死,也该我先死。我这么难,有苦难言,想早死早超生,下辈子投胎做女学生。可我想啊,要是我死了,他们又欺负你怎么办? 要是我死了,大家会认为我是你逼死的,这样你更难堪。我们都不要死了,你去省城找人好了。"

祖父说:"我无能,不爱你,却处处要靠你,这就欠着债了,而且越欠越多。"

祖母把叠好的衣服又拆开,反反复复叠:"日子没那么坏,我们现在不欠别人……欠莲嫂的半升米早还了,欠老二的一天工,我用两天工抵了,文婶的半袋子红薯是我纳鞋底换来的……"

祖母越说,祖父心里越难受,主动将水缸挑满,重新糊上窗户纸,写了几副春联让祖母过年时贴上,然后双脚跨过门槛:"我身无长物,再无其他能耐。"

祖母见状,一直喊:"你要走,是去找人的啊? 等一下,我给你找点值钱的东西做路费。"她匆匆从楼上找出来一只金表,"这个值点钱,你拿着以防万一。"

这只金表是祖父送她的结婚礼物,祖母只戴过一次,还闹了个笑话。

祖母接过手表后,第一时间就戴在了手上。第二天祖父去上课前,问祖母几点了,祖母对着手表看了好久,急得冒汗,最后眨着眼睛说:"八点九十八。"

"天哪!"祖父拂袖而去。之后祖母再也没戴它,祖父也从未问及。

没想到过了那么多困难的日子,祖母硬是把它留了下来。"我想着是你送的,冒再大的风险都得留着,这是我的念想。现在我把它借给你,你找到她了就回来一趟还给我。"

祖父第一次抱了祖母:"爹爹说得对,我早就没了血气,那就为了活而活,不死了。"

祖母递上筷子,对祖父说:"先填饱肚子再说,我不怪你,你也不要怪我了。"

那段时日,但凡祖父出门,祖母必定跟在后面,不敢靠得太近,又怕跟丢了,担惊受怕。而此前,一入夜,祖母便不大出门,她从小就怕"鬼",到老仍是如此。儿时我不愿跟她睡一头,给糖吃也不情愿。只因她总跟我说她怕各种各样的鬼。她叮嘱我上山不能喊饿,走夜路不能回头,早上不能洗澡……"最不凶的只有'倒路鬼',只会捉弄人,让你在一个地方转圈。"

有几日,祖父总在深夜一个人悄悄出门。后来祖母与我们说,她跟在后头,感觉周遭可怖:"我想转头跑回家,可前头是泽璜。我怕他想不开,哆哆嗦嗦地跟着,胆就'咚咚咚'地撑大了。"祖父在晨曦微露之时终于主动拉住祖母的手:"莫怕,我们回家。"路上,祖父望着初升的日光道,"之前爹爹训导我勿要做纨绔子弟,人活着总要做点事情。"

*

祖父想做的事,就是听从他父亲德秀公的安排——办学。"我想了很多年才想明白,爹爹让我在乡里娶了亲,除了不放心两位妈妈以及弟弟妹妹,更不放心的还是那些没有开蒙的孩子。父子相知,身为长子,敬教劝学、兴贤育才正是我想做的事。"

以祖父当时的处境,想办学困难重重。一家几口挤在一间老磨坊里,身无分文,食不果腹,且山中树木不准私自砍伐,村中更无多余的地建校舍。公社领导开明,默许他办学,却实在无法提供帮助。祖父问祖母,若那块金表能为办学堂出份力,她愿不愿意"借"出来。祖母二话不说,当即将收纳地点说与他听。祖父认为学校一定能办起来,"我日拱一卒,比干等要强"。

盖学堂没有木材,无奈之下,祖父只好夜里悄悄出门,到荒山中去找。有两回他在山中迷了路,一直绕圈,祖母跟在后头又急又怕,却不敢上前。第二天晚上,祖母一个人半夜上了山,天亮前不声不响地扛了一截木材回来。进屋之后她浑身瑟瑟发抖,口中念念有词:"娃娃要上学,泽璜办学堂,你们莫要来吓唬我……"

后来,曾祖父故交的后人感念祖父义举,让出之前的祖坟供祖父办学,分文不取。祖父找来建校舍的木匠,原本想要点"好处",也被感化:"泽璜老师冒着风险办学,又找谁要'好处'呢?我来干活,只要这一点'好处'就行——我要我的孩子第一个进学堂,让孩子看看他爹当木匠的出息。"

村里的学堂盖起来了，祖父又陆续去其他地方办了好几所学校。他确实没有得到任何"好处"，上课都是自带干粮，只要讲台能容他，他便欣然前往。

祖父上课时，祖母有时也会在操场上不远不近地听："太远了听不见，太近了觉得羞人。"祖父问她，有没有自己想做的事？祖母回答得干脆："我想做的事有很多，想当女学生，想拿毛笔写字，想弹琴，想站上讲台，但这都做不来。我唯一做得来的，就是守着你，让你做你能做的事。"学校想请祖母上台说几句话，她说要挖洋芋："我为学堂做事，和你们没有关系。"

*

1978年，祖父得平反，接着恢复了工作，收到全额补发二十多年的工资，他将钱如数交给了祖母。

县里想调祖父前往教育部门任职，祖父说，再过几年他就要退休了，离不开讲台。领导恳请他前往高中教学，他却坚持教小学："我要教小孩子读书，做实事。我不想他们长大以后，不读书，不识字。教育自当消除愚昧，更要避免傲慢。"

1985年的第一个教师节，祖父披上了大红花，上台接受表彰。后来民办学校兴起，很多地方要请祖父坐镇。他动情地说："现在好了，当年我去山上砍了第一棵树，就想要还给这片土地更多的树苗……"此后，祖父一心教学，祖母也不用再为了生计而发愁。

*

算起来，祖母只过了十几年好日子。平静的日子一直到我五岁那年，他们大吵的那一次。

那天，村里来了一个回乡探亲的"台湾佬"，喊祖父过去聊了好久，说是有人托他来打探祖父的情况，还带了点小礼品。祖父找祖母要钱，想置办一身好衣裳去照相馆照相。祖母发了脾气，说了祖父觉得难听的话："你窝在这里一辈子，充什么大少爷？孙子都那么大了，还做什么梦？我们都是半截身子入黄土的人了，到了那边只许有我们两个。"

祖父伤心了，将箱子里的衣物全部扔在了地上，去学校前甩下一句话："你活了大半辈子到底没往我心里来。"

祖父本想给自己一个念想："因缘际会，告诉那边一声我活成这样了。"但是回了家，吃完那顿洋芋大餐后，他又说，那就不去照相了，也不联系对方了。

祖母说肉是买了的，第二天吃。然后去打扫屋子，把早上扔出来的衣服又都洗了一遍。晚上她突然说肚子疼，家里人找来了村里的郎中，说只是受凉了，输液就好。那天晚上，祖母交代我和祖父："等天光了，你们要记得喊我，地里的红薯该收了，收完红薯就差不多要种洋芋了，仓里的谷子不干净，我想装风车里再过一遍。"

第二天，我醒来时并不在自己的屋里，祖父在床边看着我。我睡眼惺忪地问："爷爷，是天光了吗？"爷爷一个踉跄抱起我："满崽，天光了，爷爷给你穿衣服，去给奶奶磕头——她走了。"

我穿上了宽大的麻衣，腰系草绳，向着面目狰狞的棺材磕头，他们说奶奶就躺在里头。我对着棺材喊："奶奶，天光了，我们吃完肉就要去挖红薯了啊。"

祖父扶我跪下："奶奶那里不天光了，没有奶奶了……"他哽咽了。我这才回过神，祖母不在了。郎中拿错了药，她是这个家里最舍不得离开的人，忽然就这么走了。

所有人都觉得不可思议，祖母突然咽气那会儿，祖父在床上一直抱着她撕心裂肺地哭，没有人能拉得开，后来是要给祖母换衣裳他才下了床，亲自给祖母穿上。"看不懂了，看着不像演戏，老爷子就不是会做戏的人。"

祖母的丧事家里本来打算一切从简，除了周围的邻居，没有安排其他人吊唁。我父亲他们几个说，祖母生前都没有得到大家的重视，没必要死后张扬起来。但那几天，每天都有很多来客。大家都说："这样的女人只有这一个，以后不会再有了，以后不要再有了。"

祖父教书的学校组了一个乐队过来，祖父是乐队的鼓手，一直敲着鼓送祖母上山。哪怕其他乐手停了，他也一直敲。堂哥堂姐们伤心不已，说以后他们没地方躲了。家里那只养了十来年的大黑狗一直躺在棺材下面不吃不喝，在祖母灵柩被送上山那天，大黑狗被车撞死了。

我的美好童年就此结束了。

一周后，我父亲从工地的八楼摔下，因抢救无效身亡。一年后，伯母的疯病愈加严重。两年后，婶婶因产后抑郁症服农药自杀。五年后，我的母亲改嫁。

那一年田里的作物全烂在地里，我开始饿肚子了。祖母走了，家就散了。

村里人说，祖母终究是有福的，她走的时候儿孙满堂，家庭兴旺。而没了祖母的祖父，继续被生活一层一层地扒皮。再也没有人给他送吃的，再没有人给他披上衣服，再也没有人哭着闹着舍弃一切，就为了让他好好活着。

*

在我和祖父相依为命的那几年，祖父反复把这些事讲给我听："我承认我不爱你奶奶，但你要替我记得她。"

我忍不住问祖父，既然你在感情上吃了一次亏，为什么还要干涉我父母的婚姻？祖父想了很久才回答我："我以为你妈妈会有你奶奶那么好的，没想到她和我一样倔强。你以后一定要找一个自己爱的人。"

祖父又开始跟我讲苏武牧羊的故事了，教我唱《天涯歌女》，每次走到河边，他都会望着那悠悠清水念："楚女不归，楼枕小河春水。月孤明，风又起，杏花稀。玉钗斜篸云鬓重，裙上金缕凤。八行书，千里梦，雁南飞。"还是温庭筠的诗，他没有解释意思，但我似乎看也看懂了。

我十二岁那年，祖父终于做了一身很贵的西装，凌晨五点就拉着我赶路去镇上打电话。在路上，祖父一次次地问我："爷爷老了吧？成了一个糟老头了吧！"

在店员给他拨号之前，他几次整理自己的衣领，拍掉上面的头皮屑。

电话接通后，对方讲英语，祖父"喂"了两声后，说了自己的名字，那边依然用英语回答。祖父挂了电话："电话费太贵了，是不是她其实都不重要了。"

在我们转身离开前，电话铃声一直响，祖父摆了摆手，让店员不要接了。

现在想来，他应该彻底看清了，或许别人找他，只因刚好有人回乡便起了念，很快又灭了。而祖父一直念念不忘的，或许也只是从前那段美好日子。

我始终觉得一段感情跨不了那么远，延续不了那么久，过往的一切都是自身的执念。

回去的路上，祖父像一个从战场上溃败下来的士兵，脚步蹒跚，垂头丧气。他终究只是一个糟老头子，在命运面前，不服气也得认。

回到家，他把祖母的遗像找了出来，重新摆在神龛上，看了好一会儿："你奶奶的这张照片拍得好，无论从哪个角度都感觉她在看着我，可我从未好好看过她。"

那天，祖父给我做了一顿煎洋芋，他的手艺看着比祖母好多了，几十个洋芋，煎得整整齐齐，外面那层金黄的薄皮几乎都一样，不像祖母总是匆匆忙忙，有煎碎的，有煳掉的。尽管祖父的煎洋芋看着精致，但我肯定，这没有祖母那个下午做的洋芋大餐好吃。

几个月后，祖父中风瘫痪在床，去世前几天，一直对周围的人说："孩子他妈来接我了，要欢欢喜喜的。"

但使情亲千里近

这些年，我只要心里不自在，就会驱车几个小时去探望姑奶奶淑珍。

姑奶奶已年满九十，从前她总是让我不要记挂她，去年来省城做大手术，也特意瞒着我，生怕打扰我工作。平日里打来电话，也都是问我好不好，能不能养活自己，有没有吃饭。

在几年前，我给姑奶奶包了个小红包，以往任何时候她都不会要的，但这一次，她欢喜地收了，看着我微微点头："总算长成了。"

旁边的保姆忍不住问："他就是您一直记挂着的、差点去做了足浴按摩的孩子？如今好了，不用那么累了。"

姑奶奶倒是淡定："他现在也累，不是足浴按摩不好，是他不喜欢。他想读书，我就让他读了书，没什么的。"

*

第一次见姑奶奶,是在父亲去世后没多久。那天,我在院子里玩得正起劲,祖父领着姑奶奶来找我。还没等祖父开口介绍,姑奶奶便大声喊我的名字:"满崽,快来姑奶奶这里,让我好好看看。"

我走过去,怯生生地喊姑奶奶。她掏出手绢给我擦汗:"男子汉不要怕,要站直了,大大方方的,姑奶奶喜欢你。"

姑奶奶是祖父的妹妹,做了几十年的法官。祖父一辈子心高气傲,脾气倔强,发起火来一般人不敢靠近,却唯独听姑奶奶的劝。哪怕他情绪再失控,只要姑奶奶开口喊一句"哥哥",立马就风平浪静了。

回到堂屋,姑奶奶让我在四方桌上读课文、做题、写字给她看,看过后似乎很满意,转头对祖父说:"这孩子挺伶俐的,字写得不错,是个好苗子,应该好好培养。"说完,又拿出两张崭新的十块钱递给我,"奖励你的,要好好读书。"

祖父那天很开心,一连喝了两壶烧酒,趴在桌上一直念叨,若不是父亲去世,他自己又身体不好,怕我孤苦无依长不大,他决计不肯再去麻烦姑奶奶的。"从爷爷这辈开始,她帮衬了我们家三代人。世上恐怕再也寻不出我妹妹这样的了,嫁出去几十年,还要管娘家孙辈的孩子……"

我当时一知半解。后来才知道,祖父这是在"托孤"。

那时候,祖父常念叨,几十年了,自己没少让妹妹操心。在特殊年代，他几次身陷囹圄，亲戚朋友都避而远之，除了祖母，就只有姑奶奶还惦念他。

当年，姑奶奶听说一向养尊处优的祖父被下放劳动，冒险给他寄去五块钱。没想到很快被人告发，姑奶奶和姑爷爷因此被撤职，浪费了好些年的青春。

多年后，我向姑奶奶重提此事，遗憾若非如此，她和姑爷爷应该会有更好的发展。姑奶奶却说，她从没后悔过。"他是我哥哥呀，让我如何去划清界限？再说，在哪个位置不能为人民服务？地位和虚名都不重要，凭良心做事就行。"

*

姑奶奶的家在另外一个城市。自从父亲去世后，祖父每年都要领我"跋山涉水"去姑奶奶家，"我不再是单纯地去看妹妹了，你要懂事"。

去姑奶奶家路途遥远，要转好几趟车。当年主干道是沙土路，狭窄盘旋，车子颠簸，我晕车厉害，几次吐得黄疸水都出来了。以至于每一个新年来临，我都忐忑不安。有一回，终于鼓起勇气向祖父求饶："我再也不要吃那样的苦去求人了。"

祖父坐在那里，闭着眼睛摇了摇头，把我揽入怀里："跟你以后要受的难比，这点苦算什么……爷爷只怕这几根老骨头撑不了多久，我得找个人扶你一程。"

我趴在祖父的大腿上哭。我七岁时，祖父就给我讲过四大名著，我记得里面的很多故事，一下就联想到自己——"我不想让你做刘姥姥，我也不是板儿，不想这么辛苦地逛大观园。说是去拜年，姑奶奶家的其他人一见我们来了，就知道该要准备些碎银子对付了，大家都知道是怎么回事，却还要互相说恭喜发财。"

祖父生气了，在我头上敲了几下："不要自作聪明了，姑奶奶不是王夫人，她只是个普通公务员，工资比我高不了多少。她是真的讲情义，心疼你。"

我儿时敏感，脸皮薄。别的小孩只要看到姑奶奶来了，就知道有好东西吃，一窝蜂似的拥上去，嘴巴甜得不得了。我却站在一旁不动，像被米糠塞住了嘴，一句话也说不出，更不会主动去讨东西。姑奶奶知道我的性子，总会格外关照我："话少不犯法。"有次她听说我喜欢吃糯米团子，便特意出去买。我鞠躬道谢，她却假装生气："姑奶奶要你谢什么，我想你多来。"

*

祖父曾不止一次对我说："哪天我走了，就只有姑奶奶能给你活路。"

在我十二岁那年，祖父终于将自己熬得油尽灯枯，走了。之后，母亲改嫁带走了妹妹，我缺衣少食，摔断了腿没钱治，成了名副其实的野孩子。除了疯了的伯母会强拽着我去吃饭，其他人像不认识我似的，即便有发善心的亲戚想给我一碗饭吃，也会遭到其他人反对："他还小，万一赖上你怎么办？"

再也没人带我去姑奶奶家了。我拉不下脸面去，心想，姑奶奶应该也松了一口气吧，包袱没了。

熬到初三毕业，改嫁了的母亲向我宣布了一件事："如果你想学手艺自谋生路，我可以帮你找个师父。"我知道，她是拒绝再在我身上花一分钱了。

我哭不出来，只求一死，去邻家哥哥那里借老鼠药。听说我要自杀，邻家哥哥骂我疯了："花花世界，很多好玩的东西你都没尝试，就要死？以后你跟着我去镇上混，玩够了，我一定给你老鼠药。"

听了他的话，我把所有的书本都扔进灶膛，从此打耳洞、留长发，往头上抹廉价的摩丝，穿着别人淘汰的喇叭牛仔裤，一瘸一拐的，成天跟着他们去镇上的卡拉OK厅厮混——谁管饭就跟谁混。村里人越是在背后指指点点，我便越凶狠，手上整天握着钢管，一副随时要打死人的表情。还和几个兄弟组了"八人团"，打架斗殴是常有的事。

如今，做了律师的我想起当年的处境，还是会后怕。当年"八人团"里的老大因在边境贩卖毒品，被判死缓；老二杀人，被执行死刑；老三沉迷赌博，败光家产负债累累；我是老四；老五疯了，剩下的三人在当农民工。

如果不是姑奶奶一再打电话催我去她那里，我不知道自己会落得怎样的下场。

那个夏天，姑奶奶在电话里对我说："你爷爷托梦给我，说想你了，怎么也找不到你。你先来我这里住几天，我准备了些酒水，我们一起追念一下他。"顿了顿，姑奶奶又说，"来吧，是我想你了。"

*

我想了想，顶着一头染黄了的长发，戴着耳钉去了姑奶奶家。亲戚们看到我这副模样，都摇头。姑奶奶却轻轻摸了摸我的头发："我们家本来就出艺术家，你的画家小表叔在日本更时髦……"她三两句话就拆穿了我的小心思，"一个孩子没人管，故意耍狠是为了掩饰内心的不甘和痛苦，不过你这样只会更痛苦。"

末了她丢下一句话："只要你过来，就有饭吃。"说完，她转身进了厨房——和过去一样，只要是我去了，她都会亲自下厨。

我羞愧难当，当场摘了耳钉跟姑奶奶告别："我不是来索要什么的，只要看一眼姑奶奶，我就知道有些事我再也不会做了。"

姑奶奶拉住我："我知道你不是来上门要钱的。这几天我腿脚不好，你先别走，帮我拖几天地。"

吃饭时，姑奶奶问我想做点什么，还想不想读书。我抬头看了看其他亲戚的脸色，再看姑奶奶，她头发花白，七十多岁了，就算其他人不说什么，我也不忍再搅扰，便低头说："随便做点什么都好，反正不读书了，这条路太难走了，我不想做大家的累赘。"

姑爷爷顺势提议："那你去做足浴，给客人按足底，这活计轻松。刚好你表婶认识一家足浴店的老板，可以先做学徒，还要先交一千块钱，这个钱我们出。"

那年我还不到十四岁，去了足浴店，决心自力更生。我在那里学着给人洗了半天脚，老板娘问我要一千块钱的学徒费，我不好意思催姑爷爷，便跟她商量，能不能先让我学，等赚钱了再从工资里扣。老板娘不同意，怕我学会就溜了。

我被赶出足浴店，回家向姑奶奶提出，想回老家找点事做。姑奶奶没有再强留，却执意要独自送我去车站。她拄着拐杖和我一起挤公交，等车子开动了，她笑着说："现在没有别人了，你实话告诉我，还想不想读书？姑奶奶供得起。"

我憋住眼泪说："我不读书了，也不会变坏的。"姑奶奶对我越好，我就越心疼她。

姑奶奶没有接话，只是抱着我说："我不留你在这里，我知道你最会看人脸色了。"

我号啕大哭："姑奶奶，我想爸爸。如果他还在，我就只要安心读书，什么都不用想。"姑奶奶往我口袋塞了一个红包："我委屈的时候，也想爸爸，七十多了还觉得委屈，何况你。"

回到家，我自然找不到可以做的事，镇上那些说要给我凑钱让我去学电脑的兄弟，将姑奶奶给我的二百块红包也骗了去，我只能整天在田里抓青蛙。

一周后，姑奶奶又打来电话，语气严厉："要犟到底是吧？！我一直在等你打电话来改变主意，你就是不说。你的境遇比当年的韩信好不到哪里去，可也没人让你受胯下之辱。"

我一声不吭，泪水打湿了听筒。商店的老板在旁边喊："你不要哭了，接电话一块钱一次，赔电话就得几百上千了，赶紧的，不哭了，要做混混的人流血不流泪。"

姑奶奶听说我在哭，语气温和了不少："我知道你想读书，但是你得大声说出来！"

*

我真的很想读书。我从没有像那天那样想念祖父，因为如果他还在，我只管读书就行了。

第二天，二爷爷泽涛特地赶回村。他轻轻拍了拍我的脸："你个没出息的，想读书怎么不直说？我和姑奶奶一起供你读高中。"

二爷爷是祖父和姑奶奶的弟弟，公路局的老干部。和祖父一样，他从小跟谁都不对付，只听姑奶奶的话。一听姑奶奶说我在家"流浪"，便风尘仆仆地赶了回来。

姑奶奶和二爷爷每人负担一学期的学费，我终于重返校园。入学时，已是高一下学期期末。姑奶奶告诉我："顺风顺水是看不出一个人的能耐的。对于你来说，有书读就是机会，你要试着抓住每个机会。"

高考我发挥失常，自觉无颜面对两位老人，好在达到了复读学校的免费分数线，便偷偷跑去复读。等第二年考上了大学，我还是不敢和他们联系，因为不想再让两位老人负担学费——我宁愿继续做个白眼狼，等大学毕业以后，有了工作再去探望他们。

很快，我就接到了姑奶奶的电话。原来，她问了好几个人，才辗转打听到我的号码。电话断了又响，我的手一直在打战，终于还是接了。姑奶奶没有怪我，第一句话就是："满崽别为难，你的学费我们多少能出一点。"

我的眼泪止不住，一直说对不起。姑奶奶假装生气："不许哭！我知道的，你吃了不少苦，你太要强了。"

我告诉她，我贷了款，在大学里能自己赚钱，生活费足够，还有闲钱买电脑，都有女朋友了。

姑奶奶笑着说："很不错，大学可以自由恋爱的，你们一起奋斗。不过，你的腿还瘸着。我汇五千块钱给你，快点去做手术。你要是拒绝，我就再也不理你了。"

怕我拒绝，她又说："你瘸着一条腿，人家姑娘不介意，你就不为人家考虑了？早点治好，她也好面对亲朋。如果姑娘愿意的话，你带她过来见见，她一定是个很好的女孩。"

*

大一结束的那年暑假，我带着女友去见姑奶奶。姑奶奶特地穿了一件新衣服站在门口迎接，给我们一人一个红包，和多年前一样，做我喜欢吃的糯米团子和蛋饺。我和女友过去帮忙，被她赶了出来："该我做的。"

从那以后，姑奶奶每次都会主动打电话来问我们的情况。直到有一天，我在电话里忍不住号啕大哭，说我们已经分手了。

姑奶奶让我先冷静："天还没塌下来的，你先别急着哭。你先说清楚，是你不要姑娘了，还是人家另有打算？如果是你的原因，我得狠狠批评你，那么好的姑娘被你负了，还好意思哭。如果是姑娘要放手，你不能怪她，她是自由的。和你在一起时，没有任何贪图，要离开肯定也不会是贪图别的，一定是你不好，要及时改正，以免下次再犯。"

见我泣不成声，也不说话，姑奶奶安慰道："我知道了，是她分的手。我再说下去，你会更难过。感情的事不能强求，你可以伤心，不要愤怒，哭过了就算了。分手最能看得出男人的气度，甜蜜时谁都做得好，不要到外面去说别人的坏话，要好聚好散。"

姑奶奶去法院上班之前，一直在妇联工作。她说以前有些男人打女人从来不手软，她就去替那些女人出头。"我最见不得那种不讲道理、自大、打老婆的男人，就是现在被我发现了，我还是要站在那些女人前面的。"我很少见姑奶奶这么严肃地说话，就像当年祖父和二爷爷一样，我一下就被说服了。

*

我大学学法律专业，有时向姑奶奶请教，她却很谦虚："法治在进步，我的水平肯定不如你们。"她从来不在我面前摆老资格，只问我有没有饭吃。

唯独有一次，我去给她拜年，和一位亲戚说起了某个案件，一位官员贪污了两千多万。我说，贪污情节倒不算严重，问题在于滥用职权和栽赃陷害，这是不能容忍的。

姑奶奶当时在厨房。我话音未落，她拿着擀面杖就出来了，当场将《刑法》第三百八十三条背了出来："个人贪污数额不满五千元，情节较重的，处二年以下有期徒刑或者拘役。个人贪污数额在十万元以上的，处十年以上有期徒刑或者无期徒刑，可以并处没收财产；情节特别严重的，处死刑，并处没收财产。"

这是她第一次斥责我，擀面杖差点打到我头上："贪污几千万不算严重？我和你姑爷爷到退休，也没多拿国家一分钱，省吃俭用不打歪主意，不知道你什么时候见了大世面，好大的口气！"意识到自己语气重了，姑奶奶又语重心长道："蔡家那么多孩子，我独喜欢你，不是因为同情你没有爸爸，也不全是因为你爷爷的嘱托。你从小到大不走捷径，说话一句算一句，愿行难路。"

那时我已经临近毕业。之前姑奶奶曾建议我去体制内工作，那天她却十分担心："你先到社会上去磨炼磨炼心性吧。以后你想赚钱我不拦你，但不能以权谋私。"也是从那天起，姑奶奶开始跟我讲她的过往，讲她当年是如何办案的。

"我们办的不是案件，是别人的人生。每一份案卷摆在面前，你都要知道它的分量。"这句话后来我听很多前辈讲过，但第一次是姑奶奶讲给我的。

姑奶奶始终认为，法律是神圣的，但神圣不代表没有人情味。"案件的背后有寒意，也有温度，人不是非黑即白，要弄清罪案发生的原因，才能更好地审视罪恶。"

我第一次办刑事案件是给一个杀人犯辩护,遭到了很多人的唾骂。他们指责我是非不分,助纣为虐,为了金钱罔顾良知。姑奶奶知道了,打电话来让我顶住压力:"以正义之名喊打喊杀很容易,理性地抽丝剥茧分析案情却很难。冲动的声音越多,越需要法律工作者以理性来把关。你尽管去做吧。"听说一些人不明就里,只喜欢抬杠,姑奶奶劝我:"喜欢抬杠的人有追求真理的,也有只为抬高自己的。读书人不要怕这些,有思想摆在台面上才会被人攻击。如果什么都不说,什么都不做,自然没有人攻击你。这就悲哀了,证明你没有东西摆出来。"此时,姑奶奶已年过八旬。那天,她在电话里说得最多的就是:"你不要怕,怕就来我这里,我和你一起扛。"

直到这几年,姑奶奶了解了我办过的一些案子后,她才完全放心:"满崽,你长大成人了,以后要保护自己。"现在,她很少打电话给我了,偶尔通话,也不让我去看她:"你忙,不必来,只要你在外面好就行了。"

再次见到姑奶奶,我终于忍不住问她:"你对我还满意吗?"姑奶奶站直了身子,像是郑重宣布:"我一直跟人说,你是蔡家的骄傲。若你爷爷还在,看到你也会开心。我知道你吃过很多苦,世态炎凉很磨人,但不要懈怠。"姑奶奶说,前些年,她特意回了一次老家,去虎溪山看祖坟。在祖父坟前,她终于可以卸下当年扛起的担子:"泽璜,我的哥哥,答应你的事我差不多做到了。"

如今,九十多岁的姑奶奶总在不经意间道:"我呢,还是最挂念你。你结婚了,要来接我,我给你备着红包,孩子不论男女都要好好培养……我多熬一天,你就还有个说话的地方,哪天我走了,不要只顾着伤心,要替我照顾好你自己。"

这一生,祖父和姑奶奶他们一直在领着我往前走,往光明处走,不被黑暗所吞噬。

回首烟波十四桥

我回乡祭祖时，发现祖坟虎溪山上的墓碑多已残破漫漶，便牵头拜托族中长辈换碑。数日后，几十块墓碑焕然一新，除了后山上大婆婆李聪明的墓碑。外人以为我是因为大婆婆无子，便对她放任不管，特意打电话来提醒我："你们家那位蔡李氏里外都没亏过谁，其他人的墓碑都换了新的，独留她那一块，着实不怎么好看。"

其实我在大婆婆坟前最是动情，此前去曾祖父、小婆婆乃至祖父与父亲的坟前，都未曾落泪，甚至在小婆婆坟前笑出了声，因当时有人说她生前飒爽，殁后也葬在了"老虎"背上。

在大婆婆坟前祭拜时，族中老人大喊："您老人家生前最喜欢孩子，如今您最逗爱的亲曾孙回来看您了！"我跪了下去，额头紧贴墓碑，像是躺在大婆婆怀里，顿时泪流不止。

大婆婆的墓碑至今完好清晰，上面的字迹深过年岁。那是三十年前，二爷爷泽涛特地去湘西找的石料，从选材到搬运全由他一人张罗。石料运回后，二爷爷连续两天两夜不吃不喝，蹲在地上一言不发，打磨、刻字，越凿越深。泪水浸透了石碑，"蔡母李氏之墓"几个大字跃然其上。二爷爷轻抚墓碑，一连喊了几声"妈妈"，终于在晨光熹微中靠着它沉沉睡去。

墓碑重达七八十斤，当年二爷爷已年过花甲，族人本想安排两个年轻后辈将墓碑抬上山，却被二爷爷严词拒绝："我背得动妈妈。"祖父与满爷爷泽荡想搭把手，同样被他一把推开，"我背妈妈一程，你们莫抢。"他蹲下身子，轻言细语对我说："满崽，待会儿你在后头扶着点二爷爷和大婆婆，听话啊。"上山途中，二爷爷气喘吁吁，满脸通红，却边走边喊，"我的妈妈啊——蔡李氏，让儿子最后再背你一程，莫要心疼我，你稳稳的……"

给大婆婆立完碑，二爷爷又领我来到河边，说那里曾修过一座"三书桥"，是曾祖父的四弟德重为爱妻满姑一个人修的："要记得，他们也和你的亲曾祖父、曾祖母一样。"

*

二爷爷泽涛是曾祖父德秀的第二个儿子。六岁那年，他被父亲领回老家，过继给四叔德重与四婶满姑。德重与满姑常年在外修桥，二爷爷十岁之前，由大婆婆李聪明抚养。往后很多年，二爷爷喊德重"四爹"，却称满姑"姆妈"。

满姑最喜欢二爷爷，在外无时无刻不挂念他。有时，看到一个好看的糖人、几块好吃的糖糕,她觉得二爷爷会喜欢,就专程买了赶回来。

二爷爷与养父德重一样,十岁那年突然不想读书,对修桥铺路有了兴趣,便恳请德重带他去外面增长见识。德重却劝他慎重:"我当年是遇到了自己喜欢的人,胜过人间所有。"

对此,大婆婆聪明也极力反对。二爷爷一意孤行,横竖闹着要出门。最后是满姑发话:要不先出门看看,不适应再随时回来。德重谨慎,特地修书一封问过二哥。而曾祖父只托人带回来一句话:"甚好,全凭弟妹做主。"又叮嘱二爷爷:"读书不在一时,少壮工夫老始成。"

曾祖父先后对子女有过希求:长女佳珍淑人君子,体贴入微,国内疾病肆掠,医卫匮乏,可送出国学习西医,待学成归国可开设平民西医馆;长子泽璜倔强倨傲,倒也坚忍质直,今乡村凋敝蒙昧,教育亟待普及,泽璜或能不辞劳苦;次子泽涛自幼手巧,潜精研思,而中国之现状,除却医卫匮乏,教育贫乏,铁路、公路亦远落后于欧美诸国,而要经世济民,必先筑路,泽涛可开山辟路,与人方便;次女任珍敦厚纯朴,安时处顺,望其无灾无难,乐此终身;幼女淑珍虽踢天弄井,不喜读书,却也百伶百俐,往后可随泽璜一同教授孩童。

到那时,他自己大概很老了:"唯愿儿女生逢其时,躬逢其盛。如此,幸甚至哉。"

＊

  得到父亲首肯，二爷爷便随四爹与姆妈出了门。初次跋山涉水，他问了德重一个问题："为何我们去的地方从来都没有桥，不通路，这么多年过去了，他们以前怎么过活？"

  德重告诉他："我们就是要去没有桥、不通路，却有人的地方。不必在乎人们以前怎么过活，要想想我们能为他们以后的生活做出什么改变。"

  在外一年多，二爷爷学到了如何修桥——打木桩、围堰、加固、抽水，桥墩成型后，再搭拱桥。桥修成了，人们在桥上相遇或擦肩，"这种罗曼蒂克，只有修桥人才明白。四爹与姆妈拉着我望着修好的桥，只是相视一笑，我就觉得不得了"。

  满姑跟着德重在外奔波，干活极其卖力，无论是测量还是做苦力，毫不逊色于男子，从早到晚不停歇。那时二爷爷不解："姆妈，我在学堂读书，就想着偷懒，回去偶尔帮大妈妈磨豆腐也喊累，为何你们干起活来，却像舍了命一样？这桥修好以后，我们又去别处了，你也看不到。"

  汗涔涔的满姑告诉他："你大妈妈舍命磨豆腐，是要磨掉心里的挂牵，她的挂牵总是磨完了又长，最后变成豆腐时，好看还得小心翼翼；而我舍命修桥，是想明白了人活一世历经千帆，重要的人和事无非一二。我喜欢修桥，也喜欢你四爹，这两件事一直打动着我，不会变了。姆妈修的桥，都是我心里那座桥的化身，走到哪里都跟着,千百年都不会塌,姆妈赤足在上面跑啊,笑啊,转头看到你四爹,什么坎都过得去。"

二爷爷后来对我说:"姆妈的坎一直都不易过,尤其到了晚上,我看见的只有一个女人的无助。仿佛姆妈白天用心修的桥,每到晚上就被妖魔鬼怪拆得七零八落,就连她自己也一并被撕碎了。"

满姑历经磨难,尽管和德重团聚,得到百般呵护,却常常一到半夜就被噩梦惊醒,严重时大闹不止,怎么哄都无济于事,一个人不管不顾地在山里走。德重便默默地跟在她身后,待满姑情绪稳定,再揽她入怀,一番说笑,背着她慢慢走回家。筋疲力尽的满姑有时便趴在德重背上睡着了。"四爹白天修人间渡河的桥,晚上修人心愈合的桥,风雨过后,外头海晏河清,他俩亦是云过天空,一天就过去了。"

二爷爷说,自己第一次出门,在他看来最重要的,就是看着德重他们修心里的桥。起初德重带着满姑修桥,很多人都不愿意与他们搭伙,认为女人会触怒河神,引来灾祸,德重便带着满姑单干,只有大婆婆每次都会往他们的包袱里塞钱,她知道满姑需要出去走走看看。

人单力薄修不了大桥,德重就带着满姑修小桥。即便只是路过一条蜿蜒小河,如果满姑望着潺潺流水出了神,德重马上就会说:"我们就在这里待些时日,修一座小桥吧。"满姑点头:"这样两岸的有情人就不必再绕远路,相见的时间哪怕少一刻钟也是好的。我喜欢看清澈的流水,以前总是想着,要是它们能把我带回你身边就好了。我晓得你会一直等我,只是过了太久,我都不是我了。"

此时德重已经在翻找家伙什准备干活了:"我们把桥修的阔宽些,让有情人变着花样相拥。"

有一回德重与满姑正巧路过一户生了女儿的人家,婴儿啼哭,对岸学校钟声响起,男主人笑容满面地喊他们进屋喝甜酒。喝完甜酒后,满姑说:"孩子以后要上学,我们修桥吧。"男主人过意不去,说有了桥,他们外出当然方便不少,但这边只有两户人家,也没人要上学。德重便又讨了一碗酒:"孩子再过几年,就要进学堂了,只是站在这边听学堂的声音,要不得。"二爷爷曾问过满姑,怎么修桥如此随性。德重替满姑答道:"那户人家生女儿几开心的。"

后来,原本不愿搭伙的修桥人又找了回来,他们发现有德重和满姑在,桥似乎更有生命力。

"四爹与姆妈的感情也是几好的,听说直到生命的最后一刻,都是四爹抱着姆妈,怕她受伤。"

*

二爷爷十二岁生日那天,德重与他谈心:"我儿泽涛,前几日二哥来信,问你是否已出师,成为造桥匠师。一年多来,也算见过风雨春秋。你闭上眼睛,想想留在你眼前的是什么?睁开眼睛,你又望见了什么?"

二爷爷就说了一句话:"我看过的风雨春秋,不是自个儿的,是四爹与姆妈的。我晓得了,人要读书,才能修成更好的桥,走出更远的路,我想让云南到四川不要那么远。"德重欣慰,亲自和满姑一道把他送回了家。大婆婆见到他,一把搂住:"崽啊,大妈妈眼睛都盼长了。"

后来,二爷爷考入湖南省一所省立工科学校。至此,祖父、姑奶奶、二爷爷兄妹三人都上了大学。遗憾的是曾祖父不在了。

二爷爷毕业后,成为一名路桥工程师,远赴西南修建铁路,其间他写信给大婆婆:"儿子帮您打通隧道,云南四川不远了,到时候您坐火车来,看一看曾经牵肠挂肚的地方。"

大婆婆对着信喃喃道:"你爹爹都回来了,就在虎溪山,我还去云南四川做么子?"

而当二爷爷回乡探亲时,德重与满姑也不在了。二爷爷泡在冰冷的河水里找了几天几夜,最后失望而归,却依然坚信他们还在世上:"四爹与姆妈只是去河里看看,哪里还需要桥,他们不会离开的。"德重与满姑给二爷爷留了话:"任何时候,都不要丢了自己爱的人,要保护好她。"

1960年,大婆婆去世;1961年,小婆婆去世。二爷爷在外修路,回乡时,"三个妈妈,两个爸爸全没了"。临走前,二爷爷得知祖父在办学校,将口袋里的钱全掏了出来,不说一句话。祖父却看都不看一眼,让他赶紧滚回铁路上去。二爷爷直接将钱丢在地上:"又不是给你的。"

正是因为各有各的伤痛与苦楚,他们三兄弟都不大情愿面对自己,这一世很少正常往来,好不容易坐在一块,说不到两句话,就会争得面红耳赤，总是闹得不欢而散。

*

二爷爷一心扑在铁路工作上，被称为"冲锋猛将"。身为工程师，却总是冲在一线，与工人一起凿石头、点炸药、铺钢轨，多次遇险却从未退缩。他总说，一个工程师，要熟悉每一个环节，图纸上的一笔一画都要知道如何落实。

常年在外修铁路，二爷爷二十好几了仍未成家。为此，身为长嫂的祖母替他着急，四处留心张罗，却几乎没有姑娘愿意嫁过来。

后来，一位向曾祖父请教过医理的陈姓郎中，偶然听人说起德秀少爷的二公子一表人才，竟未婚配，便问自己的女儿，要不要去看一眼。陈家女说："爹爹给我一碟瓜子，我就去。"

陈家女在蔡家吃过一顿饭，便当着众人的面说："要的，我看的是人，管他什么成分。"陈姓郎中在桌子下面拉女儿的衣角："咱们就是来吃个饭，没让你表态，就你话多。"

陈家女嗑着瓜子道："您不就是让我来看对象的吗，相中了，怎么不能说？"二爷爷忽地起身："我也相中了，就这么的。"陈家女说："那不行，你得打发我一碟瓜子。"

二爷爷转身就跑，再回来时，碟子里全是剥好的瓜子仁，上面摆着一朵小野花。

二爷爷迎娶二奶奶那天，刚好他的一位族弟也娶亲，可族中只有一台轿子。二爷爷便与二奶奶商量："把轿子让给族弟，要得么?"二奶奶说:"要不得,我不想没得轿子坐。"二爷爷说:"那好,一定不让你走路进院子。"等到接亲时,二爷爷却没有抬轿过去,见了二奶奶,他笑眯眯地问,"我背你呀,抱你也行。"说着便蹲了下去,背起二奶奶走了十几里路。

与祖母一样,二奶奶个子娇小,但祖母小小的身子能挑百斤重担,二奶奶则是娇滴滴的,爱打扮,穿的确良衣服,四十多岁还要买好看的丝袜。她不干重活,没事就与人说长论短。即便后来六七十岁了,还与我说村里那些老人年轻时的风流韵事。

村里人都说,二奶奶是被二爷爷宠坏的:"换作别人,不知道挨多少打。"每次二奶奶惹出事端,都是二爷爷登门赔礼道歉,回家后却不说二奶奶半句不是。晚年有人调侃他:"都七老八十了,还在替婆娘道歉。"二爷爷笑答:"她是我婆娘,我不替她道歉,难道让别人替她道歉?"

有一年,二爷爷在铁路上开隧道时遭遇事故,被炸药炸得左耳失聪、满脸是血,医生给他清理创面时,他一直念叨:"完了,我婆娘声音那么好听,听不见了。她话多,没人陪她唠叨,怎么得了?"

那次事故后,二爷爷被调去修公路。二奶奶心疼他,便也跟着去。可即便再辛苦,二爷爷都会赶回家做饭。有时实在忙不过来,回家后见饭菜没好,二奶奶正手忙脚乱,他便洗了手,笑眯眯地去厨房帮忙。一次,二爷爷修路时受了一点小伤,工人们要将他送去医院。他却在简单包扎后匆忙离开,对拦他的人说:"你们莫坏我大事,我太太今天身子不舒服,等我回去煲鱼汤呢。"

每当有人问起二爷爷，为何这般宠爱二奶奶，他总是说："我就晓得四爹从未对姆妈说过一句重话，我也没听到大妈妈对爹爹有过半句怨言。"

*

1966年，二奶奶生下我的堂叔六六。二爷爷将儿子抱给大哥看。祖父颤抖着抱起这个侄子，看了又看，还亲了一口，笑道："今年本是好年份，孩子小名就叫六六吧。"祖父将孩子交回二爷爷手上时说，"要读书。"二爷爷应了一句："要读书。"

六六叔不负众望，成绩从来都是全校第一名。如今，教过六六叔的老师还清楚地记得，有时他嫌老师讲得慢，故意调皮捣蛋，可当老师提问时，又总能对答如流。老师想杀杀他的锐气，便拿高年级的题目让他做。他承认自己做不出来，让老师讲一遍知识点。只待老师讲过一遍，同类型的题再怎么变化，他又都对答如流了。

1984年7月，六六叔在高考誓师大会上作为学生代表发言。他说："数年寒窗苦读，今日不言胜负，一往而无前。"那年数学试卷号称史上最难，六六叔的同学回忆起考场上的情形，仍忍不住捂眼睛："那不是人做的题，我一拿到卷子就心想，完了……"

那几天，二爷爷特意从外地赶回，祖父戴上了新买的上海牌手表，满爷爷难得穿了身干净衣裳，还刮了胡子。他们三兄弟谁也没去送考，却难得坐在一处，在老家的院子里装模作样地看书，半天也没见有谁翻页。二奶奶在一旁嗑瓜子，笑话几个大男人小题大做；祖母忙着烧香拜佛，求菩萨保佑；满奶奶在厨房与堂屋间来回走，想做点好吃的给六六叔留着，却只找出几只大南瓜。

可放榜那天，他们却又如往常一样，各忙各的，只有小妹妹淑珍特地赶回娘家听消息。

没多久，村里传来喜报，县领导、镇领导也来了。六六叔化学满分，物理接近满分，就连最难的数学也拿了高分，连附加题都做了出来。清华大学和北京大学先后联系了六六叔。最终他选了清华大学物理系，成为村里自解放后，工农兵大学生之外的第一位大学生。

姑奶奶说她想父亲了，要去墓地看看。兄妹几个在曾祖父的坟前道："读书的又读出来了。"

六六叔接到录取通知书那几天，村里连着好些天敲锣打鼓，鞭炮齐鸣，还有露天电影。大家对六六叔的期盼甚高，都说他此去必将飞黄腾达。祖父他们三兄弟反而出奇的冷静。他们都知道，读书好坏与一个人的飞黄腾达没有必然联系，"即便是中国最好的学府，也会有头名和倒数，会有名利之徒、投机之辈。那里从来不是保险箱，不是聚宝盆，既不是法外之地，也不是道德高地，哪里都有自己的名利场"。

望着六六叔远去的背影，祖父叹道："读书其实很苦，总是一个人在幽暗中摸索，最是孤独。所谓'穷则独善其身，达则兼济天下'，既要思考如何面对天下苍生，又要思考如何度过这一生。你所学的知识，是成了求取荣华富贵的敲门砖，还是为人处世的底色？"

祖父说,那时总想起父亲:"我们家的读书人,身上都挑了担子,不容易。"

*

六六叔大学毕业后,未能像村里人所期盼的那样升官发财,而是被分配到了西安一家电子厂。在西安待了一年不到,六六叔又成了村里的第一位硕士研究生。读完研究生后,六六叔却未能"飞黄腾达",他先是在广东省政府任职,后辞职下海,创业屡战屡败,年近五十才娶妻生子。他终于认命,过起了"相妻教子"的平凡生活。

2023年,六六叔向我们说起他的近况。他在家里带孩子,好脾气的他在辅导女儿的功课时,也经常被气得心律不齐:一道题目讲五六遍,自创了好几种解题思路,女儿仍眼巴巴地望着他,眼泪汪汪。

有时,六六叔会去市场买菜,跟阿姨们讨价还价,通常都是自己认输。有熟人见状,调侃他,清华大学的,还讲不赢菜场阿姨?六六叔自我调侃:"若拿毕业证可以打折,我现在就跑回去,就是不知道放哪里去了,还在不在。"这是我喜欢的六六叔,真正理解了生活的样子,没有房,没有车,没有学术著作,也没了名声,没了家乡,没了压在心上的石头,只有他自己。

在我眼里,六六叔如同堂吉诃德一般,作为骑士驰骋在自己的内心世界。无论他经历十几次的创业失败,或是被人讥讽,心态始终平和，不曾有情绪起伏。六六叔坦然承认，他们这一代已基本退出了历史舞台，他大方退场，再无胜负心。

祖父说，人生际遇起伏是再正常不过的事，他"能和一些地方、一些人割裂，未必是坏事。世人多半平淡地活着，平凡不意味着失败，曾经出色的人归于平凡亦是如此"。即便毕业于清华的人，终有自己的坎要过，谁规定优秀的人，就要在人的注视下完美走过这一生。"告诉六六，不要背负任何思想包袱，清华是座高峰，但人过生活，总是要下山的。"

*

退休之后，二爷爷依然心系祖国的铁路建设事业。2008年，中国第一条高铁——京津城际铁路开通运营。二爷爷特意让我陪他去北京，在高铁车厢里多次往返。2009年，武广高铁开通运营，时速350公里，在前往武汉的路上，二爷爷拉着我的手道："这样大妈妈盼爹爹，四爹找姆妈，就不会那么苦了啊……"

2011年，二爷爷因病去世；之后没多久，无病无灾的二奶奶也突然离世。

二爷爷最后一次回老家，已是疾病缠身，稍微走上几步便气喘吁吁，却强撑着去了虎溪山，又去后山祭拜了大婆婆，还去祖父坟前，哭着喊哥哥。之后，他的身体每况愈下。

临走前，他再次领我到河边，河滩已是荒草丛生。他说："三书桥的位置，你莫要忘了。现在我都这么老了，四爹与姆妈应该已经仙游了。"而后,他颤巍巍地拉着我跪下,烧纸、上香,大声喊道:"四爹,姆妈,你们的亲儿子领着自己的亲孙子来看你们啦……我到底要去哪儿才能找着你们? 告诉孩儿吧……"

二爷爷一向不爱舞文弄墨,喜欢直来直去。那天,他却动情地教了我一首纳兰性德的词:"泪浥红笺第几行,唤人娇鸟怕开窗。那能闲过好时光。　屏障厌看金碧画,罗衣不奈水沉香。遍翻眉谱只寻常。"

二爷爷告诉我,这是德重寻满姑时,经常念叨的词。"四爸对姆妈情深似海,多少年过去了,河水悠悠,如诉如泣,能听到的人不多了。爷爷讲的事你要听进去,好吗?"

其实,对爱妻情深似海的又何止德重一人。在生活中,二爷爷与二奶奶难免有口舌之争,但无论是争执还是冷战,到了该吃饭的时候,家里一定会有烟火飘出,热油下锅、加辣爆炒,端上热气腾腾的米饭,又是一天。如此年年岁岁,直到二爷爷去世前,他在床榻前一字一句、温声细语地告诉二奶奶:"以后要自己煮饭了,青椒炒熟了就不辣,炖汤用砂锅,手忙脚乱时,记得停火啊……"

最终,我还是将大婆婆的墓碑换了,不是在意他人的看法,我只是想,既然是我接过祖上留下来的东西,就该立一块新碑,让他们看看我这一生能做成什么样子。

二爷爷背上山的那一块墓碑,被我埋在了大婆婆墓地的一角,上面有祖父他们六兄妹的名字,就让他们陪伴着自己的大妈妈长眠。

被灶王爷罩着的人

我老家至今流传着一句话:"(腊月)二十四不祭灶,家里出个现世宝。"尤其是老一辈,纵然平时家中乱如牛栏无法踏足,也定会在这一天清理一番。只因腊月二十四是灶王爷回天庭禀报一家老小善恶功过的日子,众人畏惧"获罪于天,无所祷也",于是百般讨好,有人把好话说尽,有人用糍粑、糖果、米酒堵他的嘴。

放眼整个村子,谁也不想当"现世宝",除了才十二岁的我。用家乡话说,我家"冷火熄灶,狗进去一圈都要打摆子出来"。即便我意识到在腊月二十四得祭灶,可最多也不过是卷几个草包丢进灶膛,还不敢烧多了。我坐在一旁念念有词:"灶王爷,您暖和暖和,我不是'现世宝'。家里没别人,我没钱买香纸,您要怪就怪吧,这样我就去见爷爷他们了……"

那时,我住的房子是用父亲的抚恤金盖的。房子才盖一层半,家里就发生了一连串的变故。再后来,母亲带着妹妹走了,爷爷死了，房子跟我一样，被遗弃了。屋子里红砖裸露，地上的泥土不知被我踩了多久才变硬，卧室的窗户没装玻璃，贴的塑料薄膜总被人戳破，一到冬天，狂风呼啸，盖过我的呜咽声。

冬天，我待得最多的地方就是灶台前，有时贪恋灶前的余温，便睡在柴禀里。有次，我梦到了灶王爷，他和祖父一样，脸上白净，没有一点灶灰，身穿红官衣，戴纱帽，留长须，说话中气十足。只见他挽起宽袖握着我的手道："脚痛唔怕，晓得痛便有希望，无知觉才没得救。赶快上山砍柴，纵然走三步退两步，还有一步往前，痛唔怕，唔怕痛，莫要冻死在自个屋里……"

醒来后，我当灶王爷是在提醒我不能得过且过，于是忍痛一瘸一拐地上山，如同小鸟衔树枝，来来回回地砍柴。白天走路多了，晚上大腿又肿又胀，熬到第二天早上才能消退。好在家里的柴火多起来，腿疼也比受冻强。我越发爱蹲在灶膛前看书、写字、吃饭——这里暖和，有安全感，像是躲进了一个小世界，令人暂时忘了世道艰辛。

祖父去世后，我摔断了腿，村里人认定我父亲这一脉"算是报销了"："猴子掰玉米，瘸子砍茅草，到头都是一场空哟……"村里的护林员曾与祖父有嫌隙，跑来警告我："马上要封山了，你再往山上跑，别怪我不客气！"

我紧握柴刀指向他："拿着鸡毛当令箭，信不信我和你拼命。"他见我发狠，不再吭声，扭头走了。

这时，结巴老槐恰好经过，挑起我身边的柴棍："你……少少少……说粗话，不放放放……狠话。"老槐平时没那么结巴，那天不知道怎么了。

第二天早上，我发现自家屋檐下摆了一排劈柴，不知是谁放的。我怀疑是老槐，因我与他沾着亲——他老婆算是我的表姑，但我从没喊过她。我跑去问老槐，他惊得说话都利索了："不是我，我昨晚喝醉了，你表姑知道。"

*

村里人势利，不只是对我。

腊月二十四那天，他们会对"灶王爷"极尽谄媚，但等他再次"下凡"成了土灶，又照旧搬弄是非，恶语伤人。还有人过河拆桥，用烧火钳敲打灶台，教育自家孩子："没出息的人才守着灶台，长大了像老槐一样窝囊畏缩。"

老槐是否祭"灶王爷"，我不大清楚，但我从小便知他"与土灶台有着'蠢真'的感情"——此话是村里人揶揄他时说的。他们一致得出结论："老槐祭不祭灶，都是'现世宝'。"

村里人说老槐是"现世宝"，是因为觉得他举止怪异，像个唱戏的"癫子"。明明是泥腿子，却穷讲究：从田里一上来，他必定要洗净身子，换一套打满补丁的干净衣服；但凡出门，他都要先洗头，刮胡子，出太阳时还会戴一顶自制的小毡帽；小学都没毕业的人，胸前的口袋里却别了一支钢笔，装腔作势看书时，喜欢戴一副断了镜架、缠了绿毛线的眼镜……更让人无法理解的是，老槐穷得叮当响，却总要"打肿脸充胖子"。

有一年，有人想修一条上山的路，可修路便要占用生产队的田地。村民们认为，同意占地已是大善，哪怕只占半寸，也得按规矩补钱。有人为了几十块的补偿款，反复丈量自家田地；有亲兄弟为了争土地，反目成仇；还有人说，"千金万金都不能让地"。队里的人围坐在队长家的桌前，讨论田地的价格、用工、风水……有人长篇大论，有人拍桌子瞪眼，争得面红耳赤。唯独老槐躲在队长家的灶膛前，帮老太太煮猪食。

这次征地，老槐家的地占得最多，算起来，至少能得上千块的补偿款。队长问他同不同意让地，老槐低头说了些"不着四六"的话："不……碍事，鄙人唯一的要求：既是修路，就要……修得像样，无论人还是牲畜，走上去要踏实。"说到钱，他当众表态，"修桥铺路，千百年来都是好……事，我以后上山砍柴也方便，这个钱……坚决不能要。"老槐话刚落音，立时嘘声一片，大家都笑他："还以为自己是有钱的大慈善家。"

那时，老槐家只有几间不避风雨的茅屋，家具也是上两代人流传下来的"老古董"，唯一看上去气派的家什就是厨房里的土灶。灶台贴了上好的瓷片，常年一尘不染，不知一天擦几遍。老槐没手艺，平日靠打零工养活一家七口，上有老母，下有三个孩子读书，只能勉强维持生计。

多年后，我问起老槐为什么会放弃补偿。他的回复清楚流利："我奶奶说过：'修桥铺路盖学堂，个人不可占便宜。'我奶奶是大家认为的傻女,说过的话不多,能做的事很少,但我最敬佩她为人。我自个儿不拿那个钱,没说别个也不能要。村里人逼我拿钱,说若是我不要,可分给大家,反正别便宜了山上的人。可人家修路的人说了,他们没发横财,只因山上有孩子下来读书时摔着了,想给孩子修条求学路。我眼里有路,好长的路,与他们不一样。"

在我眼中,老槐确实与他们不一样。我一度以为他是"灶王爷"的真身,只当"灶王爷"是天上的神仙,学不来我们当地的方言和狡黠,这才结结巴巴,不合时宜。

*

我四五岁时便对老槐有印象了,他每次见我都满含笑意,而我总是跑开。因为比我大的孩子常提醒我:"我们不能和他说话,不然会……跟他一样。"

五岁那年,父亲去世,村里的孩子也开始躲我:"大伙儿不要跟他玩,他是冇伢崽(没爸的孩子)。"不但小孩笑话我,大人也这么骂,只有老槐没变,见到我照样笑脸相迎,想过来抱我,我还是会跑开,因为自己是"冇伢崽",莫名不敢近人。

从前在村里,黑白电视还是稀罕物,正巧我们院子里有一台。每逢夏夜,那户人家会将电视机搬到凉亭里播放连续剧,大人小孩都爱挤着看。有一次,我占了个前排的位置,刚坐下就被一个大人揪住耳朵:"'冇伢崽'还想坐前头?"

期末考试我拿了奖状,欢快地走在路上。有大人表情怪异,当着我的面教训自家孩子："一班人读书，读不过一个'冇伢崽'，不要觉得自己有爹有娘，就不努力了。"

我问祖父："为什么'冇伢崽'惹人嫌？"

祖父背过身去："'冇伢崽'要争气，还要能受气，莫在意他人言语，计较不过来的。"

我大声哭喊："我不要做'冇伢崽'，我不是。"

三年级那年的春天，我偶然发现学校操场两边的花开了，想起祖父教过我的诗："圆荷浮小叶，细麦落轻花。""儿童急走追黄蝶，飞入菜花无处寻。"还有几句是祖父没教过，我却记住了的："有情芍药含春泪，无力蔷薇卧晓枝。""梧桐树，三更雨，不道离情正苦。"

微风吹拂，天空湛蓝，泥土松软，赶着一群幼鹅的老奶奶一脸慈祥地经过。我闭上眼睛，感觉春天像个穿着裙子的姑娘围着我转圈，似乎在吟唱："我就长在你的笑脸里。"可惜春天的裙子没能转上几圈，就听到一声呵斥："就你快活，自己啥子情况不清楚？你和别的孩子一样吗？'冇伢崽'该成熟了，还不进教室？"

是我的班主任王老师，自以为为我好，我却感觉身上每个毛孔都委屈万分，眼泪忍不住。王老师则两手背后，阴阳怪气道："还知道哭就有救，脸皮不算厚。"

恰巧老槐挑了一担大粪，正准备去后山。见状忙过来安慰我，却半天说不出一句话。我嫌臭，捂住鼻子继续哭，老槐也学我："我……们还可以捂住鼻子笑，像这样——'哈哈哈哈哈'……

我爱笑,'哈哈哈哈哈'的时候别人不知道我结巴。谁说我们满崽没权利笑？假如我是老师,就算上课铃响,满崽看花迷了眼,笑得甜蜜蜜,我也不会贸然打扰。"

我居然被老槐哄好了,捏住鼻子大笑。在其他人眼里,逗小孩笑当然不算本事,但老槐是个笨拙的人。他自身难保,做苦力都不像样,可这丝毫不影响我喜欢他。

我在笔记本上写道:"大粪也是春天,因为挑大粪的人笑开了花。"

*

老槐家三代单传,他祖母过了五十才生下他父亲。他父亲天生有腿疾,年近三十才捡了个比自己大几岁的"叫花婆"进门,聘礼只有两个红薯。

老槐家本来有姐弟五个,其他四个要么饿死,要么病死,只有老槐活了下来。老槐的父亲无法下地劳作,好在读了几年书,写得一手好字,每年清明时帮村里刻碑的石匠写碑文赚几个红包,是他唯一的收入。老槐的母亲挣工分、种地、打零工,实在无米下锅,便带着老槐外出"讨米"过活。

老槐家境贫寒,读书不多,加上长相一般,到了适婚年龄,没有媒人愿意前来搭话。直到三十几岁,才有人给他介绍了我的表姑——她有眼疾,只有一只眼睛稍微有点视力。

那年的大年初二,我去外公家拜年。外公不喜欢我,见我进门马上变脸:"想吃糖自己拿。"我走进厨房,只见老槐对我咧嘴笑。在灶火的映衬下,老槐的脸绯红:"我要……和你表姑……"

外公嫌老槐没用,在堂屋里阴阳怪气:"也不知道哪个地方的人,就知道窝在灶门前……我大女儿之前嫁的人(我父亲)也是,现在小的也好不到哪里去。"

听到他嘲讽父亲,我气不过,想出去理论一番。老槐一把拉住我,小声说:"他再怎么尖酸刻薄,毕竟是……爷爷辈的人。有句老话叫'撒气不如争气',你爸爸就是争气的人。"我年幼丧父,对父亲知之甚少,连他的样貌都不大记得。关于父亲的事,大多是从老槐这里听来的。

他说,祖母怀我父亲的时候,正值饥荒年代,连野菜都绝迹了。父亲出生时只有三四斤,没奶水喝。祖母以为养不活,终日泣不成声。父亲却很少哭闹,即便饿了,也只是哭几声就停了。最终他倔强地长大,只不过身子瘦弱,个子矮小。

听老槐讲,父亲是一个自尊心很强的人,干活从不落后于人。别人挑多重的担子,他只多不少。他不喜欢交际,却爱在灶膛前陪老人家聊天。他为人和气大方,对父母相当孝顺,是最受祖父疼惜的孩子。

老槐还告诉我:"贱命也是命,活着最珍贵,失意无助时去灶膛里给自己添一把柴火,等身子暖了,气力恢复了,站起来,走出去,就是一番天宽地阔的景象。"

*

老槐结婚那天是真欢喜,他不嫌妻子长得难看,也不自卑。在他看来,"无论如何都要延续日子,娶了婆娘,我就能继续向蔡家看齐,至少家里还有一口暖人的灶"。

婚后,老槐竭力维系家庭。从前他一做苦力就抱怨,说自己身体底子差,只能收鸭毛鹅毛卖。可结婚生子后,他又说自己身体底子好,干啥都不累,别人一次扛两包水泥,他扛四五包。只要能赚钱,再脏再累的活他都干,开支能省则省,因"抠门"不顾体面被人笑话了好多年。

那年祖父过生日,四方来客坐了几十桌,只有老槐一家五口空手而来。祖父捧着糖果,亲自出门相迎。老槐诉苦道:"给孩子交完学费,手里一分钱都没有了。"

祖父说:"贵客登门,便是大礼。"

饭后送客,祖父给老槐家的小孩包了红包,特意藏在礼袋中。老槐没推辞,翻出红包领着妻儿向祖父作揖:"您这个门里的人,从来瞧得起我们。红包我受了,承您的恩情,我们再撑一撑过活儿。"

我问祖父为何如此厚待老槐。祖父那时送客手忙脚乱,却专门停下来告诉我:"他们家的祖母是我敬重的人,他也是。"

祖父走后,我过着饥一顿饱一顿的生活。老槐对我说:"我是个自私的人,不……喊你来家里吃饭,是要先紧着自己孩子,听说你一顿要吃三……碗饭。我奶奶嘱咐下来,要看着蔡家有样学样。我一直想看你走……到哪一步。"多年后,我才懂得他话语的真挚。

*

在祖父口中,老槐的祖母火姑是守了"灶王爷"一辈子的人。据说,老槐的曾祖母在烧火煮饭时突然临盆,孩子掉在灶灰里,于是大家都喊她"火姑"。

火姑成年后,行为举止依旧宛如孩童,说话不大连贯,说一句停顿一会儿,据说也不太认得钱,总沉浸在自己的世界里。可她只要走到灶前,便是一副乐呵呵的模样。火姑的父亲是厨师,从小便领着她在厨房里忙活。她八岁时就能独立烧火,一直烧到八十八岁,整整八十年没离开过灶膛。她说:"烧火是天底下最幸福的事。"

火姑的父母在她十几岁时相继病死,我的高祖父俊度公见她孤苦无依,便有心收留。问她想做什么,火姑毫不犹豫:"爹爹炒菜,我烧火。"高祖父告诉他:"你爹爹不在了。"火姑还是一派天真:"爹爹不在了,我还在,给爹爹烧火。"

火姑大概是天底下最会烧火的人,她烧火省柴,只要别人的一半,无论厨师要什么火候,她都能把握。爱吃锅巴的人只要说一声要求的厚度、软硬、颜色,她就能把准火候,出锅时分毫不差。经年累月,火姑会烧火的名声传到老远,操办红白喜事的人家都会请她过去帮忙。她为人也负责,很多人外出劳作时,会放心地将自家孩子扔在火姑的灶膛前。

专心烧火的火姑在蔡家待了大半辈子,她吃饭在灶膛前,住在厨房后面的柴房里。她说自己只要离开灶膛就觉得冷,大夏天也要盖棉被。

到了年纪,火姑却不愿嫁人。有人说:"火姑长相不赖,傻得惹人爱。可惜她犯白虎煞,所以无人敢娶。"高祖父担心她是害怕别人嚼舌根,告诉她,蔡家出面作保,定能帮她找一门好亲事。火姑却生气了,故意将那天的饭烧煳:"我不喜欢那些人的灶。瞧不起我的人,我不嫁。"她反问高祖父,"老爷作保,保我一世?"

*

火姑五十四岁那年,肚子突然隆起,大家都以为她上了年纪得了怪病。好在我的曾祖父德秀和小婆婆婉英精通医术。小婆婆给火姑把了脉,发现她竟然怀孕了。

火姑已是天命之年,几十年来勤劳踏实,从不多话,既未曾婚嫁,也从未有逾矩之举,说她怀孕无异于天方夜谭。当时,房间里还有大婆婆李聪明在,她再三向小婆婆确认:"是不是诊断错了?依着宗族礼法,她是要被浸猪笼的。再说,用人未婚先孕,坏了规矩,令主家蒙羞,换作别人家,指不定就被乱棍打死了。咱们得想个由头保住火姑:最好是说'灶王爷'感念火姑陪伴,在梦里给她送了一个孩子,聊以慰藉。"

小婆婆笑着调侃:"大姐连你一向敬着的'灶王爷'都不怕得罪,敢拉他出来顶包,那我们还有什么怕的?"说着,她握紧了拳头,"火姑确实怀孕了,我倒要看看谁胆大包天,敢将她浸猪笼,乱棍打死。"

小婆婆性情火暴,就算是对子女也是风风火火,这时却对着火姑轻声细语:"火姑告诉太太,是不是被人欺负了?我们给你做主。无论如何,不关孩子的事,一切由你定夺。你只要如实说明,男人是哪个?他到底是怎么对你的?"

火姑护住腹部,摇头道:"太太莫问,莫问。"

小婆婆不放心:"火姑年纪大了,太太接生,保你母子平安。那你告诉太太,男人对你说了什么,要得么?"

火姑哀求道:"莫问,莫问,他不是坏人,胆小跑了,我保护好他,好不好?"

小婆婆明白了火姑的顾忌。她答应火姑,不再过问孩子父亲的事。

为了给火姑接生,小婆婆在家中多住了两个月。火姑早产,胎位不正,痛了六七个钟头,小婆婆忙得汗如雨下,一直喊:"莫怕,莫怕。"最终保得母子平安。火姑嘴角含笑,看了一眼儿子便晕了过去。

孩子天生长短脚,但丝毫不影响一家人对他的爱。满月那天,火姑求小婆婆给孩子取名。曾祖父正好路过,便脱口道:"火姑五十四岁喜诞麟儿,孩子小名就叫'五四宝',念兹在兹,为母不易。"

没等小婆婆接话，火姑隔着窗户应了下来："德秀少爷是读书先生，他给的名字，我欢喜。"

小婆婆也说，"五四宝"是个好名字，"火姑家以后也会出读书的少爷"。

*

过了一段时间，火姑突然问高祖父俊度公："老爷，德秀少爷几岁开蒙？"

那些年，高祖父只要一提起"逆子"德秀就没好话，边走边骂："他开什么蒙？一头蠢蛮驴。"

火姑一路小跑跟在高祖父身后，锲而不舍："德秀少爷几岁开蒙？"高祖父头也不回："不记得了！"火姑仍不甘心，挡在高祖父面前："老爷，莫骂德秀少爷，我们都老了。"

高祖父望向大婆婆："是不是甲申年八月二十七辰时？"大婆婆满脸无奈，转身告诉火姑："德秀少爷是五岁开蒙。"

火姑掰着手指数："一岁，两岁……六岁。"过了几年，火姑左手抱着一个木盒，右手领着五四宝，来找高祖父："五四宝六岁了，要开蒙，老爷领我们去学堂。"

高祖父问："盒子里装的是么子？"火姑挺起胸膛："我有钱！一半盖屋，一半给五四宝去学堂。"高祖父打开盒子一看，里面有通宝、银币、铜板、银圆，便夸火姑："我们火姑能干，攒了这么多钱，有些还是前朝的。"

火姑摸了摸木盒："爹爹说他的病治不好，不用花钱，留给火姑做嫁妆，火姑不嫁；太太给火姑工钱，说要防老，火姑不养老，先给五四宝盖个茅草房，五四宝要像德秀少爷一样读书。"

高祖父为之动容，让大婆婆往木盒中再添几块银圆："火姑不只能干，还聪明呢！不过我说啊，德秀那个'逆子'正因读了书，才跑到外面去瞎混。五四宝读了书，志在四方，同样走天下，就没人陪你呐。"

火姑摸着五四宝的额头道："德秀少爷不是'逆子'，是榜样，对人几好的，老爷是想他了。我以前本就一个人，如今有了儿子，这就够了，不用陪。就算想娃子也不说，不骂。哪天没法烧火了，差不多就是要走了，那时候五四宝回来送送娘。"

老槐对我说起这些的时候，拉着我的手一直不肯放："都说火姑傻，我觉得我奶奶是最最聪明的，无论是蔡家老爷还是少爷说过的话，她都记得，并且念叨了一辈子。"

*

五四宝初小毕业后，回来向火姑请罪——他没能继续升学，将近六百人考初中，只招了一个班。后来老槐告诉我，他奶奶火姑在大事上从来不蠢。她虽不识字，却知道儿子学会了写大字，打算盘，能当账房先生，比她强。要是一代一代读下去，总有能读出来的，这就够了。

曾有人劝火姑，五四宝是"铁拐李"，就算读了书，瘸着一条腿也做不了官。火姑不听，她说德秀少爷读书也不是为了做官，她知道读书人的样子："只有读了书的人，才瞧得起人，瞧得起自己。"她安慰五四宝："婉英太太说过，我们家会出读书人。要记住，记牢了，传到下一代，告诉他们，我们家会出读书人。"

老槐说，她奶奶最感念蔡家的地方，就是蔡家从没有将她当傻子："德秀公他们打心眼里瞧得起人。只是我爹不争气，丢人丢到了灶门前。"

五四宝初小毕业，大婆婆有意照顾火姑，就安排他去自家店铺做账房的跟班。没想到五四宝字写得漂亮，账却做得一塌糊涂。大婆婆又安排他去学堂做校工，本该他敲上课铃，结果学生都来齐了，他还在被窝里。五四宝说，他想当教员。火姑再去找大婆婆，大婆婆不吱声了。火姑明白："太太那么好的人，不说话，就是生气。"五四宝却不服气："蔡家瞧不起人，不然怎么让您烧一辈子的火？"

*

解放后，村里给了农户分宅子，火姑选了蔡家的厨房及柴房。事后，她低着头对大婆婆说："太太，火姑不长脑子，长良心。德秀少爷的厅堂和厢房守不住，灶屋一定会守好，等这阵风过了，要原样还你们的。无论多苦多难，都只是一阵风，烧火也是，有烟子呛眼睛就用吹火筒吹一吹，很快又红红火火了。"

可火姑没能等到那一天。

在六十年代，八十多岁的火姑，预感自己要走了，便将一口自己用了很多年的铁锅埋在山上，想让它陪着自己，又交代家人，万一哪天过得艰难，别忘了她还在山上留了一口锅："要好好吃饭，更要好好读书。婉英太太说了，我们家会出读书人，我要传给子孙后代。"

她又让儿媳去队长家要来一面铜锣，说铜锣响，声音传得远。尽管气息微弱，火姑说她在山上摘了几片新鲜茶叶，说她要敬德秀少爷，敬灶王爷，也敬自己。然后她又给祖父泡了一杯茶，说他教书辛苦，要保重自己。

望着祖父把茶水喝了，嚼了茶叶，她又往灶膛里添了一根柴，火苗滋滋作响，火姑却走了。

祖父哭道："火姑大人归位！"火姑的儿媳敲响铜锣："我的娘，你要看路啊！"

火姑儿媳后来常念叨一句话："娘说了，要读书，火越烧越旺，要读书！"

后来，老槐对我说："即便我做不成我奶奶那样的人，也绝不活成我……父亲那样。蔡家的故事也在我家延续着，我一直在看你。"

*

我终究没在灶膛前待一辈子，瘸着一条腿上了大学，又在大学期间赚钱治好了腿，接着上了研究生。

每次回去，村里一些人总会过来与我话家常——小时候谁曾给我补过衣服，谁给我晾过被子，谁抱过我，谁做菜给我吃。不知为何，这时我会特别想念老槐，因为只有他对我说："我从来没当你有出息，只觉得你处处不容易，想要关照一下。"可要说他给过我什么，只有一盒火柴。那一次我坐在灶膛前饥肠辘辘，正准备烧火煮饭，却发现火柴怎么也划不燃，急得大哭。其他小孩在窗外幸灾乐祸，过了一会儿，只见老槐如神兵天降，带来了一盒崭新的火柴。

老槐育有两子一女，家境并不宽裕，却坚持让孩子们读书："只要你们想……读书，我讨米也要送。"有人说他没有自知之明，明明那么穷，却还要生那么多孩子。老槐却坚持自己的看法："干吗要对底层人指手画脚？我……从未放弃自己的孩子。我想成为合格的孙子，合格的父亲，不是非得锦衣玉食，才能传承一些东西。"

他的两个儿子对读书不感兴趣，初中毕业后便要退学。老槐二话不说："那就……退，我们全力支持妹妹读书。"有人劝他，女孩不用读那么多书，就算读了也是便宜别人家。老槐却想起我的姑奶奶："怎么没用，蔡家的淑珍姑妈在几十年前就读完了大学。"

*

那天回村，正在我怅然若失时，老槐开着一辆拖拉机，"轰隆隆"地过来了。车上坐着他的女儿。老槐仍旧没给我提东西，一下车就对他女儿说:"这是哥哥,你很少见到。"

女孩十几岁了,活泼明媚,见人就笑。我问她:"苦不苦?"她笑容灿烂:"不管那么多,该笑就笑。"老槐眼圈一红:"满崽少……爷,我没有给你这个妹妹罪受的。"

几年后,老槐的女儿考上了大学,后来又读了研究生。我恭喜老槐,他在电话里一直笑:"没什么啦……我这辈子,做事被人笑,生小孩被人笑,无论说什么、做什么,总有人指指点点。现在至少我做成了一件事,挺好。"

2023年,我回老家祭祖。得知我想去火姑的坟前祭拜,老槐特意带了一面铜锣领我上山。我在坟前跪拜时,老槐敲响了铜锣:"奶奶,蔡家读书的少爷来看您了。现在他什么都不缺,就是不爱笑,睡不好觉,您要保佑他,千万护住他。"

我的头贴在泥土上,在心里说:"火姑,老槐将您的灶台搭起来了,火烧得正旺,暖和,大家都会好好吃饭。"

万里归乡未到乡

2023年3月,我回乡祭祖。族人不论之前是否亲近,皆郑重其事,提早备齐三牲酒礼相待。我尚在途中,便接到亲戚电话:"你肯回来让叔伯婶娘看看,我们欢喜,尤其八十多岁的田爷爷,问了好几次。"

村里人都知道,田爷爷曾是将军之子,后来家道中落,和大多数人一样,成了农民。他大半辈子都在田里劳作,儿时我见他打井、修河堤、挑重担,总是笑盈盈的。偶尔有人当众提起往事,说田爷爷出生在南京,还被宋美龄抱过,他也不曾停下手中的活计,怡然自若道:"是有那么回事,大人都喜欢抱小孩嘛。"

田爷爷与我的祖父、姑奶奶是几十年的老友。祖父一辈子深居简出,平日里极少串门。但我从小便知,若是在家里和学校都找不到祖父,那他一定是在田爷爷家。在那里,两位老人或谈笑风生,或拉二胡,或看书。有时祖父什么也不做,只在田爷爷家的竹椅上小憩。

祖父很少露出笑脸。只有在田爷爷家,我才感觉他是一个"有人味的可爱老头"。为此,我问过祖父:"田爷爷家到底有什么法宝?"祖父拍拍我的头:"谓贤者之交谊,平淡如水,不尚虚华。"怕我听不懂,又补充道,"与君子打交道,勿用设防,不耗心神。"

这几年,姑奶奶总是会想起一些旧友,听说我要回乡,叮嘱我:"回村的话,替我去看看你田爷爷。"

这次回乡,得知田爷爷在等,快到村口时,我便将车停在路旁,决定步行进村。前来接我的乡亲中有人调侃:"是不是没有开豪车,怕村里人笑话?"只有一些老人明白我的想法:"是该如此,我们领你一同步行回村,车子待会儿再开。"

那日阴雨连绵,春寒料峭,当我冒着冷风走到老槽门口时,田爷爷已在路旁等了。他没有打伞,花白的头发上挂满小水珠,见到我时,紧紧握住我的手:"后生可畏,故人风范犹存。"我知道,田爷爷见到我,兴许是想起了另外两位一百多年前的年轻人:他的父亲田先生,我的曾祖父德秀公。

*

一百多年前,我们村有蔡、田两大姓,一同从外面搬迁至此,一向井水不犯河水。

田先生生于一个落魄地主之家,勉强上了三年私塾后,家里再无力负担。所幸他从小便意志坚定,笃志求学,既然无法继续入私塾，便借书自学。

当时，村里最有学问的人是我的曾祖父德秀。他是国内首批新学师范生，家中有海量藏书。曾祖父长田先生二十几岁，对这位前来借书的"小老弟"总是礼遇有加，有问必答。

后来，曾祖父外出参军，仍记挂着家乡的这位"小老弟"。他常盼咐家人，但凡田先生来借书，孤本亦不吝。每次还乡，他也会给田先生捎回各类书籍，还会专门空出半天时间为他答疑解惑。

那时，曾祖父是阔少爷，家中万事不愁；田先生则要干农活，只能忙里偷闲看书。据说，有次他上山砍柴，左手拿书，右手握刀，注意力全在书本上，一不留神，脚底打滑从山坡上滚了下去。他身上伤痕无数，书却被捧在怀里，除了封面皱了点，其他地方完好无损。

有大人笑话他："难不成几张纸比命还重要？"

田先生不假思索道："我思虑甚少，只记挂还有几篇文章未读完。所谓'朝闻道，夕可死矣'，道从何来？又去何处？存于书，传于人，几张纸有时的确比命还重要。"

彼时，田先生只有十一岁。

一年后，田先生被一所私立学堂聘为教书先生。当众人夸他"朝为田舍郎，暮登天子堂"，终于可以扔掉锄头、柴刀时，田先生却清醒得很："万般皆平等，读书不负人。我没觉得扔掉锄头、柴刀便算一朝得势。锄头和柴刀暂放家中，那是耕夫的立命之本。"

到学堂报到后，田先生白天教书，晚上仍挑灯夜读。

*

不同于我曾祖父年轻时的叛逆不羁，田先生性情温和内敛，对母亲极为孝顺。他父亲去世后，母亲靠纺线养活田家兄弟三人，他对母亲说："孩儿二十岁之前哪儿也不去，就守在您身边。待我二十岁以后，还望您允许我去外面走一圈。若我尚有一口气在，定当归来侍奉母亲大人。"

老太太是明理之人，当即表态："我的崽不是笼子里的鸡鸭，早上放，晚上关。他是天上的老鹰，展翅便能飞，稳当有力，想去哪儿就去哪儿，累了就回家。"她对儿子唯一的要求便是要成家，"你今天成家，明天就能走。娘要你有个家，哪天娘不在了，至少你屋里还有人，回来有热饭吃。你那个先生德秀哪里都好，就是家不成样。他在外面受伤，还不是家里的女人去找？"

此时，田先生十九岁，他点头道："我本就是一耕夫，不至于好高骛远，不求女方绰约多姿，端庄稳重我便有五分欢喜，初见时再多一分惦念，便是十分美好，相看两不厌，自然久长。有合适人家，您出面让媒人帮着张罗即可。"

很快，离村子十来里路的地方，有一户肖姓的人家愿与田家结亲。肖家女子读书不多，却是端庄本分的农家姑娘，对田先生一见倾心。

乡村里历来不乏好事者。有人跑去肖家挑拨："田家清贫，更何况读过书的人总不安分，田家郎与那德秀少爷一样，怕是要去外面大闹天宫的，弄不好命就丢了。家里的女人不用说，你看李聪明有多苦。"

之后，肖家女真的去拜访了我的大婆婆，倒不是因为挑拨之人的话起了作用，而是她想知道，嫁给那样的男子到底有多苦？要怎么做才能帮衬自家夫君？

大婆婆告诉肖家女："你一开口，我就知道与我当年一样，太晚了。既然你问起，该说的话，我总得走个过场说几句。你得问他一句话，是否喜欢你？他说不喜欢，你莫再有想头。他们那种人就算用刀架在脖子上，也不会违心哄你半句。若是不甘心，你再问问自己，值得吗？有些事自己想通了就不苦，不通则痛。至于帮衬，我一想到德秀，便感觉他处处需要帮衬，出门了，瘦了，鞋子破了，受伤了……"

后来，肖家女嫁入田家，只问了丈夫一句话："你喜欢我吗？"

田先生回答："喜欢！看一眼，便多一眼喜欢；不看的时候，心里满是喜欢。"一生不苟言笑的田先生在新婚时酸掉了来客的大牙："读书人，冷不丁的肉麻。"

"说出的话，酸也好，甜也罢，该是要作数。"

"那是自然。"

此后，田肖氏接过了丈夫身上的担子，侍奉婆婆，照顾弟妹，屋里屋外地忙活。而田先生听从了德秀的建议，决意去汉口报考黄埔军校。他想到行军打仗，生死难料，便提出暂不孕育子女。田夫人自然没有怨言："你说的，我都会照做。"

那天，送田先生到村口，田夫人不愿再往前走，却也不肯回："再往前几步，我怕停不下来；转身回去，心里又舍不得。我就在这儿站一会儿，就当你快回来了，等等就好。"

本已消失在她视野里的田先生突然又走了回来："夫人，我刚出门片刻，现在回来了。不过等下还要出门，日子稍久一点，但我会时刻记得转身回来。"

*

二十岁那年，田先生顺利考取了黄埔军校第四期步兵科。当年黄埔招生相当严格，分为初试、复试、总试，要考国文、几何、代数等科目，而且对外貌有要求。据说胡宗南就曾因身高只有一米六而被拒之门外，后来由廖仲恺特批才得以参加考试。

田先生入学时，黄埔军校分为步兵、炮兵、工兵、经理（后勤）、政治五科，其中步兵科最为耀眼，后来国共两党的诸多名将均出自此科。田先生毕业后被编入警卫团，其前身为黄埔军校卫兵队，负责蒋介石的贴身护卫任务。1931年，蒋介石在内外压力下被迫第二次宣布下野，田先生所属的第二师被改编为八十八师，田先生任学兵大队队副，半年后入南京中央陆军军官学校深造，随后任教员，并负责编写军事方面的教材。

自上次离家，田先生已有近六年未曾回乡，虽时有书信寄回，但在其他人看来，"不过几张稳住她当牛做马的废纸，到底又是一个李聪明"。

考虑到夫人读书不多，田先生写回来的信多为大白话："你从来都不是糟糠之妻，而是我相伴一生的佳人。我大部分时间都在操练，空闲时看书，偶尔与人对谈，但总有停下来的时刻。唯对你的倩影，始终思之如狂，不分昼夜。人间别离苦，然国家兴亡，匹夫有责，若是山河破碎，民众流离失所，美好的情感亦会随之消亡。"

田夫人说她相信丈夫写的每一个字。自从过门后，她便与我的大婆婆成了好友。大婆婆艳羡："我也相信德秀说的每一个字。他们重名节，守信义，说的话无论肉麻还是戏谑都作数。可德秀不曾对我说。原以为他不会说，如今看来是不对我说。"那时，我的曾祖父已在四川与小婆婆婉英定情，并回乡热热闹闹地操办了婚礼。此时大婆婆已年近五十，孑然一身，三十几年的等待终究换来一场空。

*

村里人都认为，田先生在"御林军"当差，以后肯定比德秀的官还要大，他在外面找的老婆指不定也是年轻漂亮，穿着高跟皮鞋。

田夫人见过我的小婆婆张婉英，尽管她比婉英还要小几岁，但因常年在乡间劳作，她皮肤黝黑，不会化妆，穿着老布鞋，看上去比婉英老上十几岁。但田夫人始终笃定："他说在外面见过的所有时兴，都会带我一起去看。"

得知田先生要回来，田夫人哭得不能自已。她对着镜子照了又照："还是该借点雪花膏来抹一下。老人家都说了烧笋壳会长麻子，我没听进去，现在脸上斑斑点点，再去抓中药调理也来不及了。"

大婆婆最理解她："平日笃定他是说一不二的男子，但到了那一刻，终究是怕承受不了失落，先大哭一场，再去面对或许能忍住眼泪——女人有女人的倔强。"

村里人议论纷纷，都说田先生不到三十岁便当上了中校长官，管着一千多号扛枪带炮的人，回来还不得骑高头大马，机枪开道，两旁扛枪的小兵一路小跑护卫，后排再跟几辆马车，里面坐着几个漂亮的姨太太。

然而到了那一天，村口既没有威风凛凛的阵仗，也不见英姿飒爽的长官。年轻的田先生着长衫，脚上穿着田夫人纳的布鞋，只带一个随从，腰间连配枪都没有。二人进村便下马，向长者行礼问好，哪怕是一群仰着脖子摇摇摆摆走过的鸭子，亦驻足相让。

田家兄弟不理解哥哥的谦卑行为："从前咱家没落，难免对人点头哈腰。现在手里有兵有枪，为啥还要畏手畏脚？我想不通。"田先生当即驳斥："想不通，就在家好好种地。我们家从前只是艰难度日，但家教还在，礼数还有，怎么说成点头哈腰？但凡我听到有谁敢仗势欺人，绝不姑息！"

田先生进屋后第一件事便是向母亲下跪请安。田夫人面带羞涩，扭转头望向另一方，双手不停地拍打衣服上的灰尘。田先生眼神温柔，俏皮话一大堆："蛮好的，我家夫人蛮好的，再好的也没见过了。"

*

　　此次回乡，田先生欲将母亲和妻子接去南京。同时还打算选几个乡中的可塑之才送去军中培养，而自家胞弟和堂兄弟，田先生一个也没带。

　　去南京前，田夫人特意与我的大婆婆告别，叮嘱她以后一个人少去村口等人。大婆婆释然了："我等我的儿女们回 —— 所幸村里只有一个李聪明。"

　　田老太太安土重迁，不愿前往南京。她嘱咐儿子："只要你不辜负自己媳妇，就是大孝子。我给你看了相，你是有福之人，但你的福不在官运上，却在这个女子身上。"田先生不再勉强："古人云：'鸟飞反乡，兔走归窟，狐死首丘，寒将翔水，各哀其所生。'我亦如此，日后自当革故鼎新，但不离故土，不见异物而迁。"

　　田老太太哽咽道："人老了，离开故土就是遭罪。可你还年轻，走过旧途，还有前路，就算一时被困，也该逢山开路，遇水搭桥。女人在身边，家就不远，我当娘的自然放心，不会羁绊自己的崽。哪天你回来，见着娘成了一个坟堆，千万要记住了，脚下的黄土是娘给你铺的路，要往前走。"

*

　　田先生回南京后，不久便调往航空委员会，任中校副团长，

1936年又调入航空特务旅，升上校团长，负责空军地面警备。

到南京后，田夫人才知道丈夫身边有多少"时兴"。她回忆起自己第一次去南京时的感受，忍不住发笑："南京中山路是柏油马路，不像村里的路坑坑洼洼，两旁参天的梧桐树好看又遮阴。每走几步，就能看见一团团、一簇簇的花，小树丛里还会'长'出许多电线杆。路上车多人多，店铺也是数不过来。坐车到长江边，我忍不住大喊：'那是海，南海观音住的地方，护佑着那一排排的帆船。'他小声纠正我，那是长江，很长的河，流了好久，流去好远。秦淮河看起来又不像河，男女在一块儿喝茶，抽大烟，说笑，日子过得没一点意思。后来我才晓得，那里还曾是胭脂地，他是不会去的，爱去'花牌楼'那边买书。"

田先生的房子位于南京东郊的汤山，一幢三层的小洋楼。以前田先生忙于公务，极少回家。但自从夫人来了，无论是在办公室还是机场，乃至在总统府办公，他都会回家。

即便到了南京，田夫人仍是村姑打扮，爱穿粗布衣裳，田先生不曾说过半句。有一次宋美龄组织舞会，他带着田夫人一起赴约。军官太太们个个粉妆玉琢，争奇斗艳，唯独田夫人素面朝天，在田先生身边坐立不安。田先生柔声道："舞会很短，一下就结束了。走马观花看一眼就行了，而我们一生很长，细水长流，我知道夫人美在哪里。"

田先生身材高大，长相帅气，一身戎装更显气质。舞会上，有些打扮时尚的女人来邀请田先生跳舞，都被他拒绝。他还拉着夫人的手介绍道："这是我太太。"

田夫人以为他不会跳舞，便安慰道："没关系的，我也不会。"直到一个军官太太过来问田夫人："我可以跟田团长跳支舞吗？"田夫人这才恍然大悟："你会跳吗？"田先生说："略懂一点。"那位太太告诉田夫人："嫂夫人，田团长是这些弟兄里舞跳得最好的，在黄埔就会了。"田夫人劝田先生："既然会跳，就不要驳人家面子，我也想看你跳舞。"

一曲终了，掌声响起，田夫人才发现丈夫早已脱胎换骨，不是村里那个砍柴郎了。之前她坐汽车，见当兵的给田先生敬礼，也只当是丈夫当了官，管着几个人，没有如此强烈的陌生感。那晚她低头感慨："原来只有我什么都不会，扎在女人堆里，才发现不是滋味。"田先生听后，拉着她的手一直没放开过，之后再没和外人跳过舞。

*

在南京待久了，田夫人发现国民党军官有姨太太是再正常不过的事，抛妻弃子再娶的也不少，还有人将结发妻子一枪崩了。不少人劝田先生找个摩登有知识的姨太太，都被他冷脸拒绝。田夫人也曾表态，若丈夫再找个年轻漂亮的，她不会有意见："黄脸婆是有点拿不出手。"田先生回道："我心里只有家国天下。除此以外，就是你了。我本想等时局安稳一点再生儿育女，现在想来，是我忽略了你的感受，实属不该。"

1937年7月7日，田夫人产下一子，也就是田爷爷。不巧的是，当时田先生因公务在身，未能赶回。7月8日，田先生被紧急召回，不是因为喜得贵子，而是卢沟桥事变的消息传到了南京。次日，中共中央通电全国，号召中国军民团结起来，共同抵抗日本侵略者。7月17日，蒋介石在庐山发表谈话："……战端一开，则地无分南北，人无分老幼，皆有守土抗战之责任，皆应抱定牺牲一切的决心。"

不久，我的曾祖父德秀写信给田先生："田兄钧鉴，鄙人垂老，有事相求……"而他所求之事并非为了个人，而是呼吁国民党将领积极整军备战。自1931年"九一八事变"开始，曾祖父便忧心"法西斯猖狂无度"，而他年过五十，儿女成群，"欲卸甲归田，颐养天年，无奈日军狼子野心，侵占华夏领土，中日之战无可避免。我虽年迈，仍有舍身报国之决心"。至抗战全面爆发，曾祖父仍在四川筹集兵员、物资等支援前线抗日。

田先生虽儒雅，到底是血性军人，他给德秀回信："先生无忧，学生身死为国殇。"此后，田先生一直坚守在机场。

*

1937年8月15日，日军飞机首次空袭南京，整座城市陷入火海。中国空军起飞迎战。这些飞行员皆自告奋勇，没有一人是抓壮丁抓来的。

田先生很喜欢这些飞行员。这些二十出头的年轻人，有的曾是中央军校的学生,有的来自清华大学,有的留过洋,个个青春洋溢,多才多艺,明朗可爱。做飞行员需极强的接受能力,还必须受过一定程度的教育,他们在航校学习的专业科目包括空军战术、飞行学、航空机械学、航空兵器学、航空仪表学、气象学、照相学、轰炸学、侦察术,数学、物理、化学、力学……有些学生在航校受训一年左右便顺利毕业,升空抵御外侮。

用田先生的话来说:"若在和平时期,他们是才俊,是美男子,是艺术家,是科学家,是学者,是政府要员……无论去哪里、做什么,皆为佼佼者、他人之榜样。青年们太耀眼了,我一个从乡里来的砍柴郎,相形见绌,自愧不如。而国难当头,他们自告奋勇进入航校,成为飞行员,明知九死一生,却毅然升空。"

这些飞行员多出自钟鼎之家、书香之族,知晓何为生死,何为富贵,更知道何为家国,就如他们的校训所说:"我们的身体飞机和炸弹,当与敌人兵舰阵地同归于尽。"

*

南京空中保卫战持续了四个多月。这一百多天是田先生"一生中痛入骨髓之记忆"。

田先生以"惜兵"出名。自从值守机场,他一颗心便悬在了空中,几十年都没放下:"说儿行千里母担忧,这些娃娃算不上远行,升空作战,有时就在头顶,咫尺之间,重回跑道只需几分钟,却回不来了。"每次飞行员起飞前,田先生都会朝他们大声喊:"要回来啊，你们千万要回来——"

而飞行员总是回头一笑，如蓝天般清澈。他们当中曾有人对田先生说："我们每打下一架敌机，国人便少一次轰炸，哪怕同归于尽，也要让日本侵略者在空中有所忌惮。我们中国还有人能飞上来，且死战不退。即便不能回来，无非是换一个时空守护。"

"听起来，他们是去学堂读书，唱歌，欢喜耍闹。等到下学时，一个个跑着回家。"

据日本海军中佐阿部信夫的记载，仅8月15日一天，中国战机被击落至少九架，日军也有五架被击毁。9月19日，日军再次轰炸南京，除了军事目标，还全面轰炸了平民区，包括学校、车站、码头等。千年古城在日军的轰炸下沦为废墟，浓烟滚滚，到处尸横遍野。在这一天，有三十三名中国飞行员再也没能返回机场。

抗战不到一年，中国六百多名飞行员几乎全部战死。整个抗战期间，一千七百多名飞行员所剩无几，平均年龄不到二十三岁。其中包括南开大学创办人张伯苓先生的四子张锡祜，大法官沈家彝的儿子、清华才子沈崇诲，林徽因的胞弟林恒，《巨流河》作者齐邦媛的初恋张大飞，以及在武汉鏖战时感动千万国人的陈怀民。

听闻儿子殉国，张伯苓哭着为儿子叫好："死得好！死得好！吾出身水师，今老矣，每以不能杀敌报国为恨。而今吾儿为国捐躯，可无遗憾了！"而此前张锡祜在给父母的信中写道："儿虽不敏，不能奉双亲以终老，然已不敢为我中华民族之罪人，遗臭万年，有辱我张氏门庭，此次出发，非比往常内战，生死早已置之度外。"

林徽因在《哭三弟恒》中写道:"你相信今后中国多少人的幸福要在你的前头,比自己要紧。那不朽中国的历史,还需要在世上永久。你相信,你也做了,最后一切你交出。我既完全明白,为何我还为着你哭? 只因你是个孩子却没有留什么给自己……今天你没有儿女牵挂需要抚恤同安慰。而万千国人像已忘掉,你死是为了谁!"

陈怀民牺牲,他的女友知道消息,穿着他送的旗袍跳入长江,他妹妹将自己的名字改为"陈难"。陈怀民父亲说道:"怀民之死,颇得其所,惜其为国,尽力太少。"

*

田夫人产子后,田先生只回过一次家,见儿子在熟睡中,他不忍吵醒,守在床边,目不转睛地看。不一会儿电话响起,他交代了几句话,便又匆匆走了。

轰炸声时常响起,田夫人日夜担惊受怕,好不容易睡下,却总梦见田先生血肉模糊的样子。别人听到警报声都往防空洞躲,她却听着像"报丧",说家里得有人守。

大校场机场、中央大学等地相继被炸,田先生音讯全无,电话线也断了。9月19日这一天,田夫人再也受不了煎熬,抱着孩子"发癫一样"出去打听丈夫的消息,没承想碰到了大轰炸。

日军飞机上的炸弹像雨点一样落下,机枪扫射的声音在耳畔一串接一串地炸响,瓦片、木板也跟着碎了。走在一段铁路边,突然爆炸声此起彼伏，情急之下，田夫人赶忙钻到火车底。刚护着孩子趴下，炸弹便在四周开花，一只血淋淋的断手飞到了面前，手上的玉镯完好无损，人命却没了。田夫人看着怀里的孩子，吓得直打哆嗦。

她在火车下躲了一整天，好容易碰上几个路过的士兵，终于被带到了机场。当时已是半夜，田先生仍站在机场的跑道旁。见夫人和儿子来了，他抱起孩子抽泣道："皓月当空，孩子们保家卫国，去了。"

那一晚，田先生照乡里的规矩，朝着夜空喊魂："孩子们，回来啊，你们要回来……"喊到最后田夫人也哭了，回应了一声："我们回来了……"田先生仍痴痴道："天上的还没回来呢。那个教我英语的孩子，那个会吹口琴的孩子，那个练过武的孩子……一个团的人怎么就等不来一架飞机。飞机飞走了，人得回家，是不是这个理？"

后来，田先生在给我曾祖父德秀的信中写道："蓝天下，青年勇士们无一畏死，熠熠生辉。"

至12月12日，中国损失战机二百多架。南京最后一位牺牲的飞行员叫乐以琴，生于富商家庭，牺牲时年仅二十三岁。他曾说："我决以鲜血洒出一道长城，放在祖国江南的天野。"收到抚恤金后，他父亲用这笔钱创办了一所学校，让当地学生免费接受教育。

南京失陷后，田先生随航空特务旅撤往武汉。1938年4月29日，日军为给天皇祝寿献礼，出动二十七架战斗机、十八架轰炸机空袭武汉。近百万人望见中国飞行员与日机鏖战。陈怀民及其战友击落日机二十一架,其中战斗机十一架,轰炸机十架。

之后,国民政府迁往重庆,日军又对重庆、成都、广州等地进行了数百次轰炸。有一次,日机嚣张至极,直接轰炸机场,一向温文尔雅的田先生也忍不住骂了娘,亲自跑出去端起机枪对天扫射,配合地面部队的防空炮,击落了一架敌机。

中国军民一直苦战至1945年8月15日,日本宣布无条件投降,举国欢庆,重庆街头万人空巷,锣鼓喧天,鞭炮声一直未停。田先生依旧坐在机场的跑道上,望向天空。这时,有士兵报告说,有个女人闹着要进机场,接她的未婚夫回家。

田先生问:"你未婚夫是哪个?"

女人喃喃道:"他是飞行员,应该要降落了。"

田先生这才知道,女人的未婚夫早已在两年前殉国。此刻,她却不管不顾,非要进去打扫机场:"他要降落了,地面有些不平,小石子硌着飞机,回家的路可不能颠簸。"

*

在武汉沦陷之前,田夫人一个人带着孩子逃难回了老家。在南京住过几年洋楼的她,回乡第二天便卷起袖子干活。当别人问起南京的"时兴",她才边干活边笑着聊几句。

抗战胜利后,田先生晋升为少将,任军官训练团团主任,教授军事战略战术。消息传回家乡,乡邻皆向田家道贺,田夫人依然风轻云淡："什么官不官的,他平安就好。我见过打仗,都是当官的冲在前头。当兵的也是爹妈生的,他们保家卫国,当官的怎能耀武扬威?"

解放后,田先生因守护机场之责,跟着国民党军残部飞到了台湾。在他看来,军人的使命已经完成。母亲妻儿尚在家乡,他应该回家了。有同僚劝他,家乡的老婆老了,儿子只有一个,不如在此地找一个年轻漂亮的,生一堆孩子。

田先生没有理会,趁一架飞机要回大陆接人,他踏上了回家的路。飞机降落后,飞行员告诉田先生,只有半天时间,到时候会准时飞回台湾。田先生让他不要等了："那里不是我的家,我答应妻子,要回家的。"

再进家门时,田夫人哭着问他："你回来做么子?"

田先生紧紧抱住她："你是我舍不掉的人,我一直想和这么好看的女士共舞一曲,要不然会终生遗憾。"说完,他领着她跳了一支舞。

*

田先生回乡这一年,田爷爷十二岁。"虽不是第一次见他,却是第一次认识他,因为有这一次的相见,我再也没忘记过他的模样。"

回乡后,田先生在中学当起了国文教师。除了教书,就是陪伴夫人和孩子。他在家时总是抢着做饭,每天还会给夫人梳头。

田夫人有些不好意思，说自己有白头发了。田先生就轻抚她的发丝道："是啊，这些事本来在南京就该我来做的，是我梦寐以求想做的事，等了好久啊。"后来，田夫人回想起这段往事，经常自言自语："那哪里是拿枪的手啊……"

至今仍有田先生的学生记得，有次田先生在上课时突然发笑，回过神来后立马向学生道歉："诸位见谅，我想夫人了。"在这位如今已接近九十高龄的老人的记忆里，那也是田先生在课堂上唯一一次失态。

1961年，田先生去世。田夫人哭道："那双温柔手僵了……"几年后，田夫人也走了，临终前她说："你没有落地，那我就飞万里来找你。"

田先生虽为军人，因学问出众，被同僚尊称为"先生"。为了让中国不再饱受外侮之苦，他著书告诫中国军人当学文习武，心忧天下，爱国守节。他在自序中写道："然则军人安可以纠纠自足，而不折节读书。致贻'不学无术'之讥乎？故必进而明于进退奇正之方，深于仁义廉耻之道，上有体国之念，下怀救民之心，博通古籍，尚友古人，此又我有志军人，所当自勉者也……"

多年来，田爷爷顶着"将军儿子"的名头在乡间劳作，他从未愤愤不平，也没有与人发生过纠纷："我拉板车，砌河堤，去工地，心里想着的是我不能给父亲丢脸。我不好吃懒做，我不和人起冲突，不怨天尤人，就是苦，也要堂堂正正，万不能做小人。"

再往后，岁月跌跌撞撞，到了我父亲这一辈，我们村一共考出了四个大学生,我家有两个,田爷爷的儿子也是其中之一。田爷爷说:"我们两家都没丢先人的脸,都是凭一口气,凭自己的真本事体面地往前走。"

风雨一生，难忘你

2015年隆冬，初雪过后，斜阳下落。我接到三奶奶的电话，是一如既往地温言细语："小蔡，得空不？得空的话误你几天时间。请你过来帮个忙，荀爷爷生前嘱咐的。"

我一个激灵站起来："荀爷爷走了？怎么这样？"

"到了这把年纪，都是在阎王爷眼皮子底下晃悠的人，说走就走了……只是啊，有他在，好多年都没觉着冬天是冷的了。以后添再厚的袄子都没用，冰冰凉……"

我想，荀爷爷大概也在等我，等我把三奶奶那封"情书"念完。

荀爷爷的遗像摆在棺木前，长胡子，容貌清癯，眼睛坚毅，嘴角弧度温柔。身后的大门上居然贴了一副红对联，笔力苍劲，看不出是古稀之人的手笔：尝遍百态，春秋共享；饮尽沧桑，风雨相携。

对联是我受荀爷爷之托起草、送给三奶奶的八十岁生日礼物。

我写在一张旧报纸上,给荀爷爷看。他倒了一大碗米酒:"难忘你帮我完成这封情书。这辈子有三三陪,值了。我要醉死去,倒回去看看那些好日子,她可漂亮了。"

在我们那里,"难忘你"就是"谢谢"的意思。受人帮助,要说"难忘你";跟别人借东西,要说"难忘你"。据说荀爷爷在结婚那天,当着众人的面,对三奶奶也说了句"难忘你",惹得哄堂大笑。众人都说,新郎官太见外了。新娘却微微一笑,点了点头。大家后来才看明白,荀爷爷说的"难忘你"不是"谢谢"的意思,就是"难忘你"。

我和村里的"背尸佬"黎叔一进屋,三奶奶就走出来,握住我的手:"难忘你们啊,黎先生,小蔡。"

说完,响乐就奏起来了。八音锣鼓起,唢呐响,大镲紧随,小镲碗锣齐响,云锣悠长。响乐是有曲牌名的,那天奏的是《迎风曲》和《水龙吟》,可曲调凌乱,一般人听不出,连小孩都知道吹打得不好,大笑着吐舌头扮鬼脸,起哄说"不好听"。

黎叔叹了口气,向着乐队鞠躬作揖:"响乐队用了心,大礼受之有愧。"我拿出手机,快速查找"很棒"的手语怎么做——这些响乐队员全是聋哑人。

八音锣鼓止,则响乐止。我和黎叔到棺木前鞠躬磕头。按照乡俗,逝者的儿孙要跪在棺前向吊唁者还礼,女儿和孙女扶棺在侧哭灵。那天,有十几个不是荀家儿孙的男人跪在棺前执儿孙礼,棺椁旁还站着几个女人无声饮泣。乡俗以哭丧有泪而无声、有声而无泪为大忌，可此情此景，连黎叔这个见惯了死亡的花甲老人也忍不住掉了泪。

我将伏在棺木上的几个女人扶起，伸直右手，左右摆动，左手平伸，掌心向上，由外向内微微拉动，最后将右手贴在胸部，转动几圈。这是手语"不要难过"的意思。这些聋哑人都是荀爷爷的学生，为了让他们活得有尊严，荀爷爷付出了半生的心血。

荀爷爷和三奶奶也曾有个儿子，可惜孩子智力有问题，三十几岁便死了。三奶奶也有自己的儿孙，他们都没有来吊唁。三奶奶看得开："以后他们都没必要来了。"当然，如果荀爷爷能听见，想必还会加一句："我这辈子稀罕你三奶奶还没够，下一世还想看着她，可不能让别人抢走了——她只能喜欢我那张有沙子硌人的床。"

*

整个村子，只有荀爷爷一人稀罕三奶奶。村里人一直难以理解："换作我，有荀老师那样的条件和才貌，一个嫁过两次、生过孩子的女人，白送都不敢要。"

三奶奶姓文，在家排行第三，以前的大名叫文老三。"三三"是荀爷爷喊出来的，后来，三奶奶索性连身份证上的名字也改成了"文三三"。即便是荀爷爷气极了，也从不直呼其名，最多骂一句："讨嫌货三妹子，到底想怎样？再蛮横无理，我今天死活不吃你做的饭，你信么。"

三奶奶也不忾他:"要不今晚你死活也别上我的床得了。"

"那不行,你手脚凉,喜欢踢被子,需要我暖床的。"

这一暖,就是几十年。

三奶奶生于1935年,十岁时被父母卖到地主家做童养媳,十四岁嫁给地主家的儿子,十八岁时再嫁给村里的农民,生下一个儿子。可叹她遇人不淑,第二任丈夫只把她当成一件战利品。在孕期,三奶奶还要给丈夫端茶倒水,服侍公婆。走在路上好好的,只要遇上一两个人,那男人就会突如其来一耳光打得三奶奶晕头转向——只为了在人面前逞一下威风。每次挨完打,三奶奶总会去学校后面的井边舀水洗脸。家里的水归她挑,却不能用来洗漱,丈夫会骂她"穷讲究"。

没多久,村里的学校来了一位年轻的荀先生,高高瘦瘦、文质彬彬,见谁都微微一笑,不像其他先生声色俱厉,动辄踢桌子打人。荀先生在教室里,总会装作不经意地望向井边,有时还会领学生唱歌:"浮云散,明月照人来……"

荀爷爷当年十七岁,就那么一瞥,便看上了二十三岁的三奶奶,只是碍于礼教望而却步,三年没有越过那扇窗:"看她来洗脸,看她背着孩子路过,我觉得那是人世间仅存的美好。"

三奶奶也不懂自己当年为何总去井边洗涮:"清凌凌的水悄悄地就烫脸了,像煮沸了的开水,烧人。这位先生把我当人看,挡在前面不让男人打我,却不看我。"

听着歌的三奶奶胆子大了:"我不是奴才,奴才没有自由身,我是顶了半边天的妇女。井里的水不但烧人还挠心,喝下去却是清甜的,没有什么比它更甜。"

不知从何时起,面对丈夫的殴打,三奶奶不再忍气吞声。就算被打得实在没有力气,也要哼唧一声:"不服就要发出声响,就算被打死也要张嘴,总会有人会帮我收尸的。"

男人一气之下,将三奶奶毒打一顿,丢在路边放了狠话:"以后这个女人跟我没有任何关系,谁想要就当垃圾捡了去。"

三奶奶在地上蜷缩了老半天都没有人施以援手,她晕过去又醒过来,以为自己要死了,一点一点往井边爬:"我要死到井边才安心,告诉那些学生娃,我自由了。"

"真是学生娃?"我忍不住问。

三奶奶低头不语,脸上有当年羞涩勇敢的模样。

*

这一次见到三奶奶,荀爷爷终于不再躲藏:"这可是我见一面就会想很远很远的人啊……当时我只想提把菜刀去劈了那个泥腿子。"那时的三奶奶却搂住荀爷爷的小腿:"先带我去看郎中,看到你来了,我就不想死了。"

"清浅池塘,鸳鸯戏水;红裳翠盖,并蒂莲开。"身体恢复后,三奶奶唱了这首歌:"歌好听,不过没有人告诉我是什么意思。我配不上你,你就听听歌好了。"

"就是圆满,成双成对的意思,鸳鸯成对,并蒂莲开,从不问配不配，只是相伴。"听着眼前人的话，三奶奶却不敢抬头："只要多看一眼，我脑子里就全是非分之想。"

三奶奶被荀爷爷捡回去的消息传开后，村里人议论纷纷。荀爷爷却不以为意："喜事就该张扬，通知大家我要明媒正娶，不能让我太太受委屈。"

两人的证婚人就是我祖父泽璜。"泽璜老师学问好，对子作得好，毛笔字属上乘。他站在祠堂里，大声宣布三三为荀文氏时，我俩都哭了。得到了泽璜老师的祝愿，我们再没分开过。"

两年后，两人生下一个儿子，长得像三奶奶，很漂亮，荀爷爷给他取名叫荀文。

过了几个月，他们发现荀文不对劲，不会抬头，不会抓东西，痴痴的，不像别的孩子那样好动。去医院看了，才知道是脑瘫。三奶奶难过极了，怪自己是个灾星，害了丈夫，害了孩子，甚至有极端的想法："我们娘俩去阴间躲着算了。"

荀爷爷却抱起孩子朝三奶奶喊："三三，不管那些，只要是你生的，就是好的，谁说有缺陷的人就不能好好活了，命本就各色各样，看我们怎么对待。"

荀家亲戚本就反对这门婚事，现在更劝他趁机把三奶奶休了："一个三手货，又生了个傻子，你丢了她，没有人说什么的，傻子就送人好了。"

荀爷爷却把亲戚们都叫到祠堂，插上红烛，又一次请来祖父："请泽璜老师再给我们做个见证。有风，我不关祠堂门，若列祖列宗对我妻儿有意见，就让蜡烛熄灭，我倒插门去文家。没意见，谁再让我抛妻弃子，我就打人了。"

荀爷爷从小没有母亲。那天，他拉着三奶奶向他父亲跪下："别人是看热闹不嫌事大。爹爹，我就想问您一句，如果当年您发现我有问题，会把我送走吗？"

荀老爷子扶起了儿子："不会的，你妈妈是个最好的人。我孙子的妈妈也不差。"

之后，荀爷爷拿出族谱，让祖父在他名字边上的空白处写：配文氏，生子荀文，生公元一九六〇年庚子又六月十三……

没有人说话。荀爷爷抱起孩子，拉着三奶奶出了门："我把你当个宝，你就不是草；把自己当个强人，谁都弄不垮。"

*

又过了几年，三奶奶的前夫死于一场争斗。前夫家里人来求她领走孩子。荀爷爷没有多话："你接回来，他就是荀文的大哥。你不去接，我也能理解你的痛处，没人逼你非得做滥好人。"

三奶奶把孩子领了回来。孩子叫魏桂丹，比荀文大五岁，像他父亲一样，对荀爷爷毫无恭敬之意，骂自己的母亲更难听。"那一家子把孩子教成啥样了，我无能为力。"三奶奶几次想送魏桂丹回去，都被荀爷爷劝住了："孩子的言语只是大人的心理映射，我们慢慢教，会改的。"

荀爷爷从没对魏桂丹另眼相待过。有段时间，他的口头禅是：

"这些吃的省着给两个孩子,这些布票给两个孩子做衣裳。"可魏桂丹不领情。动荡年月,他第一个站出来,要与荀爷爷、三奶奶划清界限。三奶奶彻底死了心,可荀爷爷仍说:"孩子被人煽动,不是他自己的思想。说到底,这不是他的错。"

*

不知不觉,荀文也长成大小伙子了,虽然走路姿势怪异,说话含混不清,但非常懂事。即便被人嘲笑,也会笑着说:"我是有点不一样,但我不是怪物,我的爸爸妈妈很爱我。"

荀文唯一的朋友是个聋哑人,叫阿龙。两人虽无法交流,却因共同的处境而靠近。因有一身力气,阿龙的父母以当地一半的工价为他揽了很多重活。每次干完活,他都要去荀文家坐坐,"咿咿呀呀"说个不停,荀文也能懂得他的意思。

一天,阿龙满脸是血哭着来到荀家,拉着荀文就往外走。原来,有人家里丢了五十块钱,那家小孩一口咬定,亲眼看见是阿龙所偷。大人们逮住阿龙就是一顿打,阿龙不懂为什么,拉着荀文帮他问个清楚。

荀文了解情况后,先是让荀爷爷拿出五十块钱放在口袋里,然后装作左顾右盼,悄悄伸手将钱"偷"了出来。

阿龙使劲摇头,下跪指天,还跑回家里拿出菜刀,指了指钱,左右摇晃手掌,对着脖子比画,最后又指着自己的脸。荀文含混不清地帮他翻译:"意思是老天做证,他没偷。如果偷了,遭雷劈,不用你们打,自己抹脖子。没有偷,你们要把脸面还给他。"

那家人却丢下一句话:"就算不是你偷的,你也不是什么好东西,死哑巴。"这一幕深深刺痛了荀爷爷的心。

"他们辱骂阿龙我不痛心,没对人心抱过高的希望。伤心的是阿龙他们这类人,听不到外界的声音,自己也无法表达。为什么好端端的人要被孤立于世界之外呢?没人理解他的孤独,也无人在意他的想法。"

彼时,手语普及程度不高,荀爷爷打算自创手语。他说自己忽然意识到,聋哑孩子比健康的孩子更需要教育,至少要能正常地与人交流,学会表达自己的喜怒哀乐。为此,他专门找到我祖父,请他帮着画手势,统一语言。祖父欣然应允,和荀爷爷一起反复商量,终于创造出一套属于小地方的方言手势。

听说有人免费教聋哑孩子,很快就有人找上了门。荀爷爷最先教的是微笑:他拿出画册,依照图示双手画一个圈,将孩子们都圈进臂弯里,然后拉每个孩子的手,做出微笑的表情:"我们也可以笑得很好看。"说完,他又画了一个圈,指向贴在墙上的明星海报,"我们笑起来比他们还要好看。"大家都跟着笑了。

*

聋哑孩子不断增加,所有人都很依恋荀爷爷。每次荀爷爷去学校上课,大家的情绪就很低落,一直站在门口等他回来。荀爷爷心疼,决定带他们去教室上课。

没几天，就有很多家长来反映："你从哪里找来这些怪物？竟然还让他们进教室。"

荀爷爷解释道："这几个孩子很乖，我只是让他们搬个凳子坐在后面。一来为了让他们多和正常人接触，融入其中；二来我得告诉学生们，不要心存偏见。"

家长们的回答却令荀爷爷心寒："你再怎么教，他们也是聋子，还是听不见，'呜呜哦哦'吓得我的孩子半夜做噩梦。你想做泥菩萨可以，不要强迫别人给你烧香。"

三奶奶记得很清楚："那是1986年，老荀四十五岁，再坚持教个十几年，就有退休工资了。那天是他这辈子唯一一次问我存折里有多少钱。"

荀爷爷想辞掉工作，办一个"关爱之家"。他去找我祖父题词，祖父让他慎重考虑："你还有孩子——荀文难谋生，父母百年之后，他该如何生存？"

祖父建议荀爷爷拿出一半工资找个代课老师，尽量保住退休金。荀爷爷也问了三奶奶的意见。三奶奶只说："我男人想做什么就去做，其他的有我。我都没正式说过稀罕你，其实心里稀罕得不得了。稀罕你，就要支持你做自己想做的事，当牛做马我也快活。"

三奶奶后来告诉我，她一直觉得自己和那些聋哑孩子没有区别，也是被荀爷爷拯救的："跟他过日子，没有一天是我不愿意的。他想扶起更多的人，就像当年扶起我一样，我很欢喜。"

三奶奶从早忙到晚，清早去镇上卖菜，下午回家做饭；为了多赚钱，还学起了杀猪，半夜就要起床。阿龙也心疼三奶奶，和同学们凑钱送去，三奶奶不要，大家就送米送菜。

祖父有时间也会过去帮忙。1990年的一天，祖父偶然从报纸上看到中国聋哑人协会编辑的《中国手语》出版发行，连夜提上马灯走二十多里山路去通知荀爷爷："得买到那本书，孩子们要走出去。以后会有聋哑人大学，他们要去说更多的话，认识更多的人，而不是在山沟沟里干苦力，我们造的手语会阻碍他们。"

三奶奶一直记得那一天："两个先生高兴得像个孩子，眼里真的在放光。天未亮就赶去县城，县城没货就奔市里，就算上省城也无妨。以前我是因为稀罕老荀而支持他，那一天才明白，他做的事会有福报的。我杀猪太多，上不了天堂，相隔两地，我不乐意。"

*

有了书，荀爷爷开始对着镜子通宵达旦地学，还自创了一些简单的手语歌："其实还是打手语，主要是为了让他们有律动地跳起来。"又过了些年，还找老师教大家学响乐。

遗憾的是，还没等到荀爷爷的学生们能演奏，我的祖父就走了。次年清明，荀爷爷让我带他去祖父坟前，将新版的《中国手语续》演练一遍："泽璜老师，现在国家重视他们，我们做对了。"

即便面对荀文去世的打击，荀爷爷和三奶奶也从未放弃他们的"关爱之家"。荀文去世后，村里人劝三奶奶："你要为自己打算，留点钱给那边的儿子,不然以后养老送终都成问题,那些哑巴能做什么呢?"

三奶奶不置可否。

那些人不识趣:"荀老师本该桃李满天下,如果好好教那些正常的学生,不至于混到这地步。哑巴能出息到哪里去?"此时的三奶奶早就不忾了:"我们做的事,没想沾谁的光。以前聋哑人只会呜呜呜地喊,现在他们能交流,多了欢声笑语,有的组建了家庭,生出了健康漂亮的孩子,这就是我们想看到的出息,而且是能够延续的大出息。"

多年后,三奶奶对我说:"以后你看世界不要带着偏见,有偏见就看不远。做井底之蛙没什么可骄傲的,能看得更远,就要伸长了脖子敞开心往前看。"

她说,这些都是荀爷爷教会她的。

*

十年前,我再见荀爷爷时,他已白发苍苍。三奶奶也驼着背,和我开玩笑:"我现在只能盯着地府看了。"又在我耳边轻语,"我快满八十啦,日子好过的,遇到一个还过得去的男人。"

我是来帮荀爷爷立遗嘱的。三奶奶做主,把家里剩下的积蓄全捐出去,若百年后房子倒了,家里的地就归集体:"反正老祠堂的地没了,拿去盖祠堂好了。如果地仙没看上这里,就让它长草种树,弄一些花花草草,屋挨着屋太挤了。"

立完遗嘱，荀爷爷让我再帮他一个忙："你读书比我多，我想让你帮我想句话，送给三三做寿。"我勉为其难写了两句：尝遍百态，多少春秋共享；饮尽沧桑，几番风雨相携。

荀爷爷用毛笔誊在红纸上，看了又看："你们年轻人现在出口就是爱，我不敢呐……不走到最后一刻，不敢说这个字。现在敢说了：我应该没有伤过三三的心。"

三奶奶过完生日没多久，荀爷爷就病倒了。去世前一刻，他还让三奶奶将双脚放到他的肚子边上："还能给你暖几分钟，就暖几分钟，电热毯太干不好，热水袋……"

话还没说完，荀爷爷就走了。

三奶奶大喊："有什么能比你好，有什么能比你暖……"

荀爷爷的被单下面藏了上千块的零钱，还有一张纸条："我偷偷攒的，本想给自己用，但我一分都没用，现在全留给你买罐头和西瓜吃，你爱吃这些玩意嘛。"

三奶奶把钱放到棺木前，摸了摸荀爷爷的遗照："你以为我不知道吗？被褥都是我整理的，我还往里面加了一点，谁想到你这么傻，想藏私房钱都畏首畏尾的。"

那副对联最终减去了"多少"和"几番"四个字，是荀爷爷的意思："小蔡不错，就是有点犹疑。我们不用算日子，不问几多，就是春秋共享，风雨相携，就圆满了。"

寿联成了挽联，挂在了他的灵堂上。

*

按照荀爷爷的意愿,他的祭礼由我主持。

先是家祭,几十个聋哑人跪不下,一直排到了外面马路上。他们的孩子哭的哭,闹的闹。在我听来,那真是最美妙的声音。

家祭礼毕,三奶奶提出要上祭。在我的老家,配偶一般是不祭不跪的。旁观的人都说,这一家子都是怪人,明明是白事,门上却贴红对联;一群哑巴敲响乐,祭礼让一个毛头后生主持,最后竟然还要让女人上祭。

我当场捧读由三奶奶口述、我执笔的祭文,也是三奶奶写给荀爷爷的情书:

维:

你上回赶集买的袄子,我穿了又收起来了,真不如你的肚皮。等立春,花荫庭院,就不那么念你了吧。你摆弄的花花草草还在,只是跟你一样躲了起来。

没做完的布鞋我不做了,眼花,穿不了针,顶针找不见了。你都舍得我,给你做么子呢?不做了。

都没人给我洗头了,你走了我才晓得,人老了头发容易油,指甲里全是污垢,一个人洗头有点累。

太阳落山时,有些想你,总觉得你扛着锄头摘了点野果,稻草上拴几只蚱蜢,大摇大摆地回来了。你的烧酒刚烫好了,有点浓。

你昨天来我梦里捣乱,光着膀子,我怕你没衣服穿,烧了几件相衣。和尚让我不要担心,说在那边"男光膀,女锦衣",是好兆头。我呢也不要你保佑,不稀罕。

梅子酒分给抬你上山的孩子们——说错了,他们不是孩子了,都老了——你说贵州的烟叶好抽,我偷偷试过,呛死人,一点都不好抽。你的衣服被他们烧了,我偷偷藏了一顶帽子,我不会告诉他们在哪里的,上面有好多你的头皮屑,闻着臭死了。

村里这段时间搞建设,哪天变了样,你要记得庙在哪里,家门口在哪里。头七回来就动动家里的碗筷,我做好饭放在桌子上,凉了也不管了,反正你那边吃冷的。

记得以前吃大锅饭,我故意躲着不出现,以为有人会发现,然而我多想了,我男人和小孩都不找我。你倒是话多,还问我去哪里了,关你一个教书先生什么事呢。后来就关你事了,你跑不脱。

你还在看我吗?我一直在看你,不会让你望穿那水的。你这辈子没亏过我,下一世还要我吗?

如今响乐有了,儿孙满堂,给你主持祭礼的是泽璜老师的宝贝孙儿。你倒好,连句"难忘"都不说。

尚飨!

而后,三奶奶领我去井边"买水"。"买水"是村中旧俗。刚生下的孩子,要用热井水擦洗身子,表示自己来了;人死后,要以豆腐当钱,买一瓢井水,跟它告别,表示自己要回去了。三奶奶说,本该荀爷爷咽气那会儿就去的,迟几天,是想多留几天念想。

因为这井之于三奶奶的意义不只如此。

等起棺时,黎叔大喊一声:"颁白者不负戴与道路矣,到处都是念你的人,诸神指路,安心啦——"

一抔黄土,阴阳两隔,用尽一生将三奶奶揽在怀里的留香荀令便不在了。只剩这头三奶奶哭着喊:"老荀,这辈子难忘你啊……你要记得我,不然下辈子我还受苦的……"

"同心一人去,坐觉长安空。"那天,我看见三奶奶在花圈上歪歪斜斜地写下白居易这句诗。再后来,三奶奶总是抱怨太阳不见了,冬天太冷,还总是唱:"浮云散,明月照人来……"

2023年元月,三奶奶与世长辞,与荀爷爷合葬。

苔花如米小

高二升高三那年暑假，为了赚学费和生活费，我在万般无奈之下听从母亲的安排，去长沙当泥瓦匠学徒。

在此之前，我从没去过大城市，只从电视里知道长沙是"娱乐之都"，很多明星都去过。还在书本上看到过橘子洲、湘江、岳麓山和爱晚亭。在车上，我安慰自己："就要见识大世界了，努力闯出点名堂。"对一个少年来说，这句话既无奈又残忍。车里有个大叔说，自己年年打工，年年没钱，不知道在搞些什么名堂。可在我看来，至少他体格健壮，能承受重活。而那时的我瘦小、稚嫩，还瘸着一条腿。可既然已经踏上这条路，还能说什么呢？随身带的红色编织袋里，已经装好油灰刀、砌砖刀、抹泥刀、铁泥板、吊线锤和泥瓦线了。

*

　　车子驶入长沙汽车南站时，我实在难掩失望：一股热浪扑面而来，很快全身就湿透了。放眼望去，四周是低矮的平房，一排排脏乱的饭店，各种举牌子的"捎客"从四面八方围拢过来。

　　我第一次见到这种场景。当时还非常友好地对每一个"捎客"说："泥瓦匠师父让我坐7路公交车，数着站到路桥集团下。"那些人见我不吃饭也不打车，转身就走，嘴里骂着"乡里别"——不过那时的我，还听不懂这个词。

　　我不懂的东西还有很多。找到7路公交车后，看到驾驶室立着一个铝合金箱子，上面写着"无人售票"四个字，我的第一反应是：城里的车子不卖票，不要钱。

　　我第一个上车，坐在最后一排。接着拥上来一大群人，只见一名女士拿着包对着驾驶室上的杆子"嘀"了几下，然后找了座位坐下。我随即确定，的确是不用买票的。

　　车子发动后，我目不转睛地看窗外的风景，想看清长沙，却被喇叭里司机的声音打断。他用长沙话大喊："投币，投币，后排那个还没投币的细伢子，赶紧投币。"

　　我听不懂长沙话，前排的人都回头看我，我以为他们和我一样，被司机吵到了，便对他们点头微笑。过了一会儿，一个大姐跑到前面又"嘀"了一下，车厢才重新安静下来。

　　几天后，师父告诉我，"无人售票"不是不卖票，而是没有售票员，需要你自己乖乖把钱放进去。"在城里连喝水都是要钱的。那些坐公交刷卡的是城里人，我们做工的丢硬币就行了。"

我这才知道，是那位大姐帮我刷了公交卡。于是，我有了来长沙后的第一个愿望：我想办一张属于自己的公交卡，我想做城里人。

*

工地位于香樟路上的一所大学里。

临时宿舍是工友们在学校角落搭的棚子，他们将钢架扎稳，顶上盖石棉瓦，四周围上防雨布，就算弄好了。里面臭气熏天，床是一块厚胶合板，不透气、积水，我花十块钱买了一张软凉席铺在上面，不用盖被子。每天早晨起床都会汗流浃背，席子粘在背上，满身蚊子包。吃饭也在工棚里，六块钱一餐，伙食一般。工友们用"驴胶补血冲剂"碗装饭，骂骂咧咧地抱怨吃不饱。洗澡就在工棚旁边，用自来水管冲。

宿舍是男女混住，女人和夫妻用帘子隔开。晚上，床板"吱吱嘎嘎"响，我假装咳嗽，工友们笑："小孩莫咳坏嗓子，谁不想体面？可累死累活赚的钱谁舍得给宾馆。"

工棚对面就是一排小旅馆，三十块一晚，开空调按小时收费。女工友倒也丝毫不害羞，嚷嚷道："发了钱要去对面尝试一下，开空调办事应该很舒服。"

当时，我的工资也是三十块钱一天。两顿正餐就要花去十二块，再加上早餐至少要吃两块钱的包子，算下来一天只赚十六块。

简单一算,我就打消了在城里安身立命的念头——办一张公交卡,第一次要充值一百块,其中押金十七块,我得做六天工才能拥有它,卡里的钱就算没用掉也不能退,到底还是投币划算。

师父也建议我不要办公交卡:"你要接受自己农民工的身份,再小你也是农民工。"

我心里发慌,鼻尖冒汗,不断安慰自己:"我的函数学得好,物理竞赛拿过奖,化学老师可喜欢我了,看过好多古今中外的书,怎么会是农民工呢?"

我始终不愿接受现实,只怕困在里头,往后的生活都暗无天日。可绕了一圈后,我发现曾经引以为傲的成绩完全不能改变自己当时的困境,若不做工,我恐怕会饿死街头。

*

我的活计是跟着师父给学校建葡萄架。

葡萄架的方柱要用砖垒,我便学着砌墙。初学,难免笨手笨脚,师父总对我大发脾气,动辄就骂:"瞎了你的狗眼。"我好不容易砌起来的墙,他瞟一眼,二话不说就推倒了:"你要出师了,长沙就没高楼大厦了。"

在他眼里,光勤奋是没有用的,还得"灵泛":"放线、挂直角、用平水管都是技术活,卖苦力我不会找一个瘸子。"

平时,师父并不是一个严肃的人,他和其他工友相处时很爱开玩笑,面对女工友,嘴上从来不把门,总要占点便宜才心甘。

起初我一直想不通，为何他一见我就板起脸，直到有一次，他发现我的左手指被砖块磨烂了，我才知道他是关心我的。

那天师父发了脾气，自己骂自己："你个狗日的，学生仔手嫩，不给他买手套，哪怕缠点胶带也好……"我听着暖心，却因为师父强制要求我休息哭了——休息半天就少半天的钱，半天不做事，扣除开支我只能赚一块钱；若第二天还不能做事，就得白花十四块。我不怕累，就怕没事做。

中午休息时，我躲在工棚一侧的雨布里，不想吃饭，不想倒贴钱。食堂阿姨特意跑到工棚来问："那个小孩呢？"我偷听到了师父的话："正在伤心呢，手指伤了干不了活。他不错，我收过那么多徒弟，就他三天能上手砌墙。我不想让他在工地上混，却骂不走。你把饭打来，伙食费记我账上就行了。"

后来我才知道，别人跟师父学手艺，至少要打杂半年，只有我一个人，他第二天就正式手把手地教手艺了。

也是从那以后，师父不再骂我了，其他工友偶尔想让我去打杂，都会被他制止，说他徒弟是做大师傅的料，不让干小工的活儿。

之前我不喜欢别人说我是"农民工"。我讨厌讲粗话，也不想浑浑噩噩度日。后来才发现，自己才是工地上最不中用的那个，没有手艺、体力比不上任何人，一个智力有缺陷的工友每天赚的都比我多。生活的锤打会让很多人学会接受自己的身份，我也终于感觉到，自己真正融入了这个集体。

于我而言,那是顶难过的一段时光。我模糊地预感到,眼前的人和事说不定就是我的未来:周而复始的体力活;赚了钱假装去小巷子逛街,却蹑手蹑脚进了小出租屋……

明明在校园里吃住,但我破衣烂衫,满身泥土,被晒得跟黑炭似的。保安一看,就知道"他不是学生,是那帮做苦力的"。

我偶尔也会拿出书本,却越看越难过。有一次,我在工地上看书,忽然有人拍拍我的背。回头一看,是个女生,说注意我很久了:"你好小哦,怎么来我们学校干苦力了,给你防晒霜。"我自惭形秽,连接防晒霜的勇气都没有。

女生执意将防晒霜塞到我长了茧子和水泡的手里。我忍不住问:"你不怕我们吗?"她眼里似有泪花:"我弟弟和你一样在工地。"

那几天,她经常会来工地找我说话,带我吃学校的食堂,逛小吃街,给我讲鬼故事。她学的是殡葬技术与管理专业。"我以前怕鬼,自从妈妈出车祸以后,再也不怕了,她被撞得面目全非……"

还没来得及细听她的故事,学校就放暑假了。最后一次来找我时,她给了我电话号码。我将纸条放在胸前的口袋里,下班再拿出来,发现纸条被汗水浸透,一碰就碎了。

后来,我和师父要转场去别的工地。收拾行李时,我魂不守舍,在足球场上发呆。我留恋那些生活中的美好,渴望交到朋友,也希望能和那个好心的女生好好说一声"再见"。

一个老工友看到我的样子,劝我,也像是劝每一个人:"工地上的人一辈子流不完汗,每一滴都没用,血汗钱就真的是血汗钱。除此以外,这里的任何东西都不属于自己。"

等多转了几次场,不用他们说,我也看明白了。四处迁徙的命,是没有资格停留的。有时候,看着一面墙砌起来,我会花几分钟站在一旁欣赏。想起小时候用泥巴堆房子,还会在房子里捏两个相爱的人、几个小伙伴,只不过它们很快就会倒下。而眼前的墙是可以承载风雨的,我有一种满足感,我想那些过来人也一定如此憧憬过,也被刺痛过:"砖不是你的,墙不是你的,房子不是你的,不要强行赋予一些东西过多的意义。"

尽管我可以回答他们,技术是我的,情感是我的,但依旧没有意义。当习惯了这种停留与离开,就不容一丝伤感,只能紧握着砖刀 —— 砖刀才是我们的依靠,如同编织袋和黄套鞋代表了我们的身份一样。

*

来长沙好几个月,除了工地,我没去过其他地方。

小时候,我偶尔在老家的田野上看到若隐若现的飞机飞过,总心心念念想要靠近。于是有一天,趁着下雨,我请详叔陪我一起去看飞机。详叔六十多岁了,是工地上的老工友,他说过自己是"跑江湖"的,有门路带我进飞机场。

长沙黄花机场离工地有几十公里,我们在公交上站了两个小时才到。而后又兜兜转转,几十分钟才走到候机楼外面。前一秒还威风凛凛的详叔,突然胆怯起来,结结巴巴地问路过的工作人员:"请问去哪里买站台票,我知道比火车票贵,我有钱。"

过了一会儿,详叔走回来:"什么破机场,竟然把站台票取消了,我以前还逃过票。"

我过去挽详叔的手,说取消了就算了。可就在我们准备乘公交车回去的时候,一架刚起飞的飞机出现在我们的头顶上。详叔开心得像个孩子:"终于看到飞机了,我要回去告诉我女儿,飞机的肚子好大,直往云里蹿,真的厉害哦。"

我最后转场的工地在贺龙体育馆附近,与百花人才市场只隔一条马路。彼时,我已能独立砌墙,负责砌写字楼的隔间,吃住都在写字楼的毛坯房里,勉强算是大师傅了——别的大师傅一天拿五十块,我手脚没有他们快,一天只拿三十八块。

工头给我配了个小工,比我大一岁,碍于我是大师傅,他只敢让我叫他小周。

小周是主动辍学的,跟着母亲来到工地。小周的母亲嗓门大,每次洗头时,整层楼都能听见她在喊:"洗发贵得蛮,只能滴一滴……香皂一过你的手就薄得不像话……"她每次见到我,都会骂小周:"蔡师傅和你年纪差不多,听说三个月就出师了,肯定赚老多钱了,你不努力,我是没钱给你娶媳妇的。"

小周一直打定主意不去工厂,他总说:"工厂是吃青春饭的,而学一门手艺虽然累，以后赚得多。我向我女朋友保证过，要努力奋斗，来了长沙就要做地道的长沙满哥。"

来工地没几天，小周就把长沙话学得有模有样，后来干脆只说半吊子长沙话了。我常陪他去仰天湖的小巷子打电话，那种用木板隔开的电话亭，时间跳得老快，小周每次都掐着时间挂电话："五十八秒就得赶紧放听筒，超了就干脆再讲一分钟。"

那里烟火气十足，我们却依然格格不入。五块钱一只的烤鸡、淋了很多油的盖浇饭让人看着就饿，吃炒饭要多加一只蛋的人也实在让人羡慕。巷子旁边还有KTV隔间，只要花三块钱就能唱首歌，我们都想发泄一下，可五分钟三块钱实在不划算。

那时，我们最喜欢逛的是侯家塘的新一佳超市，那里冷气开得十足，干净整洁——工地上到处都是灰，我总想换个环境待一会儿，哪怕只有一两个小时也好。每次去之前，小周的母亲总会反复告诫他，只能逛不能买："超市死贵，实在要买，我知道哪家小店便宜……"

其实，工地附近有很多著名的"城市地标"。

有一座摩天轮号称"亚洲最大"，每天晚上都灯光闪烁，很漂亮。小周一直想带女朋友上去坐一圈。他用长沙话问价，可都说不打折。

不远处就是蔡锷南路，我与工友说起，当年曾祖父德秀与松坡将军一同"护国讨袁"。他们不屑一顾："那又怎样？"我本想再说几句，但环顾四周，又把话咽了回去。

我最想去的是田汉剧院。田汉作词、贺绿汀作曲、周璇演唱的《天涯歌女》是祖父最爱的歌,祖父说自己读大学时还和同学一起排过田汉的话剧,可如今的我,却连田汉剧院的门票都不敢问。

只有不远处的古井公园不用考虑门票,它对所有人免费开放。我喜欢光着脚踩路面上的鹅卵石,累了一天,就当做了个足底按摩。白沙古井的水也是免费的,只要拿个瓶子就能舀水喝。我从小就喜欢井水,馋它的清香无私。

小周对井水不感冒,只爱五块一包的白沙烟:"井水是'乡里别'丢不掉的,我连一块五的矿泉水都不喝的,要喝酒喝冰红茶,这白沙烟还是能显档次的。"

*

于我们而言,贺龙体育馆最闪耀的时刻,是有明星来开演唱会的时候。我和小周,还有工地上的年轻工友们经常会被那种氛围感染,不自觉地就将自己融入其中。

印象最深的是Beyond和黑豹乐队一起来开演唱会。那天,工友们坚决不加班,我们一起洗干净身上的泥土,换上自认为最体面的衬衫,头发梳得一丝不乱——其实我们没有门票,只是早早地去广场占了一块空地。

听着体育场里的音乐响起。我禁不住感叹:"若是窦唯能来,黄家驹还在,就算不进去也是最好的夜晚了。"工友们不知道窦唯,也不知道"魔岩三杰"当年在香港开演唱会的盛况,他们只怕自己跟不上潮流,以为追演唱会就是时尚——要让人看得起。

当《无地自容》的音乐响起时,里面有人喊:"让我看到你们的双手好吗?"

我和工友们一起举起双手喊:"你看到了吗——"

一直到曲终人散,我们依旧坐在那里,没人想做回灰头土脸的自己。可没有选择的人,总渴盼有力气反抗命运,在这种与自己无关的喧嚣里,我们至少可以假装放纵一回。

那时候,我做过最奢侈的一件事,就是给"超级女声"的纪敏佳投了几票。当时我还没有手机,就把钱给工头,让他帮我投。他问我为什么不投第一名。我说见不得纪敏佳老是被拉去 PK。年长的工友不以为然:"浪费钱,不该凑的热闹就别瞎凑。明星开演唱会,杂货铺的矿泉水涨价、瓜子涨价、下酒的花生涨价。晚上吵得睡不着,第二天没精力……"

不过之后再有演唱会,我也不听了。进场前我卖荧光棒,演唱会结束就骑着工头的电动车拉客。有时候一晚上赚的就抵好几天的工钱。我在解放鞋里放的钱已经叠了一沓,却连个二手风扇都舍不得买。

有天晚上,我实在热得睡不着,就和小周沿着劳动西路散步,半小时后,突然就走到了湘江边,这是我一直想来却没来过的地方。

江风吹得我们无比满足,一排排座椅更让人欣喜若狂,每隔几百米便有饮用水和洗手间。我们躺了上去。这是自从住在工地以来，从未有过的惬意。

有大妈在耳边喊："有船坐，坐船吗？"我们无动于衷。到了半夜，有小偷来搜身，我懒得睁眼，只提醒他："只有几张餐票，你用不了的。"

*

在工地干活，我其实不太担心自己的安危，有时甚至会想，若真有个三长两短，倒是不用苦熬了。

以前在工地上做工，安全帽得自己掏钱买。有位工友舍不得，结果脑袋被落石砸了个坑，人一下子就没了。他其实是最惜命的，儿子在对面的中南大学读书。"我要加油，爹卖力，儿读书。"每次爬架子，他都要再三检查。有工地出现过电梯坍塌事故，但凡是十楼以下，他都只走楼梯，常在嘴边念叨："孩子还没大呢，出来卖命没办法，总有一代人要出头。"

都说大难不死，必有后福，意外我也遇到过。

有次我和小周走在路上，"砰"的一声巨响，塔吊的吊钩就掉在不远处，两三百斤的铁钩子把人行横道砸出一个大大的坑，如果再往前一步，我俩就什么都没了。

周围的人都露出后怕的神色，说后生真走运。很快有记者来采访，问我们有何感想。我和小周茫然相对，我说了句："该上工了。"小周憋了很久，说了句："给根烟抽。"

　　　　　　　　＊

　等到九月，白天依旧酷热，晚上开始转凉。若不是看到旁边雅礼中学那些穿校服的学生，我真以为自己是地道的民工了。我突然很心慌，就去报刊亭买了份试卷。

　我之所以把钱攥出水了还没用，是觉得自己应该继续读书——我不怕吃苦，却怕没有希望。我总觉得自己活着从来就不是为了维持生计，楼会一层一层长高，我不想再四处流窜了。

　十二月，我终于拿着自己的工钱回到学校，准备来年六月的高考。回去没多久，就听工友说，小周留在了长沙——他因制造大量假餐票被公安机关带走。"那小子聪明，几个月就会说正宗的长沙话，抽芙蓉王，最终留在了长沙。"

　此后，我越发不想去长沙了，打工几个月，那张公交卡我一直没去办。可高考分数下来后，我还是填了长沙的学校——因为爱上了一个人。当然，这一次，我是揣着正儿八经的"通行证"——录取通知书来的。

　在长沙下车后，我做的第一件事就是去办了一张公交卡。我有了固定的宿舍，终于有那么一点归属感了。

　在工地上那短短几个月，我觉得自己仿佛是咬着牙熬过了半个世纪一般。拿到学生证的那一刻，才发现自己依旧青春，虽然手上的茧像是开出了花儿，但镜子里还是一张稚气未脱的脸。

　女友是外校英语系的，在她的陪伴下，我第一次爬了岳麓山。

那时山下的梅溪湖还没有被开发,她对着那片荒地喊:"我还要陪这个男生走很远的路——"

我们喜欢在橘子洲大桥上来来回回地走,波光粼粼,微风徐徐。她喜欢唱歌,尤其是那首《知道不知道》:"那天的云是否都已料到,所以脚步才轻巧,以免打扰到,我们的时光,因为注定那么少……"

我跟她说,湘江边上的椅子曾收留过我,她温柔地抚摸着它们:"多谢你收留我的郎君。"我揽她入怀,在火树银花下拥抱亲吻。女生的吻真甜,好似她再亲一下湘江,江水马上就会变成糖水。

我们经常一起做兼职,发传单,卖《英汉词典》。有时回去太晚,宿舍关门了,我们就坐在草坪上通宵聊天。其实她学校对面的小巷子里就有便宜的小旅馆,一晚只要二十五块。但我们每次都会等到天亮,路过时一起傻笑,说下次去。

得空时,我们去逛黄兴路步行街,她爱吃傣妹火锅,太平街的臭豆腐和酸萝卜每次都要买一点。去金满地买衣服时,砍价比我的那些工友还要狠。

那时候,我以为我们只要再往前跨一步,就是一辈子了。

女友年纪比我大,毕业也比我早。等她走了,我觉得自己像小周了。"你等等我啊,我要在长沙安一个家。"说是这样说,电话里的她却总是欲言又止,再后来,总是淡淡地说没接到电话,忘了回。

我从来都是一个知趣的人,什么话都不用说,一个转身我就知道，自己又是一个人了。再往后，长沙好像又与我不相干了。仰天湖的小巷子我找不到了，新一佳超市破产了，原来的公用电话亭都不见了。就好像我的工友们一样，开了很多山，建了很多楼，还是和以前一样，大楼开售和他们一点关系都没有。

我忽然觉得自己也没比从前更好，就算长沙话说得再好，攒齐了各种公交卡，却依然没有容身之处。为了留下来，我拿了很多证书，又读了研究生。只要有空，就在外面干活——在导师的律所做事，周末去培训学校教课，没有案源时就去发传单、做推销，去法院跑腿，给当事人的孩子做家教……人情冷暖尝遍，做一些他人眼中与读书人身份不相称的事。以前的工友知道了，都调侃我："以为你会是我们这批人里最有出息的，早知道还不如来砌墙。"

*

因为怕被这个城市赶走，我一直不停地奔跑，同时打着三份工，几乎全年无休。直到有一天，我发现这个城市中的很多东西我都买得起了，怯生生地停下四处张望，才反应过来，自己已经不在工地了。再后来，我有了自己的房子和车子，拿到钥匙那一刻，其实也没有多激动。

一个平常的下午，我走进自己的房间，在这个城市打拼了十几年，实在太久了，突然就累了。我想，我不会再为了一个人，流离到一座陌生的城市了，也不会为了爱情背井离乡，因为浮萍好容易才扎稳了脚跟。

生活如砌墙，感情亦如是，都是辛辛苦苦、一块一块砖垒起来的，日子久了，就垒成一面墙，感情深了，就垒成一个家。如今安身立命的地方有了，家却还是奢望。当然，比起凋零的工友们，我算是有了好的归宿。

我的师父死了；详叔好不容易把女儿养大，却被诬陷成人贩子，差点进了监狱；睡在我隔壁床的那对夫妻散了，那个女工友最终还是和别人走进了开着空调的宾馆房间。

时代或轰轰隆隆，或悄无声息，总在向前。一代人消亡，一代人登场，更替摧枯拉朽，城市焕然一新。

湘江水往北流去，白沙井的井水清甜，路边的香樟清香，秋天的银杏悦目，爱晚亭的枫叶火红，橘子洲的烟花绽放，黄兴路繁华依旧。城市从来都是那座城市，熙熙攘攘，再厉害的人也只能过这一生，再卑微的人也要过好这一生。